Warte auf mich

PHILIPP ANDERSEN, geboren 1955, Studium der Literaturwissenschaft und Philosophie. Promotion. Tätigkeit als Übersetzer, freier Verlagslektor, Drehbuchautor, Werbetexter und Unternehmensberater. Verfasste unter Pseudonym Fach- und Sachbücher sowie Ratgeber zur Persönlichkeitsentwicklung.

MIRIAM BACH, geboren 1972, Studium der Germanistik, Anglistik und Medienwissenschaft, anschließend Zeitschriftenvolontariat und Ausbildung zur Drehbuchautorin. Veröffentlichte zahlreiche Romane, sowohl Komödien als auch Thriller

Philipp Andersen
Miriam Bach

Warte auf mich

Roman

Weltbild

Besuchen Sie uns im Internet
www.weltbild.de

Genehmigte Lizenzausgabe für Verlagsgruppe Weltbild GmbH,
Steinerne Furt, 86167 Augsburg
Copyright der Originalausgabe © 2013 by Pendo Verlag
in der Piper Verlag GmbH, München
Umschlaggestaltung: Johannes Frick, Neusäß
Umschlagmotiv: Getty Images, München (© mutablend),
www.shutterstock.com (© tairen)
Gesamtherstellung: GGP Media GmbH, Pößneck
Printed in the EU
ISBN 978-3-95569-039-7

2017   2016   2015   2014
Die letzte Jahreszahl gibt die aktuelle Lizenzausgabe an.

Für M.

Was wäre wenn ...

... zwei Autoren, ein Mann und eine Frau, die sich kaum kennen, sich zusammen in eine Geschichte stürzen, um darin Kopf und Kragen zu riskieren, ihr ganzes Leben aufs Spiel setzen, ihre realen Existenzen schreibend in die Fiktion entlassen, in die Fiktion einer großen, verzweifelten, wunderbaren Liebe, die es niemals gab und die darum immer sein wird?

Was wäre wenn ... Das ist das Abenteuer dieses Romans.

Ach Mirchen, wie sollen wir denn leben? Indem wir nichts anderes probieren, als mögliches Leid zu verhindern? Oder indem wir versuchen, ein bisschen glücklich zu sein, auch wenn das Scheitern dann vorprogrammiert ist? Lieber Reading Gaol als Puppenheim!

Was, Philipp, wenn ich morgen einen Unfall habe, wer sitzt dann neben mir am Krankenhausbett? Schlimmer noch: Was, wenn DU morgen einen Unfall hast? Dann KANN ich da nicht mal sitzen. Ich kann nicht bei dir sein und dich trösten, wenn du traurig bist, kann dich nicht sofort jubelnd umarmen, wenn du dich über etwas freust, kann nicht immer neben dir liegen und dich streicheln, dir sagen, dass alles nicht so schlimm ist und wir es zusammen schon schaffen werden, genauso wenig, wie du das bei mir tun kannst.

Büro des Verlegers, heute, 14:05 Uhr

Unübersehbar lag das Päckchen da, mitten auf seinem Schreibtisch. Nur sein Name stand in großen, handgeschriebenen Druckbuchstaben darauf, sonst nichts. Keine Adresse und kein Absender. Also musste es jemand dorthin gelegt haben, irgendwann während seines zweistündigen Auswärtstermins. Er ging ins Vorzimmer seines Büros, fragte seine Assistentin, von wem die Sendung stamme, doch sie wusste es nicht. Sie sei, erklärte sie entschuldigend, nur kurz etwas essen gewesen, davor und danach habe sie niemanden gesehen.

Verwundert kehrte er zu seinem Schreibtisch zurück, nahm auf dem ledernen Bürostuhl Platz und griff nach dem Päckchen. Es wog schwer in der Hand. Vielleicht waren ein paar Buchvorschauen darin. Oder ein Manuskript. Oder war es etwas anderes? Für gewöhnlich landeten unverlangt eingesandte Arbeiten nicht bei ihm, schon gar nicht in einem Umschlag mit krakeligen Druckbuchstaben, anstelle eines korrekten Adressaufklebers. Ein kleines bisschen erregt – schließlich war die Sache einigermaßen seltsam – riss er den Umschlag auf. Als er den Inhalt sah, zuckte er enttäuscht mit den Schultern. Es war doch nur ein Manuskript, ein dicker Packen Papier, sicher dreihundert eng bedruckte Seiten. Schon wollte er es seiner Assistentin bringen, damit sie es im Lektorat auf den Stapel mit den zu prüfenden Texten legte, als ihm ein kleiner Zettel entgegengeflattert kam. Die gleichen handgeschriebenen Großbuchstaben wie auf dem Umschlag des Päckchens.

BITTE LESEN SIE DAS! PERSÖNLICH!

Mehr nicht, nur diese knappe Botschaft. Und doch reichte sie aus, um seine Neugier zu wecken. Woher kam das Manuskript? Wer hatte es auf seinen Tisch gelegt? Wie bei einem Daumenkino blätterte er durch den dicken Packen und stellte dabei fest, dass es sich um eine Art Patchworkarbeit handelte: Jemand hatte ausgeschnittene Texte auf Bogen geklebt, sie wie ein Puzzle zusammengesetzt. Der eine Teil stand auf kopierten Seiten, dem Satz nach eindeutig einem Buch entnommen, der andere schien ein normaler Computerausdruck zu sein. Seltsam, mehr als seltsam ... Was war das? Eine Komposition, bestehend aus zwei verschiedenen Manuskripten, eines davon bereits als Roman gedruckt und vielleicht sogar schon erschienen, das andere gerade erst geschrieben? Er nahm seine Brille, lehnte sich in seinem Stuhl zurück und begann zu lesen.

Kapitel 1

I.

Warten. Ihr schien es, als bestünde ihr Leben seit Monaten nur noch aus Warten. Warten auf das nächste Treffen mit ihm, die wenigen gestohlenen Stunden oder Tage, die sie miteinander hatten. Warten auf die Telefonate, immer spät in der Nacht, wenn er ungestört sprechen konnte. Und schließlich warten darauf, dass sich alles eines Tages änderte. Ohne auch nur die geringste Ahnung zu haben, ob das jemals passieren würde.

Doch sie wartete.

Ausgerechnet sie, die immer Rastlose, der nie etwas schnell genug gehen konnte. Immer zack, zack, höher, schneller, weiter, gehetzt und ohne jede Geduld, heute hier, morgen dort. Und jetzt also das Warten, stunden-, tage-, wochenlang, das gesamte Leben abgestellt auf ein paar Momente, diese wenigen Augenblicke, wenn sie in seinen Armen lag. Aber es machte ihr nicht einmal etwas aus. Denn in Wahrheit hatte sie schon eine kleine Ewigkeit auf ihn gewartet, viele Jahre auf den einen, der ihren grenzenlosen Durst, ihren quälenden Hunger nach dem stillte, was sie lange nicht hatte benennen können. Mehr. Sie hatte nach dem »Mehr« gesucht und es in ihm gefunden.

»Himmelfahrten« nannte er ihre gemeinsamen Fluchten,

ihre heimlichen Treffen, bei denen nichts zählte außer ihren Gefühlen füreinander. Und es waren tatsächlich Himmelfahrten, Momente, in denen sie den Rest der Welt vergaßen.

Aber kein Himmel ohne Hölle.

Sie kannte ihn schon einige Jahre, nur flüchtig zwar, aber sie wusste, wer er war. Zwei- oder dreimal hatte sie ihn auf der Buchmesse gesehen, als sie eine Zeit lang im selben Verlag veröffentlichten. Einmal hatte er ihr sogar einen seiner Romane signiert, den sie zu Hause ungelesen ins Regal gestellt und dann vergessen hatte. Er war ein arrivierter Autor, seine Bücher in den Bestsellerlisten, in zwei Dutzend Sprachen übersetzt. Sie selbst war auch nicht unerfolgreich, doch weit unterhalb seiner Wahrnehmungsschwelle und außerdem in einem vollkommen anderen Genre tätig; während er über die Vergangenheit schrieb, zog sie es vor, sich mit der Gegenwart, mit dem Hier und Jetzt, zu beschäftigen.

Sie mochte ihn nicht sonderlich. Arrogant und blasiert kam er ihr vor, ein selbstgerechter Schwätzer, der wie ein Pfau über die Messe stolzierte, immer umzingelt von Journalisten, Fans und Verehrerinnen. Es war wohl auch ein kleiner Stachel namens Neid, den sie in ihrer Brust verspürte, wenn dieselben Journalisten, die ihn zuvor in den Himmel gelobt hatten, ihr gegenüber eine gewisse Abfälligkeit an den Tag legten. Sie war noch ein halbes Kind gewesen, als sie ihren ersten Roman veröffentlicht hatte, und auch Jahre später musste sie darum kämpfen, dass sie als Schriftstellerin ernst genommen wurde. Und er war eben das Sinnbild dafür, der Sündenbock, auf den sie diese Ungerechtigkeit projizierte.

Dann der Abend, der alles veränderte: ein Verlagsjubiläum in München, dreihundert geladene Gäste. Darunter sie, Miriam Bach. Und natürlich auch er, Philipp Andersen, der Star des historischen Romans. Sie entdeckte ihn bereits zu Beginn der Feier, wie er im vorderen Teil des Festsaals saß, wichtig schwadronierend mit den Großen und Einflussreichen der Branche. Nicht ohne Genugtuung stellte sie fest, dass er anfing, in die Jahre zu kommen; seine dunklen Haare waren zwar voll, aber von weißen Strähnen durchzogen, und trotz seiner schlanken Statur zeichnete sich unter seinem Hemd ein deutlicher Bauchansatz ab, eine Lesebrille steckte in der Brusttasche seines Jacketts. Insgesamt war Philipp Andersen ein attraktiver Mann, keine Frage, aber eben einer, der seinen optischen Zenit vor gut und gern zehn Jahren überschritten hatte. Einer, dem Leben und Erfahrung unübersehbare Spuren ins Gesicht gezeichnet hatten, während sie selbst trotz ihrer neununddreißig Jahre immer noch mehr Mädchen als Frau zu sein schien. Nie hätte sie gedacht – niemals und nie! –, dass ausgerechnet dieser Abend eine schicksalhafte Wende in ihrem Leben bedeuten würde.

Und als sie zu späterer Stunde an der Bar stand, ein bisschen gelangweilt mit einer Kollegin plauderte und ihren Blick dabei beinahe abwesend durch den Raum schweifen ließ; als sie plötzlich bemerkte, dass Philipp Andersen sie von seinem Platz aus unverwandt ansah und ihr mit einer kleinen Geste bedeutete, dass sie zu ihm kommen sollte – da ging sie einfach zu ihm rüber.

Hätte sie um die Folgen dieser wenigen Schritte gewusst, sie hätte sich keinen Millimeter von der Bar weggerührt.

Und wäre gleichzeitig, so schnell sie nur konnte, zu ihm gerannt.

2.
22. März

Plötzlich war sie da. Wie vom Himmel gefallen. Saß einfach neben mir, so nah, dass unsere Schenkel sich berührten, und hielt meine Hand, oder ich ihre, das ließ sich nicht unterscheiden. Wie war sie bloß auf diesen Stuhl geraten, auf dem doch eben noch mein alter Freund Christian gesessen und mir die Ohren vollgelabert hatte? Ich weiß es nicht mehr, so wenig, wie ich mich daran erinnern kann, wie wir uns begrüßt und über was wir als Erstes geredet haben. Ich weiß nur noch, dass wir uns von Anfang an duzten. Als würden wir uns seit einer Ewigkeit kennen. Und dass ich wahnsinnig gern mit ihr sprach, egal worüber, und wenn es der größte Blödsinn war.

Warum, zum Teufel, haben wir uns eigentlich geduzt? Herrgott, ich bin doch viel zu alt für so was! Das ist doch alles längst vorbei!

Wahrscheinlich waren es ihre Augen. Diese wasserhellen blauen Augen mit einem scharf konturierten, dunklen, fast schwarzen Ring um die Iris, mit denen sie mich von der Bar aus angeflirtet hatte. Huskyaugen. Noch nie hatte ich Augen gesehen, die so unglaublich traurig blicken konnten, um im nächsten Moment aufzuleuchten und zu strahlen, als hätte jemand ein Licht in ihr angeknipst. Und dann ihr Mund. Auch ihr Mund hatte diese Traurigkeit, wurde manchmal ganz klein und schmal, als wolle er sich selbst verschlucken, sogar wenn sie gerade einen Witz erzählte. Aber genauso wie die Augen konnte sich auch ihr Mund verändern, urplötzlich, von einem Moment zum anderen, wurde ganz weich und groß, blühte auf.

April, dachte ich. Eine Frau, in der Aprilwetter ist.

Bis Mittag hatte ich an meinem neuen Roman gearbeitet, und noch auf der Autobahn hatte ich mich gefragt, was ich eigentlich auf dieser Party sollte. Der Verlag, der sein hundertjähriges Jubiläum feierte, war ja gar nicht mehr mein Verlag, wir hatten uns nach meinem vorletzten Buch getrennt. Mein alter Verleger wollte immer dasselbe von mir, einen historischen Roman nach dem anderen. Aber ich bin nicht Autor geworden, um an einer Marketingstrategie entlangzuschreiben. Ich will Geschichten schreiben, die ich schreiben muss! *Doch wenn der Verlag mich trotz unserer Trennung zu diesem Festtag einlud, wäre es sehr unhöflich gewesen, die Einladung auszuschlagen. Außerdem war der Abend eine gute Gelegenheit, mal wieder ein paar Leute zu treffen. Präsenz zeigen, Backen aufblasen und wichtigtun. Schließlich brauchte ich bald neue Verträge.*

Und dann war sie plötzlich da, und all die wichtigen Leute, wegen derer ich gekommen war, interessierten mich nicht mehr. Ich schaute ihr in die Augen, schaute auf ihren Mund, ohne irgendetwas anderes von ihr wahrzunehmen, während unsere Hände miteinander sprachen, als würden sie uns vorauseilen, und ihr nackter Schenkel unter dem Saum ihres albernen goldenen Paillettenkleids, in dem sie zu Ehren des schwerhörigen Seniorverlegers und Sohn des Verlagsgründers »Happy birthday, Mr. Publisher« ins Mikrofon gehaucht hatte, immer höher an meinen Oberschenkel heraufrutschte und ich immer neugieriger wurde auf diese Frau, die ich nicht kannte und die mir doch so seltsam vertraut vorkam. Wie siehst du wohl aus, wenn nicht April in dir ist, sondern Mai oder August oder November?

3.

Alles, wirklich alles, was sie je über ihn gedacht hatte, war falsch. Er war witzig und charmant, ein brillanter Geist, ein Kindskopf, ein Spinner, ein vollkommen verrückter Mensch. Sie saßen da und redeten miteinander, die Minuten flogen wie Sekunden vorüber. Auf einmal – sie konnte nicht sagen, wie es dazu kam – hielt er ihre Hand, sie steckten tuschelnd ihre Köpfe zusammen und nahmen nichts mehr wahr von dem, was um sie herum geschah. Sie sah nur noch seine großen blauen Augen, die ihr wie ein Spiegel ihrer selbst erschienen, hörte sein tiefes Lachen, das wie ein Stromschlag durch ihren Körper zitterte, spürte und roch seine Nähe, genoss jedes einzelne seiner Worte. Wie er von seinen Büchern erzählte und sie nach ihren fragte, wirklich und aufrichtig interessiert wollte er alles von ihr und ihrer Arbeit wissen. Keine Spur von dem blasierten Wichtigtuer, für den sie ihn immer gehalten hatte, im Gegenteil, seine Neugier beschämte sie fast, weil sie ihm ganz offensichtlich Unrecht getan hatte. Denn jetzt saß er vor ihr und sagte ihr, dass er unbedingt mal etwas von ihr lesen wolle, er hätte Lust, in ihrer Seele herumzuspazieren, um zu sehen, was sich in ihrem Köpfchen verbarg. Genauso sagte er es, »in deiner Seele herumspazieren«, und es kam ihr nicht einmal kitschig oder überzogen vor.

Und dann waren da ihre Hände, die einander festhielten und sich gegenseitig streichelten als sei es das Natürlichste der Welt. Hier, auf diesem Fest, wo jeder es sehen konnte und es trotzdem vollkommen egal war.

»Was machen unsere Hände da?«, fragte sie irgendwann, ohne ihn auch nur eine Sekunde lang loszulassen.

»Lass sie doch«, erwiderte er lächelnd, »die spielen nur und vertragen sich schon.« Ihr Blick wanderte über seine schönen, schlanken Finger, die verästelten Adern, die leicht unter der Haut durchschimmerten, die vielen kleinen Sommersprossen, die sich vom Handgelenk aus Richtung Ellbogen ausbreiteten, und seine behaarten Unterarme, die aus den Ärmeln seines Hemds hervorlugten. Und den Ring, seinen Ehering am vierten Finger seiner linken Hand, natürlich bemerkte sie auch den.

»Bist du zum Spielen nicht viel zu verheiratet?«

Er lachte. »Viel zu verheiratet? Kann man denn weniger verheiratet sein?«

»Ich weiß nicht. Kann man?«

»Vielleicht. Dann bin ich jetzt gerade mal weniger verheiratet.«

»Und hast du eher mehr oder weniger Kinder?«, setzte sie das Spiel fort.

»Eher weniger. Eine Tochter. Aber die ist schon erwachsen.«

»Dann muss ich dich jetzt wohl fragen, wie alt du eigentlich bist.« Er zögerte, seine Hand zuckte kurz zurück, aber sie hielt sie fest. Würde er jetzt lügen? Sie schätzte ihn auf Mitte oder Ende vierzig.

»Fünfundfünfzig, fast sechsundfünfzig.«

»Oh.« Noch nie hatte sie mit einem Mann dieses Alters

Händchen gehalten oder auch nur geflirtet, im Gegenteil, mit ihrem kindlichen Aussehen zog sie meist wesentlich jüngere an. Doch es war seltsam: Hatte sie zu Beginn der Feier noch mit leichter Häme gedacht, dass er langsam in die Jahre kam, schien er jetzt, während er ihr gegenübersaß, mit ihr sprach und seine Finger mit ihren verschränkt hatte, von Sekunde zu Sekunde jünger zu werden. Benjamin Button, er war ein Benjamin Button! Seine großen blauen Augen, mit denen er sie neugierig musterte, lachten, in beiden Wangen bildeten sich jungenhafte Grübchen, ständig fiel ihm eine dicke Strähne seines vollen Haars in die Stirn, die er sich wieder und wieder aus dem Gesicht pustete, und selbst auf seiner Stupsnase entdeckte sie mehrere große Sommersprossen und dann noch eine direkt links über seinen vollen Lippen. »Dein Alter macht mir nichts aus«, sagte sie und kam sich im selben Moment unglaublich dämlich vor. Wie konnte sie so etwas sagen?

Aber wieder lachte er nur. »Das freut mich. Mir macht es auch nichts, dass du fast zwanzig Jahre jünger bist.«

Dann schwiegen sie beide, sahen sich einfach nur an, ließen ihre Hände weiter miteinander spielen und reden, sich alles erzählen, was ihnen auf dem Herzen lag, durch die Berührung Geheimnisse austauschen.

Irgendwann war es Mitternacht, und sie musste gehen, am nächsten Morgen wartete ein früher Termin auf sie. Doch sie konnte nicht. Sie wollte nicht, wollte seine Hand nicht loslassen und ihn dadurch verlieren. Nicht, ohne ihm zu sagen, in welchem Hotel sie wohnte, und ihn zu bitten, ihr später zu folgen.

4.
23. März

Kaiserhof«, hatte sie mir beim Abschied ins Ohr geflüstert, »ich warte auf dich.« Fünf Minuten nachdem sie fort war, verließ auch ich die Party. Das Hotel lag nur ein paar Minuten entfernt. Einigermaßen nervös huschte ich durch die Bar, aber ich sah in dem schummrigen Raum keine Frau, die ihr im Entferntesten glich, nur ein paar Geschäftsleute, die sich gegenseitig bei einem Absacker langweilten. Halb enttäuscht, halb erleichtert gab ich es auf. Alter Trottel, was hast du hier verloren? Du bist verheiratet, seit fast dreißig Jahren, glücklich *verheiratet, und streunst mitten in der Nacht durch Hotelbars wie ein ralliger Kater? Sieh zu, dass du ins Bett kommst, und zwar in dein eigenes!*

»Suchen Sie jemanden?«, fragte der Portier, als ich wieder in die Halle kam. »Nein«, sagte ich, »das heißt – doch. Eine Frau, die angeblich hier wohnt. Sie muss gerade zurückgekommen sein.«

Der Portier zog ein sehr professionelles Gesicht. »Ihr Name?«

Verflucht, ich wusste nicht mal, wie sie hieß! Dabei war sie, so hatte mir der Verleger beim Abschied zugeraunt, in ihrem Genre eine kleine Zelebrität. Zum Glück fiel mir wenigstens ihr Vorname ein. »Miriam ...«, sagte ich und reichte dem Portier einen Geldschein. »Mitte dreißig. Blonde Locken, glaube ich ...«

Der Portier runzelte kurz irritiert die Brauen, dann schlug er im Gästebuch nach und griff zum Telefon: »Da ist ein Herr, der nach Ihnen fragt«, sprach er diskret in die Muschel. »Herr ...?« Ein fragender Blick in meine Richtung.

»Andersen.«

Ein paar Sekunden Hochspannung, während ich leise ihre Telefonstimme hörte, doch ohne etwas zu verstehen. Dann die Auskunft des Portiers: »Nr. 17.«

Das Zimmer lag im ersten Stock, doch da ich ziemlich eilig die Treppe hinaufstieg, war ich ein bisschen außer Atem, als ich an ihre Tür klopfte.

»Sofort!«

Hinter der Tür Geraschel und Schritte. Als sie öffnete, holte ich tief Luft. Sie hatte sich schon ausgezogen, trug nur noch einen schwarzen BH und ein kleines bisschen schwarze Spitze unten herum.

»Komm rein«, sagte sie, als würde ich sie schon zum hundertstenmal mitten in der Nacht in einem Hotel besuchen, und tippelte auf ihren nackten Füßen zurück ins Zimmer. Vor dem Bett blieb sie stehen und drehte sich zu mir um.

»Du bist ja gar nicht blond«, sagte ich verwirrt.

»Wie bitte?«, lachte sie. »Warum sollte ich blond sein?«

»Ach nichts«, sagte ich, ging einen Schritt auf sie zu und strich über ihr glattes, braunes Haar. »Wahrscheinlich war es dein goldenes Kleid, weshalb ich ...« Statt den Satz zu Ende zu sprechen, nahm ich ihr Gesicht zwischen die Hände.

Sie sah mich an, ein bisschen prüfend, ein bisschen spöttisch.

»Was jetzt?«

»Was wohl?«

Ich hob ihr Kinn, und dann küssten wir uns. Doch seltsam, der Kuss fiel vollkommen leidenschaftslos aus. Wir küssten uns eher pflichtgemäß, weil es sich in dieser Situation eben gehörte, sich zu küssen, so wie es sich gehört, jemandem zur Begrüßung die Hand zu geben.

»Nur damit du es weißt«, sagte sie, als wir irgendwann aufs Bett sanken, »ich werde nicht mit dir schlafen.«

»Wie kommst du darauf, dass ich mit dir schlafen will?«, erwiderte ich. Statt einer Antwort warf sie einen kurzen Blick auf meine Hose. Ihr Mund lächelte, aber ohne ihre Augen.

»Oh Gott, bin ich müde.« Tatsächlich, jetzt gähnte sie auch noch.

»Willst du schon schlafen?«, fragte ich wie ein Idiot.

Sie gab keine Antwort, sondern kuschelte sich einfach unter ihre Decke, als wäre ich gar nicht da, und es dauerte keine Minute, bis sie schlief. Was war das denn für eine Nummer? Lädt mich in ihr Zimmer ein und pennt hier einfach vor mir weg? Für einen Moment war ich beleidigt, ein Reflex meiner männlichen Eitelkeit, aber der Moment dauerte gerade einen Wimpernschlag. Tatsächlich war ich gar nicht beleidigt, nicht im Geringsten. Eher amüsiert. Eine Verrückte! Total durchgeknallt! Ihr Atem ging schon ganz gleichmäßig, und ihre Lider zuckten, als würde in ihr immer noch irgendwas kämpfen. Plötzlich, ohne jeden Grund, hatte ich das Gefühl, dass ich sie wahnsinnig gernhaben würde, wenn wir uns erst kannten ... Doch dazu würde es wohl nicht kommen. Schade. Sehr schade. Ich stand auf und suchte meine Schuhe.

»Wenn du willst, kannst du ruhig bleiben«, murmelte sie im Halbschlaf. »Du bist doch genauso müde wie ich.«

»Meinst du das im Ernst?«

»Natürlich.« Blinzelnd schlug sie die Bettdecke zurück und rückte ein Stück zur Seite. »Komm, stell dich nicht so an.«

Einen Moment zögerte ich. Meine Nacht bei Maude *fiel mir ein, ein uralter Film von Truffaut, mit Jean-Louis Trintignant und Jeanne Moreau. Nein, so blöd wie Trintignant, der die ganze*

Nacht im Mantel und mit hochgestelltem Kragen an Maudes Bett auf seinem Stuhl hockte, war ich nicht! Also zog ich mich aus und legte mich zu ihr.

Ohne sich umzudrehen, tastete sie mit einer Hand nach mir. »Oh, du bist ja nackt«, sagte sie. »Ganz nackt.«

5.

Erst als er vor ihrer Zimmertür stand, ein bisschen schwer atmend, sie irritiert musternd, weil sie nur noch Unterwäsche trug, wurde ihr klar, was sie gerade getan hatte. Sie hatte einen fast wildfremden Mann in ihr Hotel bestellt, einen Mann, von dem sie nicht wusste, ob er harmlos war oder vielleicht gewalttätig, noch, wie er ihren offenherzigen Empfang interpretieren würde. »Verdammt, Mirchen!«, schimpfte sie lautlos mit sich selbst. »Wie soll er das wohl deuten? Schließlich hast du ihm in Unterwäsche geöffnet!« Wie schon oft in ihrem Leben hatte sie sich gar nichts dabei gedacht, hatte nur das unbequeme Kleid loswerden wollen, arglos und naiv wie ein Kind. »Auch nicht schlimmer, als wäre es ein Bikini«, beruhigte sie sich selbst, wohl wissend, dass das natürlich Unsinn war.

»Hallo, da bin ich«, sagte er lächelnd, während er noch immer auf der Türschwelle stand. Sie zögerte, was sollte sie jetzt tun? Ihn wieder wegschicken, nachdem sie ihn zu sich beordert hatte? Ihm erklären, dass es so nicht gemeint gewesen war? Dass, als sie es ihm ins Ohr geflüstert hatte, nur einer der kleinen Dämonen, die sie so oft piesackten, mit ihr durchgegangen war? Dass sie nur hatte wissen wollen, ob er ihr wirklich folgen würde, und er jetzt, nachdem er es getan hatte, gern wieder verschwinden dürfe?

»Komm rein«, sagte sie stattdessen. Denn all diese Gedanken, die ihr durch den Kopf schossen, kamen ihr unverschämt und verletzend vor. Beinahe musste sie kichern. »Unverschämt und verletzend«, das würde sie später auf dem Polizeirevier zu Protokoll geben, falls ihr etwas passieren sollte – »hören Sie mal, ich konnte doch nicht so unverschämt und verletzend sein!«

Doch während er eintrat und eine Sekunde später seine Verwunderung darüber äußerte, dass sie nicht blond, sondern brünett war, weil ihr goldenes Kleid ihn offenbar verwirrt hatte, da musste sie tatsächlich lachen, und alle Unsicherheit fiel von ihr ab. Absurd, es war eine absurde Situation, umso absurder, weil sie ihr überhaupt nicht so vorkam. Als sei es das Natürlichste auf der Welt, nachts in Unterwäsche einen Mann zu empfangen, mit dem sie erst wenige Stunden zuvor das erste Mal gesprochen hatte. Abgesehen von ihrer flüchtigen Begegnung vor Jahren, bei der er ihr sein Buch signiert hatte. Das ungelesene Buch, zu Hause im Regal, von dem sie nicht einmal mehr wusste, wie es hieß.

Aber auch das sagte sie nicht, sie sagte vieles nicht, während er ihr Gesicht in beide Hände nahm und sie küsste. Sagte ihm nicht, dass sie ihn zwar sehr mochte, ihn attraktiv und interessant fand, er aber in Wahrheit nur ein Opfer ihrer Eitelkeit geworden war. Hinter ihr lag eine anstrengende Zeit, ein neuer Roman von ihr war eben erst erschienen, und sie war für Lesungen kreuz und quer durchs Land gereist. Doch die noch größere Erschöpfung fühlte sie, weil erst vor Kurzem eine Beziehung gescheitert war, eine kurze Liaison, die in Verletzung und Enttäuschung geendet hatte. Ein schmerzhafter Schlag gegen ihr Ego, und sie hatte Philipp Andersen an diesem Abend dazu ausgewählt, diese Wunde ein wenig zu heilen. Ein erfolgreicher, aber älterer Mann, viel zu alt für ernsthafte Absichten – warum nicht? Ein perfekter Spielball für diesen Zweck, einzig und allein dafür. Niemand, der ihr zu nahe kommen, der ihr gefährlich werden könnte, in dessen Bewunderung sie sich einen Abend lang hatte sonnen wollen und gut. Das alles konnte sie ihm nicht sagen, das konnte sie doch nicht! Allerdings nahm sie an, dass er es in ihrem Kuss spüren würde, der distanzierter als ein flüchtiges Händeschütteln war.

Und trotzdem – da war etwas in dieser aseptischen Berührung, das in ihr den Wunsch weckte, dass er bei ihr blieb. Sie konnte nicht benennen, was es war, aber als er nach kurzer Zeit – und wie sie meinte, deutlich missgelaunt – Anstalten machte, wieder zu gehen, fragte sie ihn, ob er nicht bei ihr schlafen wollte. Bei ihr, nicht mit ihr, harmlos aneinandergekuschelt wie Freund und Freundin, ein kleines bisschen Nähe in der Nacht. Und er tat es. Zu ihrer überaus großen Überraschung legte er sich neben sie ins Bett. Allerdings nicht ganz so harmlos wie gedacht, denn bevor sie müde wegdämmerte, bemerkte sie noch, dass er sich komplett ausgezogen hatte. Gähnend drehte sie sich zu ihm um, rutschte ganz dicht an ihn heran, verschränkte ihren Körper mit seinem, schmiegte ihren Kopf an seine warme, behaarte Brust – und schlief dann einfach ein.

6.
23. März

Was hatte ich in diesem Hotel verloren? In diesem Zimmer? In diesem Bett? Wie eine Katze hatte sie sich in meine Umarmung hineingerollt, als wollte sie darin verschwinden, so wie sie in ihrem Schlaf verschwunden war. Und ich lag wach und starrte in der Dunkelheit an die Decke und wusste nicht, wohin mit meiner Lust, die diese fremde Frau immer wieder in mir weckte, wenn sie sich im Schlaf bewegte, ab und zu flüchtig meine Erektion streifte, ohne es zu merken, mal mit der Hand, mal mit dem Schenkel, mal mit dem Bauch. Wie sollte ich da ein Auge zutun? Gerade die Absichtslosigkeit ihrer Berührungen erregte mich, sodass ich, statt zu schlafen, die ganze Zeit mit angehaltenem Atem darauf hoffte, dass es wieder geschah.

»Du bist ja noch wach«, flüsterte sie irgendwann und räkelte sich in meinem Arm.

Ein Tierchen, das sprechen kann, dachte ich. Ein unglaublich sympathisches, liebenswertes Tierchen, das sich da in meine Arme kuschelt ... Ich kraulte ein wenig ihren Rücken. Wieder streifte sie mich mit ihrer Hand. War das eine Aufforderung? Angespannt lauschte ich in die Dunkelheit. An ihrem Atem hörte ich, dass sie noch nicht wieder eingeschlafen war – also war die Berührung kein Zufall gewesen. Vorsichtig tastete ich nach ihrem Höschen.

»Darf ich?«

Statt einer Antwort lüftete sie den Po, damit ich das bisschen Spitze entfernen konnte, und streifte dann auch ihren BH ab. Mein Gott, jetzt war sie nackt, genauso nackt wie ich! Mit sanftem Druck schob ich ihre Schenkel auseinander, und als ich spürte, dass sie nachgab, ja mir sogar ein wenig half, ihr näher zu kommen, nahm ich meinen ganzen Mut zusammen. Ich hatte schon einmal an ihre Tür geklopft, und sie hatte aufgemacht. Vielleicht würde sie jetzt ein zweites Mal ...

So behutsam ich konnte, versuchte ich es und berührte sie. Aber diesmal blieb die Tür verschlossen.

»Es geht nicht«, sagte sie leise und zog sich wieder zurück. »Nicht, weil ich nicht will. Aber es geht nicht.«

Sie sagte das ganz ruhig, ohne jeden Vorwurf, aber doch so klar und entschieden, dass ich keinen zweiten Versuch unternahm. Die Art, wie sie mich zurückwies, war auf brutale Weise ehrlich, so ehrlich wie ihr Körper, der sich mir verschloss. Ich hatte es ja selber gespürt, dass es nicht ging, dass sie nicht bereit war. Trotzdem hatte ihre Zurückweisung nichts Verletzendes. Weil ich spürte, dass sie nicht mich verletzen, sondern nur sich selber schützen wollte. Auch wenn ich nicht wusste, wovor.

Um meiner Anwesenheit in ihrem Bett irgendeinen Sinn zu geben, beschloss ich, für diese Nacht der Hüter ihres Schlafs zu sein. Sie war natürlich schon längst wieder weggeschlummert, und während sie in meinem Arm ganz leise vor sich hin schnorchelte, gab meine Lust endlich klein bei. Wieder konnte ich nicht sagen, ob ich erleichtert war oder enttäuscht. Aber war das nicht vollkommen egal? Aus welchem Grund auch immer fand ich es auf einmal unglaublich schön, hier mit dieser fremden Frau in der Dunkelheit eines Hotelzimmers zu liegen, in dem schon Tausende anderer Menschen vor uns gelegen hatten. Einfach so, ohne dass wir miteinander schliefen, ihren warmen Körper an meinem Körper zu spüren, diesen Körper, der nicht lügen konnte und meine Nähe suchte und sich an mich schmiegte, auch wenn er mich nicht in sich haben wollte. Ohne physische Erregung genoss ich diese wortlose und gleichzeitig so intensive Intimität, die ich nie erfahren hätte, hätten wir in dieser Nacht miteinander geschlafen.

»Miriam«, sprach ich leise ihren Namen aus, zum allerersten Mal in ihrer Gegenwart, so wie man sich kneift, um sich zu vergewissern, dass man nicht träumt. »Miriam ...«

Ob es wohl jemanden gab, der sie Mirchen nannte?

Die Vorstellung versetzte mir einen kleinen Stich, und um ihn nicht zu spüren, küsste ich sie auf ihre unablässig zuckenden Lider. In welchem Monat war sie wohl gerade, tief drinnen in der Einsamkeit ihres Schlafes? Immer noch im April? Ich schlug die Decke zurück und stützte mich im Bett auf, um sie in dem schwachen Lichtschein, der durch die angelehnte Badezimmertür zu uns drang, zu betrachten. Ich hatte noch nie im Leben mit einer Frau im Bett gelegen, die so hübsch und trotzdem so wenig mein Typ war. Sie hatte ein sehr niedliches Gesicht, mit einer noch niedlicheren Stupsnase, die unter ihren verwuschelten Haaren neugierig hervorlugte, doch ihr Körper war eher der eines Jungen. Frauen, die mir gefielen, hatten fast immer etwas Bauch und auch sonst deutliche Rundungen. Doch sie war so schlank, dass die Silhouette ihres nackten Körpers sich in kaum erkennbaren Kurven auf dem weißen Laken abzeichnete, und ihr Busen war so klein und fest wie ein Pfirsich, den man noch nicht pflücken darf. Ich musste lächeln. Seltsam, die großen, dunklen Aureolen ihrer Brüste waren genauso scharf konturiert wie die schwarzblauen Ringe um die helle Iris ihrer Augen.

Ich warf einen Blick auf den Radiowecker. Schon vier Uhr. Warum wurde ich eigentlich nicht müde?

Ich hörte ein leises Stöhnen und drehte mich wieder zu ihr um. Ihr Gesicht, das eben noch so entspannt gewesen war, wirkte jetzt gequält, irgendetwas suchte sie im Schlaf heim, unruhig tastete sie mit der Hand nach der Stelle, wo ich gelegen hatte. Plötzlich hatte ich Angst, dass grauer November in ihr war, und ich beugte mich über sie, um ihren schlafenden Körper zu küssen. Ich streifte mit den Lippen ihren halb geöffneten Mund, fuhr an ihrem Hals entlang, umkreiste ihre Brüste und küsste ihren flachen Bauch. Durfte ich das? Oder war das schon etwas, wofür man mich vor Gericht belangen konnte? Vielleicht, ich hatte keine Ahnung. Aber ich hatte kein schlechtes Gewissen dabei. Ich tat das ja nicht für mich, sondern für sie. Weil ich wollte, dass in ihrem Traum oder in ihrer Seele oder wo immer sie gerade steckte, Mai oder Juni war. Selbst wenn dann an diesem Ort jemand sie küsste, der sie Mirchen nannte.

Irgendwann bin auch ich eingeschlafen.

Als ich aufwachte, lag sie auf dem Rücken, die Arme und Beine von sich gestreckt. Und ich – ich lag mit dem Kopf auf ihrem Bauch, wie ein erschöpfter Liebhaber, mit ihrer rechten Hand auf meiner Brust, genauso nackt und preisgegeben wie sie. Während von draußen das erste Licht des Tages durch die Ritzen der Jalousie drang und die Vögel laut brüllten, merkte ich, wie wenig ich geschlafen hatte.

Zwanzig nach sechs. Um Gottes willen! Zum ersten Mal in dieser Nacht dachte ich an meine Frau. Ich hatte ihr gesagt, dass ich bei Martin schlafen würde, meinem Münchner Freund. Wenn sie ihn jetzt dort anrief, bevor ich bei ihm war ...

Plötzlich war das schlechte Gewissen da. Was hatte ich getan? Hatte ich überhaupt etwas getan? Eigentlich nicht, versuchte ich mir einzureden, abgesehen von den wenigen, leidenschaftslosen Küssen, die wir miteinander getauscht hatten, war ja gar nichts passiert, und solche Küsse waren lässliche Sünden, für die ich auf Vergebung hoffen durfte. Aber ich wusste, dass das nicht die Wahrheit war. Wenn ich mit dieser fremden Frau geschlafen hätte, hätte ich mich nicht halb so schuldig gefühlt, wie ich es jetzt tat.

Ja, ich hatte meine Frau betrogen. Weil diese seltsame Nacht eine der schönsten Nächte gewesen war, die ich je mit einer Frau verbracht hatte.

7.

Als sie Stunden später wieder aufwachte, lag er nicht mehr neben ihr, sondern stolperte angezogen durchs dämmrige Zimmer.

»Was machst du?«, fragte sie und setzte sich auf.

»Ich muss gehen«, sagte er. »Ich wollte nicht einfach so verschwinden, sondern dir einen Zettel schreiben, aber ich finde kein Papier.« Er blieb vor dem Bett stehen und sah sie unsicher an, sein Körper in zögerlicher Haltung, wie auf dem Sprung und gleichzeitig auch nicht. »Sonst habe ich nur die hier«, sagte er und hielt eine Visitenkarte hoch. »Ist gut, die reicht doch.«

»Tja.«

»Tja.«

Plötzlich geschah dasselbe wie am Abend zuvor, sein Gesicht begann sich zu verändern, wurde jünger, sein zaghaftes Lächeln ließ in jeder Wange ein tiefes Grübchen entstehen. Mitte fünfzig? Nein, er sah aus wie Anfang dreißig. Er machte ein paar Schritte rüber zum Sekretär neben dem Schrank, legte dort seine Karte ab und wandte sich dann, ihr zunickend, Richtung Zimmertür.

»Mich findest du im Internet, ich habe eine Homepage«, rief sie ihm eilig hinterher, bevor er verschwunden war. »Du kannst mir ja schreiben.«

Er drehte sich wieder zu ihr um. Jetzt Anfang zwanzig. Fast ein bisschen ungelenk schien er von einem Fuß auf den anderen zu treten. In diesem Moment konnte sie nicht anders, sie streckte ihm beide Arme entgegen. Sie wollte nicht so eine Verabschiedung, gehetzt, eilig und peinlich, beinahe schuldbewusst, nicht nach so einem seltsamen Abend und einer so nahen Nacht. Er zögerte nicht, sondern kam sofort zu ihr zurück, setzte sich zu ihr aufs Bett, umarmte sie und gab ihr einen flüchtigen Kuss auf den Mund. Danach sahen sie sich schweigend an, das Blau seiner Augen leuchtete trotz des dämmrigen Lichts, und sie hatte den Eindruck, als würde er leicht zittern.

»Ich melde mich«, sagte er, als er wieder aufstand und dann endgültig ihr Zimmer verließ.

Eine Weile starrte sie noch auf die verschlossene Tür, rutschte dann wieder zurück unter die Decke und zog sie sich hoch bis über den Kopf, versteckte sich in der Dunkelheit darunter, wie Kinder es tun, wenn sie nicht gesehen werden wollen. Was hatte sie da nur wieder angezettelt? Warum war das alles passiert? War sie nicht langsam alt genug, um so einen Unfug bleiben zu lassen, um sich selbst und ihre Teufelchen besser im Griff zu haben? Sie war doch eine erwachsene Frau, eine, die mitten im Leben stand! Beruflich zumindest, privat war sie nicht viel weiter als ein Teenager.

Auf eine gescheiterte Ehe blickte sie zurück – und auf zig verkorkste Beziehungen. Und dann noch ... Nein, darüber wollte sie jetzt nicht nachdenken, das hier war nicht der richtige Zeitpunkt dafür. Sie schloss die Augen, atmete tief ein und aus und versuchte, sich auf ihren Termin zu konzentrieren, der in wenigen Stunden anstand. Doch immer wieder funkten die Gedanken an Philipp Andersen dazwischen, bis sie schließlich genervt die Bettdecke zurückschlug, unter die Dusche stieg und sich selbst, während warmes Wasser über ihren Körper lief, immer wieder sagte, dass diese eigenartige Nacht ohne weitere Folgen bleiben würde. Eine kleine Anekdote, eine unwichtige Randnotiz, die am nächsten Tag schon wieder vergessen sein würde.

Kapitel 2

1.
23. März

Zum Glück gab es Martin.
»Und wie soll das jetzt weitergehen?«, fragte er, als wir nach dem Frühstück einen Spaziergang machten.
»Wie kommst du darauf, dass es weitergeht?«, fragte ich zurück. Er schaute mich nur einmal kurz von der Seite an.
»Okay«, sagte ich. »Ich war schon fast aus dem Zimmer, da drehte ich mich noch mal um, und plötzlich streckte sie mir ihre Ärmchen entgegen. Einfach so, ohne was zu sagen. Das hat mich umgehauen. – Sag mal, kannst du mal an meinem Hemd riechen, ich meine, wegen Parfüm oder so?«
Prinz, Martins uralter, hüftsteifer Rauhaardackel, der aussah wie eine Klosettbürste auf vier Beinen, schaute verwundert zu, wie sein Herrchen an mir herumschnupperte.
»Ohne Befund«, erklärte Martin.
»Bist du sicher?«, fragte ich. »Ich meine, ich rieche was. Ein ganz zarter, feiner Duft.«
»Das Einzige, was du riechst, ist dein schlechtes Gewissen.«
»Ich habe kein schlechtes Gewissen. Weshalb auch?«
Während Prinz an einen Baum pinkelte, grinste Martin mich so dreckig an, dass ich mich abwandte und weiterlief. Meine Frau und ich hatten ganz zu Beginn unserer Beziehung

eine Regel vereinbart, die wir in den vielen Jahren unseres Zusammenseins zwar nie wieder bekräftigt, aber auch nie aufgekündigt haben. Wir sind beide zutiefst davon überzeugt, dass wir füreinander geboren sind, die jeweils große Liebe, und wollen für immer zusammenbleiben und miteinander alt werden und am liebsten sogar zusammen sterben. Gleichzeitig wissen wir aber beide, dass dieses wunderschöne Ideal der einen großen lebenslangen Liebe angesichts von sieben Milliarden Menschen auf der Welt eine nicht immer und jederzeit haltbare Illusion ist. Gelegentliche Auswärtsspiele sind darum stillschweigend erlaubt, vorausgesetzt, sie gefährden nicht unsere Ehe. Und wenn es mal passiert und die Sache ohne Folgen bleibt, braucht keiner dem anderen was zu beichten – im Gegenteil. Uns ist es beiden lieber, in so einem Fall nichts zu wissen. Weil solches Wissen nur wehtut, ohne jemandem zu nützen.

»Weiß sie eigentlich, wie alt du bist?«, fragte Martin, als er mich mit seiner Töle eingeholt hatte. »Wer?«

»Miriam natürlich. Mirchen.«

»Was fällt dir ein, sie so zu nennen?«

»Oh, sind wir schon eifersüchtig?«

»Halt's Maul«, erwiderte ich. »Ja, weiß sie«, knurrte ich dann. »Sie hat mich gleich danach gefragt, nach ungefähr dreißig Sekunden.«

»Und du hast nicht gelogen?«

»Um ehrlich zu sein, im ersten Moment wollte ich sagen, ich wäre neunundvierzig. Aber das wäre ja noch peinlicher gewesen. Also habe ich die Wahrheit gesagt.«

»Idiot.«

»Warum?«

Martin schüttelte den Kopf. »Hast du heute schon mal in den

Spiegel geschaut? Mein Gott, siehst du fertig aus! Die muss sich beim Aufwachen ja gegruselt haben. Meine Nacht mit Jopi Heesters. Wie lange hast du eigentlich geschlafen?«

»Keine zwei Stunden.« Erst jetzt spürte ich, wie tot ich war. Und gleichzeitig, wie lebendig. So lebendig wie schon seit Jahren nicht mehr.

Prinz kam zu mir herangehoppelt und schnupperte an meinen Beinen.

Martin grinste zum zweiten Mal. »Ich finde, du solltest ihr eine Mail schicken. Oder wenigstens eine SMS.«

»Bist du verrückt?«, rief ich, als hätte er mir einen unsittlichen Antrag gemacht. »Auf gar keinen Fall!«

2.

Die Besprechung war eine kleine Katastrophe. Sie saß mit ihrer neuen Lektorin Anja, die ihre nächsten Projekte betreuen würde, vor einem Frühstückscafé in der Sonne und versuchte sich darauf zu konzentrieren, was ihr Gegenüber gerade erzählte. Es gelang ihr kaum, auch nur eine Sekunde lang richtig zuzuhören, immer wieder wanderten ihre Gedanken zu Philipp, wie kleine Flashbacks blitzten Bilder von ihm vor ihrem inneren Auge auf. Wie sie bei dem Fest zusammengesessen, sich unterhalten und dabei Händchen gehalten hatten, wie er schwer atmend vor ihrer Zimmertür gestanden, wie er sie nachts im Arm gehalten hatte ...

Sie war froh, nicht mit ihm geschlafen zu haben. Einen kurzen Moment lang, nachdem er sie ausgezogen hatte, war sie versucht gewesen, es doch zu tun. Warum auch nicht? Sie war ja Single und konnte tun und lassen, was sie wollte, und Sex mit ihm, einem fast zwanzig Jahre älteren Mann, wäre mit Sicherheit eine interessante Erfahrung gewesen. Sie wusste bisher nur, wie sich junge Männer anfühlten, kannte deren feste und glatte Haut, die manchmal ein bisschen pudrig roch. Das war bei ihm anders, er roch ungewohnt männlich, so männlich wie seine behaarte Brust, und sein Körper war natürlich weicher und faltiger als der eines Dreißigjährigen. Trotzdem hatte sie sich gern an ihn geschmiegt, hatte seine Umarmung, die so innig und doch so unschuldig war, genossen. Geborgenheit, dieses Wort schoss ihr durch den Kopf. Ja, genau das war es, sie hatte sich bei ihm geborgen gefühlt, aufgehoben, beschützt, wie ein Kind, das in den Schlaf gewiegt wird. Hatte auch das an seinem Alter gelegen? Oder an ihm selbst?

»Sollen wir es so machen?«, unterbrach Anja ihre Gedanken, und sie nickte nur stumm, ohne auch nur die geringste Ahnung zu haben, was ihre Lektorin damit meinte. »Gut. Dann bestelle ich mal die Rechnung.« Während ihre Gesprächspartnerin aufstand, um ins Café zu gehen und zu bezahlen, ließ Miriam sich zurück in die Bilder sinken. Doch, sie war wirklich froh, dass sie nicht mit ihm geschlafen hatte. Sie konnte das nicht mehr, einfach so mit einem Mann ins Bett gehen. Früher hatte sie es oft getan, aber seitdem sie wusste, dass es ihr mehr schadete, als dass es ihr Lust bereitete, verzichtete sie darauf. Sie musste sich selbst schützen vor solchen Verletzungen, das hatte sie mit den Jahren gelernt. Und es waren viele, viele Verletzungen gewesen, die sie schon hatte ertragen müssen.

Cameron Diaz im Film *Vanilla Sky* kam ihr in den Sinn,

eine Szene, in der sie zu Tom Cruise sagt: »Wenn du mit jemandem schläfst, macht dein Körper ein Versprechen, ob du es willst oder nicht.« Und sie hatte Philipp nichts versprochen, so wenig, wie er es getan hatte. Wie hätte er das auch tun können? Er war ja verheiratet, er war schon versprochen, hätten sie miteinander geschlafen, wäre diese Nacht nicht die bittersüße Erinnerung, die sie jetzt für sie war – sie wäre schal und abgeschmackt, schmutzig, ein billiger One-Night-Stand in einem fremden Hotelbett. Und die Branche war klein, sie würde Philipp vermutlich immer mal wieder über den Weg laufen und spürte Erleichterung darüber, dass sie sich dann nichts vorzuwerfen hätte. Und er auch nicht, er musste kein schlechtes Gewissen gegenüber seiner Frau haben, denn es war ja nichts passiert. Ja, sie waren nackt gewesen und hatten ein paar Küsse ausgetauscht, aber das war doch so harmlos wie erste Annäherungen von Jugendlichen in einem Feriencamp am Lagerfeuer. Er hatte sie für ein paar Stunden von ihrer Einsamkeit befreit, nichts weiter, nur ein bisschen Traurigkeit von ihr genommen, ihr einen Augenblick lang das Gefühl gegeben, nicht so schrecklich allein auf dieser Welt zu sein. War das Betrug? Nein, das war nichts, was man ihr oder ihm übel nehmen konnte.

Ihre Lektorin kam zurück, sie verabschiedeten sich voneinander. Miriam nahm ihr Rollköfferchen und winkte sich ein vorbeifahrendes Taxi heran, um sich zum Flughafen bringen zu lassen. »München«, dachte sie, während draußen das Ortsschild an ihr vorüberglitt, »das war also München.« Zurück in Hamburg würde sie einfach nicht mehr daran denken und die ganze Sache genauso vergessen wie Philipps Roman in ihrem Regal.

Ihr Handy piepte, sie holte es aus der Tasche und las die neue Nachricht in ihrem Posteingang:

Post coitum animal triste? Da lob ich mir die Fastenzeit ...
Es war mir ein Vergnügen, dich ein wenig kennenzulernen.
Ich wünsche dir einen guten Flug!
Philipp
Von meinem iPhone gesendet. Über tippfehller bitte großzügig hinweg sehen.

Sie musste lächeln. Hatte er gespürt, dass sie gerade an ihn dachte? Und es schien ihm genauso zu gehen wie ihr, er war wohl ebenfalls froh darüber, dass nichts passiert war. *Animal triste,* sie steckte das Telefon weg und blickte gedankenverloren nach draußen, wo die Landschaft vorüberflog. »Mein kleines Tierchen«, das hatte sie ihn irgendwann benommen im Halbschlaf flüstern hören. Tierchen. Mirchen, ihr Spitzname, den er nicht kennen konnte. Sie kramte ihr Handy wieder aus der Tasche und antwortete ihm.

3.
23. März

Zu Hause empfing mich ein übervoller E-Mail-Account. Werbung, Anfragen zu einer Lesung und einer Podiumsdiskussion, ein Dutzend Facebook-Nachrichten, Terminerinnerungen, Vertragsentwürfe meines Verlags für zwei Auslandslizenzen – und eine leicht beleidigte Nachricht meines neuen Verlegers. Er habe gehört, ich sei auf der Jubiläumsparty meines alten Verlags gewesen – was ich dort verloren hätte?

Das fragte ich mich allerdings auch ...

Ich griff zum Telefon. Vielleicht war das genau der richtige Zeitpunkt, um mit ihm über die Zukunft zu sprechen. Mit Verlegern ist es wie mit Ehefrauen: Ein bisschen Eifersucht kann nicht schaden, um die wechselseitige Wertschätzung zu erneuern und die Beziehung zu beleben.

Aus dem unteren Stockwerk hörte ich, wie meine Frau in der Küche mit Töpfen und Tellern hantierte. Als ich aus München zurückgekommen war, hatte sie mich am Herd empfangen. Zum Glück! Meine Frau hat eine sehr feine Nase, aber gegen mein Lieblingsgericht, das da gerade vor sich hin garte, Bratwurst mit Rotkohl, hatten flüchtig-zarte Parfümspuren keine Chance. Selbst nicht bei einem so innigen Kuss, wie meine Frau und ich ihn zur Begrüßung getauscht hatten.

»Schön, dass du wieder da bist. Wie war's?«

»Das Übliche. Backen aufblasen und wichtigtun. Du hast absolut nichts verpasst.«

»Dann ist es ja gut, dass ich hiergeblieben bin.«

Ich ging am Computer noch einmal den Posteingang durch. Warum hatte Miriam mir nicht geantwortet? Hatte sie meine Mail in den falschen Hals gekriegt? Sie sollte doch nur wissen, dass ich alles gut fand, wie es gewesen war.

Was sie jetzt wohl gerade tat? Als ich mich angezogen hatte, war ich über ihre Klamotten gestolpert, die im ganzen Zimmer verstreut gelegen hatten. Offenbar trug sie nicht immer goldene Paillettenkleider, unter dem Schreibtisch hatte ich Jeans und ein paar alte, ausgelatschte Chucks gesehen. Paillettenkleider und Chucks, das fand ich irgendwie sympathisch.

Während ich mir vorstellte, wie sie jetzt gerade vielleicht mit ihren Chucks durch Schwabing lief, legte ich das Telefon zurück auf die Station. Meinen Verleger konnte ich nach dem Mittagessen immer noch anrufen. Gar nicht nötig, dass ich mich sofort bei ihm meldete. Dann dachte er am Ende noch, ich sei nervös wegen der neuen Verträge. Mein letztes Buch war leider nicht so gut gelaufen, wie wir beide es erhofft hatten.

Apropos: Sollte ich Miriam vielleicht ein Buch von mir schicken? Das wäre eine nette kleine Geste und hätte trotzdem nichts zu bedeuten – ein Akt der Höflichkeit unter Kollegen, weiter nichts, und schließlich hatten wir uns lange über unsere Arbeit unterhalten. Statt meine Mails zu beantworten, trat ich an das Regal mit meinen Belegexemplaren. Welcher von meinen Romanen würde ihr wohl gefallen? Würde ihr überhaupt eines meiner Bücher gefallen? Sie sah nicht so aus, als würde sie sich für historische Themen interessieren. Obwohl – in ihren Augen war ich wahrscheinlich selber schon historisch, und trotzdem hatte sie sich in der Nacht splitterfasernackt an mich geschmiegt. Vielleicht hatte sie ja eine archäologische Ader, von der sie selber nichts wusste, und liebte in ihrem Unterbewusstsein Ruinen ... Ich streifte mit den Augen über die Bücherrücken, auf denen in chronologischer Reihenfolge ihres Erscheinens die Titel meiner Romane prangten: »Es war einmal in Deutschland«, »Der Kuss des Philosophen«, »Das süße Gift der Schönheit« ...

Plötzlich musste ich lachen. »Der Mormone« – ausgerechnet!

Als ich den Roman aus dem Regal nahm, beschlich mich das dunkle Gefühl, irgendwann schon mal ein Buch für Miriam signiert zu haben, vor etlichen Jahren, auf einem Presseempfang in Frankfurt. Und wenn es wirklich eine Erinnerung und nicht nur Einbildung war, weil ich diese seltsame Nacht mit ihr ver-

bracht hatte, wusste ich sogar, was ich damals aller Wahrscheinlichkeit nach unter die Widmung geschrieben hatte: »Ich spüre schon Ihren Atem in meinem Nacken.« Das schrieb ich nämlich immer, wenn ein jüngerer Kollege oder eine jüngere Kollegin mich um eine Widmung bat und mir gerade nichts Besseres einfiel. Eine Standardphrase, die plötzlich eine nie geahnte Bedeutung bekommen hatte. Ich hatte ja wirklich Miriams Atem gespürt, keine zehn Stunden war das her. Aber nicht im Nacken, sondern im Gesicht. So nah, dass ich jetzt noch, allein bei der Erinnerung daran, schon wieder leichte Lust verspürte.

Ich schnupperte an meinem Hemd und glaubte wieder ihren Duft zu riechen, trotz Bratwurst und Rotkohl. Sollte ich ihr noch eine zweite Mail schreiben? Dass ich gut angekommen sei und sie sich keine Sorgen um ihren No-Night-Stand zu machen brauche? Oder war das zu aufdringlich?

»Essen ist fertig!«, rief meine Frau.

Ich zuckte zusammen wie ein erwischter Ladendieb. Nein, ich würde Miriam keine weitere Mail schreiben. Und auch kein Buch schicken. War ja albern.

Ich stellte gerade den »Mormonen« zurück ins Regal, da machte es »Pling!« in meinem PC.

Moin!
Ich sitze hier mit meiner neuen Lektorin vor einem Café in der Sonne, lasse mir das (sehr späte) Frühstück schmecken und genieße das Dolce Vita. Es wird böse enden. GANZ böse! Hat mich auch gefreut, Sie schlimmer Finger, Sie!
M.

4.

Als sie am Abend ihre leere Wohnung betrat, war sie müde und kaputt. Erschöpft vom Vorabend, von der seltsamen Nacht und der konfusen Besprechung, von der sie so gut wie nichts mitbekommen hatte, schob sie ihren Koffer ins Schlafzimmer und ließ sich in voller Montur auf ihr großes Bett fallen. Sie wollte schlafen, einfach nur schlafen. Etwa fünf Minuten lag sie so da, lauschte ihrem eigenen Atem und dem Rauschen der Autos, die unten auf der Straße vorüberfuhren. Erst vor wenigen Stunden hatte jemand neben ihr gelegen, und jetzt war sie wieder allein. Wie meistens.

Philipp Andersen. Auf dem Rückflug hatte sie sich die größte Mühe gegeben, ihn aus ihren Gedanken zu verscheuchen. Sie hatte ihm auf seine Nachricht nett, aber nicht überschwänglich geantwortet – und damit müsste diese kurze Episode nun abgeschlossen sein. Jeder war wieder in sein »richtiges« Leben zurückgekehrt, er da unten im Süden, sie hier oben im Norden. Trotzdem spukte er ihr noch immer durch den Kopf, und sie erwischte sich bei der Frage, ob er wohl auch wieder zu Hause in Freiburg war. Und ob er ihr noch einmal geschrieben hatte – seit sie das Flugzeug verlassen hatte, hatte sie ihr Smartphone absichtlich nicht wieder angestellt, um nicht in Versuchung zu geraten, einfach nachzusehen. Aber das war ja albern, so albern und kindisch, wie sie selbst manchmal war. Spätestens morgen, wenn sie wieder an ihrem Schreibtisch sitzen und arbeiten würde, würde sie es wissen. Ob da noch eine Nachricht von ihm war oder nicht. Seufzend erhob sie sich vom Bett, sie würde doch besser sofort nachsehen, um später in Ruhe schlafen zu können. Während sie im Arbeitszimmer ihren Computer hochfuhr, spürte sie, wie hin- und hergerissen sie war, weil sie einerseits hoffte, dass er auf ihre banale Mail noch einmal reagiert hatte, und es zur gleichen Zeit befürchtete.

Als sie in ihrem Outlook-Account die neuen Nachrichten überflog, stolperte sie als Erstes über eine Mail, die *nicht* von ihm war. Sondern von dem anderen. Von dem, der ihr vor wenigen Wochen noch so viel Kummer bereitet hatte, wegen dem sie in Wahrheit in Philipp Andersens Armen gelandet war, dem sie es hatte zeigen wollen, auch, wenn er davon natürlich gar nichts hatte mitbekommen können. Und dem sie kurz vor ihrem Abflug nach München noch eine Mail geschickt hatte, um ihn um eine Erklärung für das plötzliche Ende ihrer Beziehung zu bitten. Hier war sie, die Erklärung, und während sie las, zog sich ihr Herz schmerzhaft zusammen.

Liebe Miriam,
du hast recht, es war nicht richtig von mir, mich so wortlos aus deinem Leben zu stehlen. Ich habe lange darüber nachgedacht, weshalb alles so passiert ist, denn ich wollte ja so gern mit dir zusammen sein und habe erst selbst nicht verstanden, warum ich es dann doch nicht konnte.
Miriam, es brennt das Herz nicht so, wie es sollte. Das ist alles, was ich dir sagen kann, und ich hoffe, du verstehst. Verletzen wollte ich dich nicht, das wollte ich nie, und es tut mir leid!
Alles Liebe für dich,
Thomas

Sie las seine Worte und wollte weinen. Weinen darüber, dass hier mal wieder eine vermeintliche Liebe zu Ende gegangen war, ganz leise und unspektakulär, ohne großes Tamtam und Geschrei, beinahe sogar ohne ein weiteres Wort, wenn sie Thomas nicht noch einmal geschrieben und um eine Erklärung gebeten hätte. Weil sein Herz also nicht für sie brannte, so einfach war das. Nein, sie hatte nicht erwartet, dass er ihre Mail mit einer romantischen Liebeserklärung erwiderte, das nicht. Schon eher, dass er ihr gar keine Antwort gab. Aber dieser dürre Satz über ein Herz, das nicht brannte, war wie ein Stich in ihre ohnehin schon verletzte Seele. Trotzdem, die Tränen wollten nicht kommen.

Sie schloss seine Mail und atmete tief durch. Es war gut, es war gut so, denn sie hatte es ja selbst, als sie noch zusammen waren, die ganze Zeit gespürt. Dass sie miteinander nur Theater spielten. Ein Lustspiel über Miriam und Thomas, *happily in love.* In Wahrheit alles nur gelogen. Jetzt hatte sie es Schwarz auf Weiß, konnte abschließen und nach vorne blicken. Nach vorne, in die Zukunft, zu ...

Sie wusste es nicht, irgendwohin halt. Mit nicht mal vierzig Jahren hatte man doch noch so etwas wie eine Zukunft! Auch, wenn die Vergangenheit ihr bereits wie ein langer Tunnel erschien, ohne das kleinste Licht am Ende. *Schriftstellerdramatik,* schimpfte sie lautlos mit sich, *du hast ihn doch selbst gar nicht wirklich geliebt! Es war nur die Idee von Zweisamkeit, in die warst du vernarrt, nichts weiter!*

Sie wollte den Computer schon wieder runterfahren, als ihr eine weitere Nachricht ins Auge sprang. Die, wegen der sie eigentlich überhaupt nur zum Rechner gegangen war und die sie in ihrem plötzlichen Selbstmitleid dann völlig vergessen hatte.

Schlimmer Finger? Ja, ja, aber selber seriöse Herren fortgeschrittenen Alters nächtens in gewisse Kammern locken ... Und dann auch noch bei helllichtem Tage das Dolce Vita genießen, während ich schon wieder über die Autobahn gerast bin, um jetzt das Bruttosozialprodukt in die Höhe zu peitschen.
Einziger Trost: Wenn es wirklich nicht nur böse, sondern GANZ böse mit dir endet, sag mir rechtzeitig Bescheid. Es wäre mir eine Ehre, dir mit Rat und Tat zur Seite zu stehen. Oder von mir aus auch zu liegen.
P.

Wie wankelmütig, wie unberechenbar Gefühle doch waren! Hatte sie vor einer Sekunde noch Trübsal geblasen, reichte diese kurze Mail bereits aus, um sie wieder zum Lachen zu bringen. Schlimmer Finger? Zur Seite liegen? Gut, Thomas' Herz brannte nicht so, wie es sollte. Doch der kleine Dämon in ihr scharrte schon wieder mit den Hufen und wollte unbedingt herausfinden, wie es denn wohl um das Herz des schlimmen Fingers bestellt war. Schon lagen *ihre* Finger auf der Tastatur und begannen, eilig eine Antwort zu tippen. »Nur ein Spiel«, sagte sie sich selbst, während sie schrieb, »das hier ist nur ein Spiel. Keine große Sache, nur ein bisschen Buntes an einem grauen Tag.«

Nun, was den schlimmen Finger betrifft, möchte ich an dieser Stelle Tennessee Williams zitieren: »If I got rid of my de-

mons, I'd lose my angels.« Taugt perfekt als Ausrede, immer und für ALLES. Vor allem für uns »Künstler«.
Es winkt aus Hamburg:
Mirchen

Sie überlegte kurz, ob sie die Mail wirklich mit ihrem Spitznamen unterschreiben sollte oder ob das nicht zu persönlich wäre. Ach was – immerhin hatte sie mit Philipp Andersen eine ganze Nacht lang splitternackt unter einer Bettdecke gelegen ... Sie sprach ihren Spitznamen leise vor sich hin. Nein, es war doch zu persönlich. Also löschte sie das »Mirchen« und ersetzte es durch »Miriam«. Dann schickte sie die Mail ab.

Als sie auf »Senden« klickte, fragte sie sich einerseits, was sie mit dieser Nachricht bewirken wollte – und andererseits wusste sie es ganz genau.

5.
24. März

If I got rid of my demons, I'd lose my angels.«
Was im Himmel hatte sich der liebe Gott oder wer auch immer dabei gedacht, dass ich dieser Frau begegnet war? Miriam Bach war ja genauso verrückt wie ich selbst! Oder noch ein bisschen verrückter? Oder kokettierte sie etwa nur? Nein, dann hätte sie das Wort »Künstler« nicht in Anführungszeichen gesetzt. Kokette Menschen kennen keine Ironie. Zumindest nicht, wenn es um sie selber geht.
»Taugt perfekt als Ausrede, immer und für ALLES.«

Als ich den Satz noch einmal las, musste ich grinsen. Mal sehen, ob die Ausrede auch von der neunmalklugen Absenderin akzeptiert werden würde, wenn ich sie mir selber zunutze machte. Indem ich ihr doch eines meiner Bücher schickte. Was zu tun ich in diesem Moment beschloss.

Dämonen hatte ich selber schließlich mehr als genug. Und die ganze Horde flüsterte mir nun im Chor zu, welcher meiner Romane der richtige war. Es kam nur einer infrage, aber der war perfekt. Miriam Bach schrie mit ihrem Zitat ja förmlich nach der Geschichte.

Von wegen »Künstler« ... Na, warte!

Ich trat an das Bücherregal und holte aus dem Fach mit meinen eigenen Romanen ein eingeschweißtes Belegexemplar hervor. Voller Vorfreude auf ihr verblüfftes Gesicht riss ich die Folie auf. Wenn ich meine Dämonen schon auf ihre Engel losließ, beziehungsweise meine Engel auf ihre Dämonen, dann wollte ich sie natürlich nicht ohne eine Widmung auf die Reise schicken.

6.

Es dauerte ganze zwei Tage, bis er ihr wieder schrieb. Und dann nicht einmal sonderlich viel, am übernächsten Morgen entdeckte sie nur eine kurze Zeile von ihm.

Zum Thema »Künstler« habe ich auch etwas zu sagen, das müsstest du heute in deinem Briefkasten finden.
P.

Ein Brief? Ein richtiger Brief per Post? Deshalb hatte er sich mit seiner Antwort so lange Zeit gelassen. Sie schmunzelte, Philipp Andersen legte sich ja wirklich mächtig ins Zeug. Schade nur, dass es vollkommen vergebens war, nie im Leben würde sie sich auf diesen älteren und verheirateten Mann einlassen, sie war ja nicht verrückt! Oder jedenfalls nicht *so* verrückt.

Sie lief die drei Etagen runter zu den Briefkästen. Bereits auf dem letzten Treppenabsatz sah sie das Päckchen, das auf ihrem lag. Ein Buch, natürlich war das ein Buch, was sonst? Sie riss den Umschlag auf. »Eine unmögliche Liebe« hieß der Roman, und als sie das Buch umdrehte, um den Klappentext zu lesen, brach sie in lautes Gelächter aus. Die Geschichte einer Amour fou zwischen einem älteren Mann und einer wesentlich jüngeren Frau. Kopfschüttelnd ging sie zurück in ihre Wohnung, stolperte beinahe auf der Treppe, weil sie bereits in die erste Seite vertieft war, fasziniert von seinen Worten, die ihr vorkamen, als hätte er sie nur für sie geschrieben. Was natürlich Unsinn war, denn er hatte sie ja bis vor Kurzem noch gar nicht gekannt. »Sie lieben mit einer Unbedingtheit, die sie immer wieder neue Grenzen überschreiten lässt.« Unbedingtheit, Grenzen überschreiten. Das waren schöne Worte, und vor ein paar Jahren hätte sie noch geglaubt, dass es so etwas wirklich geben konnte. Aber heute war sie ein anderer Mensch, und egal, was Philipp Andersen ihr mit seinem Buch sagen wollte – sie würde die Grenze nicht überschreiten, nicht für das bisschen Abenteuer, das bisschen Kribbeln, das unausweichlich in Tränen und Kummer enden würde. Jedenfalls bei ihr, sie kannte sich gut genug, um zu wissen, dass sie keinesfalls der Typ für eine Affäre war. Wenn sie sich auf etwas einließ, dann mit Haut und Haaren und aus vollem Herzen. Und das wäre in diesem Fall nun wirklich keine gute Idee.

Wieder in ihrer Wohnung angelangt, setzte sie sich sofort an den Computer und schrieb ihm eine passende Antwort zurück.

*Nun, Herr Andersen, ein interessantes Buch haben Sie mir geschickt! Ein älterer Mann und eine jüngere Frau ... Da denke ich doch gleich an Oscar Wilde und sein »Life imitates art«. Haben Sie damit etwas herbeischreiben wollen? Für den Fall, dass es so ist, seien Sie gewarnt: Der liebe Mister Wilde landete bei Zwangsarbeit im berüchtigten Gefängnis »Reading Gaol«, das ungebremste Leben, es ist ihm nicht sonderlich gut bekommen. Mir auch nicht, das werden Sie noch sehen, denn gleich heute trage ich eines **meiner** Bücher für Sie zur Post!*
Es grüßt, wie immer herzlich:
Miriam Bach

7.
26. März

Vielleicht, vielleicht auch nicht«, hieß der Roman, den Miriam mir geschickt hatte. Meine Frau brachte mir das Päckchen ans Bett – einen Tag nach der Rückkehr aus München hatte mich eine schlimme Frühjahrsgrippe erwischt, die mich auch zwei Tage später noch quälte. Kaum war ich allein, riss ich den Um-

schlag auf. Kein Begleitbrief. Ich schaute auf die Frankierung und musste grinsen. Eine Büchersendung, offenbar hatte man Porto sparen wollen. Immerhin gab es eine Widmung:

Für Philipp.
Denn die wichtigste Frage im Leben lautet:
Reading Gaol oder Puppenheim?
Miriam

Ich musste lachen, so sehr, dass mich eine Sekunde später ein regelrechter Hustenanfall schüttelte. Himmel, sie war wirklich eine vollkommen Verrückte! Und hatte offenbar Angst vor dem, was sie war. »Puppenheim« – ich wusste, was sie mir mit der Anspielung auf das berühmte Ibsen-Drama sagen wollte: nämlich, dass wir alle für uns entscheiden müssen, ob wir gesellschaftliche Konventionen erfüllen oder nach unseren eigenen Vorstellungen leben wollen, egal, mit welchen Konsequenzen. Engel und Dämonen ...

Ich blätterte zur nächsten Seite, dann zögerte ich einen Moment, bevor ich weiterlas. Vielleicht war ihr Roman ja großer Mist – mehr Paillettenkleid, weniger Chucks. Und dann? Egal! Eine Enttäuschung wäre vielleicht genau die Medizin, die ich jetzt brauchte.

Ich gab mir einen Ruck und begann zu lesen. Gleich der erste Satz haute mich um: Musik ist das Versprechen eines Lebens, das es im Leben nicht gibt ... *Sofort fiel mir mein Lieblingssong ein, meine persönliche Lebenshymne seit vielen Jahren: »There must be more to life than this«, von Freddy Mercury, diesem Wahnsinnigen, der versucht hatte, das Leben aus Kübeln zu saufen, und dann an AIDS verreckt war. Vom gleichen Schlag schien diese Conny, die Heldin des Romans, zu sein. Eine zerbrechliche, ganz und gar verletzbare junge Frau, die am Leben hoffnungslos verzweifelt, weil sie nicht genug davon kriegen kann. Aus jedem Satz, aus jeder Szene glaubte ich Miriams Stimme zu hören, und wenn ich die Augen schloss, sah ich ihre Augen: diese unglaublich traurigen, unglaublich lebenshungrigen Augen.*

Nach dreißig Seiten glühten meine Wangen. Nicht nur von der Lektüre, auch von dem Fieber, wegen dem ich im abgedunkelten Schlafzimmer lag und einen fremden Roman las, statt an meinem eigenen weiterzuschreiben. Warum hatte Miriam ausgerechnet dieses Buch für mich ausgesucht? Sicher hatte sie ihre Wahl genauso mit Bedacht getroffen wie ich selber. Immer wieder murmelte ich den Titel vor mich hin, wie ein Mantra, das eine geheime Botschaft enthält.

»Vielleicht, vielleicht auch nicht ...« Wollte sie mir damit Hoffnung machen? Oder genau das Gegenteil?

Ich las weiter, um die Antwort in der Geschichte zu finden. Conny war eine Studienabbrecherin, die als Pizzabotin versucht, die Reste ihres erst siebenundzwanzigjährigen Lebens irgendwie in den Griff zu bekommen, dabei aber alles falsch macht, was man nur falsch machen kann, weil sie immer wieder ein anderer Mensch sein will, als sie in Wirklichkeit ist – nämlich vernünftig. Ein Mädchen, das sich immer wieder auf neue Affären und Hoffnungen einlässt, um alte Affären und Enttäuschungen zu vergessen. Eine Frau, die sich in die Liebe stürzt wie ein Schwimmer von einem hohen Felsen in dunkles Wasser ... Nach drei Kapiteln war ich dieser Conny rettungslos verfallen, hoffte und bangte mit ihr, als ginge es um mein eigenes Leben, las im Fieber ihre Geschichte, und wenn ich zwi-

schendurch in einen kurzen Dämmerschlaf sank, träumte ich weiter von ihr, nur von ihr. Doch ob im Fieber oder im Traum, die ganze Zeit hatte ich nur das Bedürfnis, dieses verzweifelte, tapfere Menschenkind zu beschützen, es in den Arm zu nehmen, ihm ein kleines bisschen Geborgenheit zu geben, damit es sich an mich kuscheln konnte, wie Miriam in unserer Münchner Nacht, als sie sich so fremd und verloren in mich hineingerollt hatte – ein ängstliches, scheues Tierchen, das in meinem Schutz ein wenig Ruhe fand.

Irgendwas brummte im Bett neben mir, und im nächsten Moment leuchtete das Display meines iPhones auf.
Eine Mail.
Mein Herz machte eine kleine Hüpferung. Von ihr? Ich traute mich kaum nachzuschauen. Mit geschlossenen Augen nahm ich das Handy in die Hand und wartete, dass mein Herzklopfen aufhörte.
Ungefähr zwei Sekunden hielt ich es aus.
Tatsächlich: Die Mail war von ihr.

Liest du gerade mein Buch? Dann empfehle ich dir folgende Begleitmusik: »Still«.
Miriam
P.S. Habe dich auf Facebook als Freund geadded, Bestätigung wäre nett!

Ich tippte auf den Link, und ein Song, den ich noch nie gehört hatte, krächzte aus meinem iPhone. Ich schaute auf das Display: »Still«, von Jupiter Jones. In dem Song ging es um die Trennung zweier Menschen, die sich offenbar sehr lieben, aber aus irgendeinem Grund nicht zusammen sein können, mit einem bittersüßen

Refrain: Ich hab so viel gehört, und doch kommt's niemals bei mir an. Das ist der Grund, warum ich nachts nicht schlafen kann. Wenn ich auch tausend Lieder vom Vermissen schreib, heißt das doch nicht, dass ich versteh, warum dieses Gefühl für immer bleibt ... *Ich wusste selber nicht, warum, aber die Musik ging mir total unter die Haut. Eine klammheimliche Hoffnung beschlich mich. Vielleicht hatte Miriam mir den Song ja geschickt, weil sie genauso wie ich diese seltsame Verbundenheit bemerkte, die ich vom ersten Augenblick an in ihrer Gegenwart gespürt hatte. Ich hielt das Handy ans Ohr, um zu lauschen. Hörte es sich so in Miriams Seele an? Auf jeden Fall passte der Song perfekt zu ihrem Roman. Ich war gerade an die Stelle gelangt, wo Conny sich so tief verheddert hat, dass sie das Angebot eines obskuren Mentaltrainers und Hypnotiseurs annimmt, um alle schlimmen und peinlichen und belastenden Geschehnisse ihres Lebens aus ihrem Kopf zu löschen und ungeschehen zu machen ...*

Plötzlich begriff ich, warum Miriam mir diesen Roman geschickt hatte, und ich wurde so traurig, dass ich schlucken musste. Miriam wollte das, was zwischen uns war, ungeschehen machen, bevor *es überhaupt passieren konnte. Das war die Botschaft, die sie mir mit ihrem Roman und diesem Song sandte ... Musik ist das Versprechen eines Lebens, das es im Leben nicht gibt.*

»Seit wann haben wir ein Radio im Schlafzimmer?«, fragte meine Frau.

Panisch schaltete ich das Handy aus. Ich hatte gar nicht gehört, wie sie hereingekommen war.

»Mein iPhone. Martin hat mir einen Song geschickt. Du weißt ja, er bildet sich immer ein, er müsste mir Nachhilfeunterricht in Sachen Musik geben.«

»Warum nimmst du dein Handy überhaupt mit ins Bett? Ich dachte, du wolltest schlafen.«

»Du hast recht, war blöd.«

Hatte ich noch alle Tassen im Schrank? Da lag ich mit Fieber im abgedunkelten Schlafzimmer und log meine Frau an, dass sich die Balken bogen. Wegen irgendeines Mädchens, das ich gar nicht kannte.

»Hast du heute schon mal Temperatur gemessen?«

»Ja. 39,3.«

»Am Vormittag? Meinst du nicht, du solltest langsam mal zum Arzt?«

Um ihrem Blick auszuweichen, drehte ich mich auf die andere Seite. »Am besten penne ich noch eine Runde.«

Obwohl ich es nicht sehen konnte, wusste ich, dass meine Frau den Kopf schüttelte. Bei der Vorstellung schämte ich mich noch mehr. Trotzdem, kaum war sie zur Tür hinaus, verschwand ich mit meinem Handy unter der Bettdecke und rief Facebook auf, um Miriams Freundschaftsanfrage zu bestätigen. Als sich ihre Seite öffnete, sah ich, dass sie dort auch den Jupiter-Jones-Song gepostet hatte, für 1289 »Freunde«. Was für eine Enttäuschung! Und ich Idiot hatte mir eingebildet, sie hätte mir den Song geschickt.

Plötzlich packte mich die Eifersucht, auf Mark Zuckerberg und jeden einzelnen von Miriams 1289 Freunden. Wem hatte sie den Song zuerst geschickt? Mir oder Facebook? Ich wollte, ich musste *mir Gewissheit verschaffen! Als wäre dies die wichtigste Frage der Welt, rief ich noch mal Miriams Mail auf. 11:36 Uhr. Dann ihren Facebook-Account. »Gepostet vor acht Minuten.« Wie viel Uhr war jetzt? 11:45. Nervös rechnete ich nach. Fünfundvierzig minus acht gleich siebenunddreißig.*

Also hatte sie mir den Song geschickt, bevor *sie ihn bei Facebook gepostet hatte! Eine ganze Minute vorher!*

Das Ergebnis beglückte mich wie ein Kuss von der Sorte, wie ich ihn mir im »Kaiserhof« erhofft, doch von Miriam nie bekommen hatte.

Scheiße, dachte ich. Scheiße, scheiße, scheiße!
Ich hatte mich verliebt.

Kapitel 3

I.

Miriam zögerte. Sollte sie auf »Senden« drücken? Oder sollte sie es lieber lassen? Sie wusste, es war ein Fehler, es zu tun. Doch ihre Neugier war größer als ihre Vernunft, und immerhin hatte sie jetzt schon das ganze Wochenende auf eine Reaktion von ihm gewartet.

Also drückte sie auf »Senden«.

Spann mich nicht auf die Folter! Hast du mein Buch gelesen? M.

Die Antwort erfolgte postwendend. Sie bestand nur aus einem einzigen Wort.

Ja.

Sie biss sich auf die Lippen. Ein Wort, zwei Buchstaben. Mehr nicht. Wenn es ein Spiel war, das er mit ihr spielte, dann wusste er, wie man es spielte.

Trotzdem spielte sie weiter. Jetzt erst recht!

Was – ja? Sag schon: Wie findest du's?

Diesmal dauerte die Antwort immerhin zwei Minuten.

Wird nur mündlich verraten. Würde nämlich gern mal hören, wie du am Telefon und bei Tageslicht klingst. Dazu reicht meine Phantasie nicht aus. Also – kann man dich anrufen? Und wenn ja, ab wann? Gleich nach dem Aufstehen? So ab fünfzehn, sechzehn Uhr?

Frechheit! Sie musste grinsen. Und tippte los.

Klar kann man mich anrufen. Dazu sollte man aber unbedingt wissen, dass ich einen Kleinen an der Waffel habe. Und zwar amtlich. Emotional-instabile Persönlichkeitsakzentuierung. Heißt auf Deutsch: Ich bin komisch. Also, irgendwie eigenartig. Ein bisschen ... zu viel, na ja – eben »Künstler«. Viel zu viel Gefühl. Will man das Risiko eingehen, so einen Menschen in seinem Bekanntenkreis zu haben, darf man gern durchklingeln. Nein, nicht nur am Nachmittag, die Frau Künstlerin steht meist extrem bürgerlich gegen 7.00 Uhr auf. Denn Preuße isse auch noch.

Mirchen, Mirchen, Mirchen ... Kaum hatte sie die Mail abgeschickt, ging sie auch schon mit sich ins Gericht. Wenn sie so weitermachte, würde er nie Ruhe geben.

Sie hatte sich nicht geirrt.

Einen an der Waffel und Preuße? Da erkenne ich mich glatt wieder. Außerdem sammle ich seit Jahrzehnten Verrückte, habe einen ganzen Keller davon voll, zum Spielen für meine eigenen kleinen Dämönchen.

Würde mich also freuen, dich bald in meine telefonische Cafeteria auf ein bisschen Blödsinnquatschen einzuladen. Die ist immer auf, wenn mir nichts einfällt – also praktisch durchgehend geöffnet.

Jemand, der Verrückte sammelte? Für seine eigenen Dämönchen? Sie wurde immer neugieriger. Außerdem gefiel ihr die »telefonische Cafeteria«. Offenbar drückte er sich mit den gleichen Mitteln vor der Arbeit, wie sie selber es auch jeden Morgen tat. Manchmal bis zum Mittagessen. Aber – wollte sie wirklich mit ihm telefonieren?

Ach was, warum nicht? Sie telefonierte täglich mehrere Stunden mit irgendwelchen Leuten, um ihre Aufschieberitis zu pflegen. Auf einen Telefonisten mehr oder weniger kam es da nun wirklich nicht an.

Na gut, lieber Herr PA, dann habe ich Sie aber gewarnt, und wir telefonieren einfach mal miteinander. Denn auch ich sitze meist nur stumpfsinnig zu Hause rum und konzentriere mich darauf, gut auszusehen. Da kann einem der Tag schon mal ein bisschen lang werden.

Während sie auf seine Antwort wartete, schaute sie an sich hinunter. Gut aussehen? Sie saß seit dem Frühstück am PC, im Jogginganzug, ungeduscht und nicht mal gekämmt. Mit schlechtem Gewissen blickte sie auf die Uhr. Schon halb elf. Höchste Zeit, sich fertig zu machen. Und die Mailerei zu beenden und endlich mit der Arbeit anzufangen.

Doch bevor sie sich von Philipp verabschieden konnte, meldete er sich erneut.

Wie wär's dann mit jetzt gleich? Mir fällt gerade mal wieder nix ein.

Was für ein ungeduldiger Mensch! Miriam schüttelte den Kopf. Und schneller, als sie denken konnte, schrieben ihre Finger:

Okay, gern!

Sie hatte ihre Hand schon auf der Maus, aber bevor sie auf »Senden« klickte, schaltete sich der Verstand ein. Nein, es wäre nicht gut, seine Stimme zu hören – nicht nach diesem E-Mail-Geplänkel, das weniger harmlos war, als es den Anschein hatte. Außerdem bedeutete Telefonieren mehr als ein paar in die Tastatur getippte Buchstaben, die waren im Grunde nichts weiter als literarische Fingerübungen, um sich am Morgen ein bisschen warm zu schreiben. Aber seine Stimme zu hören, die sie noch so warm und tief von ihrer Nacht im Kaiserhof in Erinnerung hatte, war etwas anderes. Ein solches Gespräch würde ein Gefühl von Vertrautheit, von Nähe, von Intimität herstellen – alles Dinge, die sie auf gar keinen Fall wollte.

Sie löschte das Ausrufezeichen, um es durch einen kleinen Zusatz zu ergänzen.

Okay, gern – das heißt, jetzt klingelt's an der Haustür. Moment ...

Sie schämte sich für die Lüge, aber was Besseres war ihr im Moment nicht eingefallen. Nur gut, dass Philipp Andersen sie nicht sehen konnte! Statt zur Tür zu gehen, an der kein

Mensch geklingelt hatte, zündete sie sich eine Zigarette an, nahm einen tiefen Zug und lehnte sich auf ihrem Stuhl zurück. Noch während sie den Rauch wieder auspustete, schrieb er bereits ein weiteres Mal.

Was ist los? Der Gasmann? Der Postbote? Einer Deiner vielen Verehrer? In letzterem Fall hätte ich Verständnis für dein Schweigen. Aber nur dann ...

Wieder musste sie grinsen, über seine Ungeduld und die unverhohlene Anspielung auf seine eigenen Absichten. Aber statt den kleinen Teufelchen nachzugeben, die sie in ihrem Innern drängten, noch ein bisschen weiterzuspielen, gab sie sich einen Ruck.
Für heute hatte sie genug gespielt! Definitiv!

Meine Verehrer liegen noch von gestern ermattet im Schlafzimmer rum. Die stören nur durch ihr Geschnarche. Aber telefonieren müssen wir trotzdem ein andermal, denn meine Frau Mutter ist hier aufgetaucht. Das macht sie ganz gern mal, wenn ich viel zu tun habe, um mir ein bisschen auf die Nerven zu gehen. Ich erwarte in Kürze Handgreiflichkeiten und rufe dich einfach später an, wenn ich das Schlimmste verhindern konnte. Vielleicht auch erst morgen. Okay?

Geschafft! Ohne seine Antwort abzuwarten, schloss sie ihren E-Mail-Account, verließ ihren Schreibtisch und ging ins Bad, um endlich zu duschen und sich was Vernünftiges anzuziehen.

2.
31. März

Drei Tage waren vergangen, ohne dass Miriam ihr Versprechen wahr gemacht und mich angerufen hatte. Fast war ich beleidigt. Auch wenn sie nicht an mir als Mann interessiert war, was ich bei aller Eitelkeit verstand – wollte sie nicht wenigstens wissen, was ich als Autor und Kollege nun von ihrem Buch hielt?

Eigentlich hatte ich es mir zum Prinzip gemacht, sie nicht zu bedrängen. Doch da sie so beharrlich schwieg, blieb mir nichts anderes übrig, als meine Prinzipien über den Haufen zu werfen und ihr trotz des angekündigten, aber nicht erfolgten Anrufs zu schreiben.

Liebe Miriam,
jetzt ist unser erstes Jubiläum bereits verstrichen, eine Woche Nichtbeziehung, ohne irgendeine Zeremonie: kein Candle-Light-Dinner, kein Schampus – gar nix. Also, das geht nun wirklich nicht. Darum sollst du wenigstens ein virtuelles Blumensträußchen von mir bekommen:
1. Habe deinen Roman natürlich längst durch. Was ich ahnte, weiß ich jetzt: du bist nicht nur eine Frau, die mit ihren körperlichen Reizen meine niederen Instinkte anspricht, sondern du hast auch eine sehr schöne Seele, mit unglaublich netten, liebenswürdigen, anrührenden, überraschenden, beeindruckenden und was weiß ich, was sonst noch für Facetten. Es ist wirklich eine Freude, darin herumzuspazieren.
2. Ich beneide dich um dein Riesentalent. Obwohl es mir

zutiefst zuwider ist, für andere Autoren zu werben, werde ich in Zukunft deine Bücher weiterempfehlen.
3. Ich bin süchtig nach deinen Worten. Es macht mir Riesenspaß, mit dir zu flirten.
So, du supergut gelungenes Menschenkind, das ist jetzt nur ein kleines Sträußchen mit drei virtuellen Blümchen geworden, aber zumindest muss ich mir nicht mehr den Vorwurf machen, meine Kavalierspflichten versäumt zu haben (was das Wort »Kavalierspflichten« bedeutet, kannst du im Duden deiner Frau Mutter nachschauen, sie ist ja vermutlich ungefähr so alt wie ich).
Philipp

Meine Prinzipienlosigkeit wurde prompt belohnt. Noch am selben Vormittag bekam ich ihre Antwort.

Lieber Philipp,

ich war gestern den ganzen Tag unterwegs und am Abend auf einer Party, um unsere Nichtbeziehung zu feiern. Doch jetzt habe ich endlich etwas Zeit, dir auf deine wirklich reizende Mail zu antworten. Ui, danke, da hab ich mich aber gefreut und werde glatt rot.
Allerdings: Wie kommst du auf die Idee, meine Conny könnte auch nur das Geringste mit mir zu tun haben? Das muss ich ganz energisch und weit von mir weisen ;–) Na ja, um ehrlich zu sein, war der Roman für mich tatsächlich ein kleines bisschen wie eine Therapie, denn ich neige schon immer dazu, viel zu sehr darüber nachzugrübeln, was die Leute von mir denken könnten. Irgendwie

kann ich mich oft nicht wirklich damit anfreunden, wie ich bin; zu lebhaft, zu sprudelnd, zu spontan, hin und wieder reiten mich tausend Teufel – ich wünschte manchmal, ich hätte mich ein bisschen besser im Griff. Dann wieder denke ich, dass mich das eben ausmacht und ich den fast vierzigjährigen Kampf gegen mein Wesen vielleicht irgendwann mal aufgeben sollte, weil er ja nur an meinen Kräften zehrt.

Da bewundere ich Menschen, die so sind wie du, die sich hinstellen und sagen: So what? Das bin ich, so bin ich, es ist mein Leben, und es soll halt jeder denken, was er will. Zumindest machst du auf mich den Eindruck, als wäre das deine Einstellung. Davon müsste ich mir mal ein Scheibchen abschneiden.

Und um meiner Damenpflicht zu genügen (ja, ich weiß, was das ist, obwohl die Dame genauso ausgestorben ist wie der Kavalier, etwa zeitgleich mit dem Fräulein): Auch ich gestehe, dass ich mich über unsere Nichtbeziehung freue. Sehr sogar.

Miriam

Ihre Antwort wirkte wie ein Glas Champagner am frühen Morgen. Aber das war nicht alles. Sie rührte mich auch. Von welchen inneren Kämpfen war dieses Conny-Mirchen zerrissen? Nein, ich hatte mich nicht geirrt, schon in der Nacht im Kaiserhof hatte ich es an ihren Augen gesehen: In dieser Frau war Aprilwetter. Über eine Stunde lang saß ich mit offenem Mund vor dem Bildschirm und flüsterte ihren Namen.

Ab diesem Tag nahm unsere Korrespondenz ungebremste Fahrt auf. Dabei beschränkte sich unser Wortwechsel nicht mehr nur auf Mails, dank Miriam lernte ich die schöne neue Welt der virtuellen Kommunikation kennen. Jeder Tag begann mit einer SMS oder Mail, wir chatteten per Facebook oder Skype – das grüne Pünktchen zeigte mir an, ob Miriam gerade online war oder nicht. Es war ihre Gegenwart. Wenn ich es hinter ihrem Namen sah, fühlte es sich an, als wäre sie bei mir, mein Herz machte vor Freude einen Sprung, und der Mund trocknete mir aus.

Ganz besonders nah aber fühlte ich mich ihr via WhatsApp – eines dieser Miniprogramme für Smartphones, mit denen man kostenlos SMS-Nachrichten versenden kann. Die Statuszeile des Programms verriet mir nicht nur ihre virtuelle Gegenwart, sondern auch ihre jeweilige Aktivität: Entweder stand da »zul. online« mit Datum und Uhrzeit, »online«, sobald sie das Programm aufgerufen hatte, oder »schreibt«, wenn sie gerade eine Nachricht an mich verfasste. Egal, wo ich ging und stand, mindestens alle fünf Minuten schaute ich nach, was Miriam tat. »Zul. online«, »Online«, »Schreibt« – das war meine neue Steigerung des Wortes Glück.

Ich ging gerade die Treppe zu meinem Arbeitszimmer hinauf, da brummte mein Handy in der Hosentasche. Das höchste der Gefühle: eine WhatsApp von Miriam.

Willst du dem Mirchen nicht einen guten Morgen wünschen?

Ich stolperte an meinen Schreibtisch und schaute nach, ob sie online war, um ihr via Facebook oder Skype zu antworten. An der Tastatur meines PCs war ich mindestens dreimal so schnell wie auf meinem Handy.

Zum Glück war das grüne Pünktchen da.

»Mirchen?«, schrieb ich. »Lese ich richtig? Hast du gerade wirklich Mirchen gesagt?«

»Ja«, antwortete sie. »Habe ich. Warum?«

»Halleluja! Das ist das erste, allererste, allerallerallererste Mal, dass du dich mir gegenüber so nennst!!! Wie schön, dass ich dich jetzt so zurücknennen darf. Das darf ich doch – oder?«

»Klar, weshalb nicht? Schließlich nennen alle meine Freunde mich so.«

»Ist das der einzige Grund?«

»Natürlich! Was glaubst du denn?«

»Lügnerin! Gar nichts glaube ich dir, außer was ich dir glauben will;-)«

»;-)«

»Ach Mirchen ... Mirchen, Mirchen, Mirchen ... Jetzt sitze ich da und muss schlucken, und meine Hände werden feucht. – Zufrieden?«

Es dauerte eine Ewigkeit, bis sie antwortete.

»Nein«, schrieb sie. »Nicht zufrieden. GANZ UND GAR NICHT ZUFRIEDEN!!!«

Ich hatte noch nicht zu Ende gelesen, da erlosch ihr Pünktchen, und sie war verschwunden.

3.

Sie zog sich so fest am Ohrläppchen, dass es wehtat. So konnte das nicht weitergehen. Sie hatte sich auf ein Spiel eingelassen, das längst kein Spiel mehr war. Und das war nicht allein seine Schuld – auch ihre. Ihre Botschaften an Philipp waren so widersprüchlich wie ihre Gefühle. Mit jeder Zurückweisung machte sie ihm neuen Mut, und selbst wenn sie wie jetzt einen Chat mit ihm abbrach, tat sie das im Grunde ihres Herzens nur, damit er sich wieder bei ihr meldete.

Um sicherzugehen, dass sie heute keinen Unsinn mehr machen würde, schloss sie auf ihrem Laptop sämtliche Chat- und Mailprogramme, bis nur noch das unschuldige MS-Word auf dem Bildschirm übrig war. Im selben Moment meldete sich ihr Handy. Der Dreiklang bedeutete eine Kurznachricht. Miriam holte tief Luft. Sie brauchte gar nicht nachzusehen, sie wusste auch so, wer ihr geschrieben hatte. Natürlich, Philipp.

»Mirchen?«

Unschlüssig hielt sie das Handy in der Hand. Sollte sie ihn einfach ignorieren? Ihr rechter Zeigefinger entschied sich dagegen.

»Ja, Philipp?«

Er brauchte eine Minute, um die Antwort zu tippen. »Ich würde dir gern etwas sagen, traue mich aber nicht.«

»Feigling!«

Das Wort war ihr schneller aus dem Finger gezappelt, als ihre Kontrollmechanismen es hatten verhindern können. Kaum war ihr Text bei ihm angekommen, verfasste er auch schon seine Antwort. Klar, eine solche Steilvorlage konnte er sich nicht entgehen lassen.

»Soll das heißen, du möchtest, dass ich mich traue?«

Sie hatte mit irgendeiner Frechheit gerechnet. Doch stattdessen gab er ihr den Schwarzen Peter einfach zurück. Jetzt war sie noch mehr durcheinander, als sie es ohnehin schon gewesen war.

»Nein«, antwortete sie »Ja ... Natürlich nicht! Höchstens vielleicht.«

»Also ja!«, erwiderte er. »Ich meine, wenn du eine Dame bist.«

»?????«

»›Sagt eine Dame Nein, meint sie vielleicht. Sagt sie Vielleicht, meint sie ja. Sagt sie aber Ja – dann ist sie keine Dame.‹ Stammt leider nicht von mir, sondern von Tayllerand.«

»☺«

»Ich deute Dein Lächeln als Bestätigung des Vielleicht.«

Da war sie doch, die erwartete Frechheit! »Wie bescheiden!«, hämmerte sie in die Tastatur.

Philipp zögerte. Zwei oder drei Minuten war sein Status nur »online«. Dann endlich wieder »schreibt ...« Es dauerte weitere fünf Minuten, bis seine Nachricht aufpoppte. »Also, jetzt nehme ich meinen ganzen Mut zusammen und traue mich mal ... Was ich dir sagen will, ist ... Habe ich dir schon mal gesagt, dass ich dich ziemlich gernhabe?«

Jetzt waren ihre Kontrollmechanismen und ihr Zeigefinger eins.

»Pssssst!!!!!«

Er scherte sich nicht darum, sondern schrieb weiter. Schneller als je zuvor.

»Dass ich dich nicht nur ziemlich, sondern sogar richtig, richtig gerne habe?«

»Pssssssssssssssssssst – hab ich gesagt!!!!!!!!!!!!!!!«

»Und um ganz, ganz, ganz ehrlich zu sein: Ich glaube, ich bin ein winzig kleines bisschen in dich verliebt.«

Ihr Zeigefinger zitterte, sie konnte kaum die Antwort tippen, er schlug aus wie ein Seismograf.

»Wenn du nicht SOFORT aufhörst, gehe ich offline!«

4.
12. April

Sie war offline gegangen, natürlich war sie das, hatte sich wieder wie ein Tierchen in ihre Höhle zurückgezogen – aber zum Glück nicht für immer. Schon am nächsten Morgen sah ich ihr Pünktchen wieder auf Facebook. Gott sei Dank! Ich hatte wenige Minuten zuvor von meinem Verlag eine wunderbare Nachricht bekommen. Mein Lektor hatte mich angerufen und gefragt, ob ich kurzfristig eine kleine Lesereise machen könne – ein Kollege sei erkrankt, und jetzt suche man einen anderen Autor, der für ihn einspringen könne. Ich hatte nicht die geringste Lust gehabt, den Ersatzautor zu spielen, und nur aus Höflichkeit gefragt, wann und wo die Lesungen denn stattfinden würden. Als ich hörte, wohin die Reise ging, sagte ich zu, ohne auch nur nach dem Honorar zu fragen: Drei Städte in Norddeutschland, sagte mein Lektor, ziemlich weit oben, fast schon bei Hamburg. Das ließe sich doch wunderbar mit der Lesung im Ruhrgebiet verbinden, die für mich sowieso schon fest gebucht war.

Was würde Miriam dazu sagen? Würde sie mir wohl erlauben, sie zu besuchen?

Mit einem Klick war ich bei ihr im Chat.

»Guten Morgen, bist du schon wach?«

Keine Antwort. War sie mir böse, weil ich gestern zu aufdringlich gewesen war? Fast befürchtete ich, dass ich das virtuelle Katz-und-Maus-Spiel vielleicht übertrieben hatte. Wenn sie sich jetzt für immer weigerte, mit mir zu sprechen ... Nein, ich wollte mir das gar nicht erst vorstellen. Nicht nur wegen Hamburg. Unsere täglichen kleinen Botschaften waren mein Lebenselixier, ich wusste nicht mehr, wie ich ohne sie auskommen sollte.

»Miriam – bist du da?«

Wieder nur das stumme grüne Pünktchen, das mir anzeigte, dass sie online war. Aber war sie überhaupt am Rechner? Vielleicht hatte sie ja am Morgen irgendeine Statusmeldung auf ihrer Facebook-Seite gepostet und anschließend vergessen, offline zu gehen. Vielleicht stand sie jetzt unter der Dusche oder holte sich gerade beim Bäcker ein paar Brötchen. Ich scrollte durch ihre Seite – und richtig, sie hatte einen Song hochgeladen. Ich musste laut lachen, als ich den Titel anklickte: Annett Louisan, »Steig auf dein Denkmal zurück«. Ich kannte den Song, er handelte von einem Mädchen, das ihren Geliebten nur lieben konnte, solange er ihr unerreichbar blieb.

»Miiiiiiiiiiiiiiiiiiiriiiiiiiiiiiiiiiiiiiiiiii-aaaaaaaaaaaaaaaaaaaam!!!!« Endlich rührte sie sich. In dem kleinen Chatfenster konnte ich sehen, dass sie schrieb.

»Schrei nicht so laut, ich bin ja da.«

»Dann sag endlich was! Sonst kriege ich hier einen Herzinfarkt.«

»Nein, ich sage nichts.«

»Dann bist du der Feigling!«

»Bin ich nicht.«

»Bist du doch!«

»Ich bin nur vernünftig.«
»Das behaupten alle Feiglinge von sich.«
Ich sah am Bildschirm, dass sie zögerte.
»Also gut«, schrieb sie endlich. »Nur damit du siehst, dass ich kein Feigling bin.«
Irgendwelche Hormone oder Botenstoffe schossen in mich ein, so gespannt war ich darauf, was nun kam.
»Ich höre ...«
Wieder zögerte sie.
»Aber nur ganz leise ...«
»Mach mich nicht wahnsinnig!«
Schweigen. Kein Mucks. Ich hörte sogar das Ticken meiner Armbanduhr, auf der die Sekunden zu Minuten wurden.
Dann endlich: »Dito ...«
Vier Buchstaben, so winzig klein geschrieben, dass ich sie kaum entziffern konnte. Und doch bedeuteten sie in diesem Augenblick meine ganze Seligkeit. Meine Finger flogen nur so über die Tastatur, um ihr zu antworten.
»Lieber Gott im Himmel, jetzt kriege ich doch einen Herzinfarkt! Dito ... Sie hat dito gesagt! – DIIITO!!!«
Der Rückzieher kam schneller, als ich lesen konnte. »Aber nur, damit du es gleich wieder vergisst. Hast du gehört? du sollst es wieder vergessen!!!«
»Von wegen!«, erwiderte ich. »Dito heißt dito!«
»Gar nichts heißt das! Das ist mir nur so rausgerutscht! Weil du nicht lockergelassen hast. Ich nehme es sofort wieder zurück. Ganz offiziell!«
»Zurücknehmen gildet nicht. Unmöglich. Ich habe das SCHRIFTLICH! Außerdem – das Netz vergisst nichts. Niemals!«
»Hör auf, Philipp! Bitte! Wohin soll das führen? Ich muss

mich doch konzentrieren und arbeiten, das Denken fällt mir ohnehin schon so schwer.«

»Aufhören? Nein, das kann ich nicht. Seit München muss ich immer wieder an dich denken, jeden Tag, jede Stunde, manchmal sogar jeden bekloppten Augenblick. Und es macht mich fast glücklich (»fast« nur, weil »glücklich« ein so fürchterlich großes Wort ist), dass ich das darf. Ach Mirchen, du brauchst jetzt gar nichts mehr zu sagen. Denn was gibt es Schöneres als den Zustand der berechtigten Hoffnung?«

»Gut. Hoffen ist immer erlaubt.«

Ich dachte kurz nach. Sollte ich es ihr jetzt sagen? Die Anfrage zu der Lesereise, die ich von meinem Lektor bekommen hatte? Ich fing schon an zu tippen, doch dann überlegte ich es mir anders. Nein, das war etwas, das ich ihr lieber in einer Mail statt hier im Chat schreiben wollte. Ich wollte sie nicht überrumpeln. Außerdem hatte ich Angst, dass sie mir im Chat vielleicht einen Korb gab.

5.

Ich komme nach Hamburg. Nein, nicht wegen dir. Habe ein paar Lesungen in der Gegend, die erste schon nächste Woche. Da wäre es doch eine sehr grobe Unhöflichkeit, dich nicht zu besuchen. Und da ...«

Sie schloss seine Mail und steckte sich eine Zigarette an. Jetzt hatte sie den Salat! Welcher ihrer tausend Teufel hatte sie bloß geritten, »dito« zu schreiben? Sie schaute auf den

Kalender an der Wand. Nur noch ein paar Tage, und Philipp Andersen würde sich ins Auto setzen und fast tausend Kilometer quer durch die Republik fahren, um sie zu sehen. Am liebsten würde sie sich ohrfeigen.

Was nun?

Sie hatte mit allem Möglichen gerechnet, mit einem bisschen virtuellen Geflirte, ein wenig Ablenkung vom Arbeitsalltag – aber doch nicht damit! Gut, er kam nicht nur wegen ihr, er hatte beruflich im Norden zu tun, das hatte sie natürlich nicht ahnen können. Auch nicht, dass schon die paar Mails und Chats und die Bücher, die sie miteinander ausgetauscht hatten, genügten, damit er ernsthaft eine Affäre mit ihr in Erwägung zog. Und das tat er, daran bestand nicht der geringste Zweifel, er würde sie nicht besuchen kommen, um mit ihr einen Kaffee zu trinken und einen netten Plausch zu halten. Mehr als dreist hatte er sich gleich für längere Zeit eingeladen, zwischen seinen Lesungen in Lüneburg, Friesoythe und Lauenburg lagen jeweils mehrere Tage Pause, die er in Hamburg – bei ihr! – verbringen wollte. Ein kurzer Besuch für einen Nachmittag oder Abend, das wäre ja noch denkbar, das würde sie irgendwie ohne größere Peinlichkeiten überstehen. Aber die Vorstellung, dass Philipp Andersen gleich mit einem Koffer kam – nein, allein vor dem Gedanken graute ihr. Wie, um Himmels willen, konnte sie das wieder geradebiegen, ohne ihn allzusehr zu verletzen?

Seine Frau, ja, *seine Frau*! Immerhin war er verheiratet – gab es einen besseren Weg, ihn schachmatt zu setzen? Mit schlechtem Gewissen, weil sie es überhaupt so weit hatte kommen lassen, fing sie an zu schreiben.

Lieber Philipp,
dann mal Hand aufs Herz: Das bringt nichts. Echt nicht. So spannend ich dich auch finde, so gern ich – ja, ich gebe es zu – mit dir flirte: Ich lasse mich nicht sehenden Auges auf eine latent unglückliche Konstellation ein. Aber ich würde mich sehr freuen, wenn wir nette Autorenfreunde werden, denn ich empfinde dich als absolute Bereicherung! Gut, extrem attraktiv finde ich dich auch, aber das kann man sich ja abgewöhnen.
Miriam

Sie schickte die Mail ab und holte tief Luft, dem würde er nichts mehr entgegenzusetzen haben. Zwar fand sie es etwas schade, ihn nun kurzerhand wieder aus ihrem Leben zu klicken, denn tatsächlich hatte sie ihn unglaublich nett gefunden. Aber eine Affäre mit ihm? Nein, dafür war er erstens nicht ihr Typ – und sie zweitens nicht dafür.

Keine fünf Minuten später kam seine Antwort:

Natürlich, du hast ja recht. Das bringt absolut nichts. Doch wie sagt der Alkohol zu den guten Vorsätzen? Dir gehört die Ewigkeit – und mir der Augenblick ...
Nein, als netter Freund und Kollege tauge ich nicht. du gefällst mir als Gesamtkunstwerk, nicht *nur als Frau, aber eben auch als Frau – sehr sogar. Und da kann ich leider nicht über meinen Schatten springen und mit dir Pferde stehlen gehen oder was Freunde und Kollegen sonst so tun. Wovor hast du Angst, was soll denn passieren? Ach Mirchen, wie sollen wir denn leben? Indem wir nichts anderes probieren, als mögliches Leid zu verhindern? Oder indem wir ver-*

suchen, ein bisschen glücklich zu sein, auch wenn das Scheitern dann vorprogrammiert ist? Lieber Reading Gaol als Puppenheim!
Darum mein Vorschlag: du denkst in den kommenden Tagen in Ruhe nach. Nächsten Sonntag fahre ich los, erst mit einem kurzen Zwischenstopp zu einer Lesung im Ruhrgebiet, dann geht es weiter Richtung Norden. du kennst ja meine Termine. Bis dahin kannst du es dir überlegen. Kein Mucks von mir, bis du dich meldest. Versprochen!
Philipp

Na gut, er hatte etwas entgegenzusetzen. Aber sie ebenfalls: Sie schloss ihr Mailprogramm und schaltete den Computer aus. Am besten, sie würde darauf gar nicht mehr antworten, dann würde er es schon verstehen.

6.
14. April

Versprich nur, was du halten kannst. Versprich, dir nicht die Nase abzubeißen.« Hätte ich nur auf Martin Luther gehört, von dem diese Weisheit stammte. Seit zwei Tagen hielt ich nun schon mein Gelübde, achtundvierzig endlos lange Stunden, ohne Miriam zu schreiben. Wenn ich am Computer saß und versuchte zu arbeiten, fühlte ich mich wie ein Junkie in der Asservatenkammer. Ein Mausklick genügte, und ich wäre bei ihr. Aber nein, das durfte ich nicht. Ich hatte ihr mein Wort gegeben. Und mehr als Worte hatte ich ja nicht.

Ich nahm das bisschen Verstand zusammen, das mir noch geblieben war, und versuchte, den Schalter umzulegen. Vielleicht war es ja besser so. Vielleicht war es besser, ich blieb, wo ich war, und schlug sie mir aus dem Kopf. Ich hatte doch alles, was ich mir vom Leben gewünscht hatte. Ich hatte eine wunderbare Frau, mit der ich seit Jahrzehnten glücklich verheiratet war, hatte eine Tochter, die gesund war und hübsch und bereits studierte, einen Beruf, der mich zutiefst befriedigte und mir sogar ein bisschen Luxus erlaubte. Nur eins hatte ich nicht, hatte es irgendwie vergessen oder verloren: Lebensfreude. Vor lauter Arbeit und Erfolg und Zufriedensein wusste ich nicht mehr, was richtige Freude war. Die Freude, die man empfindet, wenn man alle zwei Sekunden seine Tätigkeit unterbricht, um mit einem Seufzer an einen anderen Menschen zu denken. Sollte ich das nie wieder erleben dürfen?

Ich schaute gerade zum hundertsten Mal die Bilder auf Miriams Website an, da flatterte eine Mail von ihr herein.

Lieber Philipp,
ich brauche keine Zeit mehr, um über deinen Vorschlag nachzudenken. Es tut mir wirklich leid, und ich will dich nicht verletzen. Darum sollst du wissen, weshalb ich nicht möchte, dass du nach Hamburg kommst. Weißt du, was die Wahrheit ist? Ich bin EINSAM, ich bin ums VERRECKEN einsam, ein trauriges und zumeist verwirrtes Mädchen, das sich nicht zurechtfindet in dieser Welt. Zu viele Gedanken, zu viele Grübeleien darüber, wer wir sind und wohin wir gehen, was überhaupt der Sinn von allem ist. Oha, ich glaube, ich bin jetzt auch im Ehrlichkeitswahn, aber das mit uns geht nicht gut, die Spirale dreht sich

schneller und schneller, das darf nicht sein, da liegt kein Segen drauf. Du MUSST der Erwachsene sein in dieser Geschichte, ich selbst bin zu angeschlagen und müde, habe schon zu viel Herzeleid erfahren, und noch mehr ertrage ich nicht. Wirklich nicht.

Du sagst, du taugst nicht zum Pferdestehlen? Ich sage, ich tauge nicht für Affären. Habe ich noch nie, werde ich nie, dafür fehlt es mir an einer gewissen Lockerheit. Ob's die katholische Klosterschule war, auf die meine Eltern mich gesteckt haben und die irgendwo tief in mir doch noch ihr Unwesen treibt oder was auch immer, ich weiß es nicht. Klar flirte ich gern, denn das macht Spaß und ist gut für das Selbstwertgefühl. Aber eine Affäre oder Liebschaft würde mir nicht guttun, sondern mich schwer aus meiner inneren Mitte bringen. Und das will ich nicht, bitte respektier das.

In diesem Sinn: Nicken wir uns auf der nächsten Verlagsveranstaltung oder Messe oder wo wir uns sonst vielleicht begegnen, einfach freundlich zu und lassen die Pferde im Stall!

Liebe Grüße,
Miriam

Ich las ihre Mail ungefähr ein Dutzend Mal. Es war fürchterlich, was sie schrieb, aus jeder Zeile spürte ich, wie sehr sie unter einem Leben, das nach außen doch so strahlend und leicht und unbekümmert schien, in Wirklichkeit litt. Und gleichzeitig rührte mich ihre Offenheit, mit der sie mir, einem fast fremden Mann, ihr Herz offenlegte, rührte und beglückte mich, auch wenn ich mich dafür schämte. Herrgott, was hatte ich dieses

Mädchen lieb! Mit einer Dringlichkeit, die vollkommen absurd war, hatte ich plötzlich nur noch das Bedürfnis, sie in den Arm zu nehmen und zu streicheln und ihr tröstende Worte ins Ohr zu flüstern.

Ohne dass ich es wollte, öffnete ich ein Outlook-Fenster, um ihr zu antworten. Doch als ich ihren Namen schrieb, zuckte ich zurück. War es richtig, was ich da tat? Ich hatte ihr doch hoch und heilig versprochen zu schweigen. Und, viel wichtiger noch, sie hatte mich gebeten, der Erwachsene zu sein und sie in Ruhe zu lassen.

Obwohl es mich meine ganze Willenskraft kostete, schloss ich das Outlook-Fenster und fuhr meinen PC herunter.

Nein, ich würde ihr nicht antworten. Eher würde ich mir die Nase abbeißen.

Kapitel 4

I.

As sie zwei Tage später in ihrem Postfach nachsah, musste sie feststellen, dass er ihr wieder geschrieben hatte. Und während sie seine neue Nachricht las, freute sie sich gegen ihren Willen darüber.

> ***dpa-Meldung vom Montag, 18. April***
> *Lüneburg (Niedersachsen). Gestern wurde der weithin unbekannte Schriftsteller Philipp Andersen tot in einem Hotelzimmer in Lüneburg aufgefunden. Als Todesursache gibt die Polizei Selbsttötung an. Hinweise auf Fremdverschulden liegen nicht vor. Die ermittelnde Staatsanwaltschaft geht von einer Verzweiflungstat aus. In der Hand des Toten fand sich ein Handy mit dem Entwurf einer SMS, die offenbar nicht abgeschickt wurde. Der Text der SMS lautet:* Nein, ich halte mein Wort. Ich werde dich nicht drängen ... *Hinweise auf einen möglichen Empfänger oder eine mögliche Empfängerin nimmt jede Polizeidienststelle entgegen.*

Was für ein unmöglicher, was für ein verrückter Kerl! Natürlich mochte sie diese vollkommen geisteskranke – und dreiste! – Art, und natürlich triggerte Philipp Andersen mit seiner erfundenen dpa-Meldung ihren pathologischen Erwiderungszwang. Das konnte sie so nicht stehen lassen, schlimmer noch, sie *wollte* es nicht!

Trotzdem war es höchste Zeit, ihm endgültig den Zahn zu ziehen, sie besuchen zu kommen, und nachdem er scheinbar niemand war, der leicht lockerließ, brauchte sie nun ein Totschlagargument. Der Hinweis auf seine Ehe hatte nicht genügt, nicht einmal ihre Offenbarung, dass sie Angst vor den Folgen einer Affäre hatte. Nun … Thomas hatte sich zwar aus ihrem Leben verabschiedet, aber jetzt könnte er ihr wenigstens noch einen letzten Dienst erweisen. Liebeskummer wegen eines anderen – dagegen war kein Kraut gewachsen! Da würde selbst Philipp Andersen nichts mehr einfallen, wenn sie ihm schrieb, dass ihr Herz noch an einem anderen hing.

2.
17. April

Werter Herr Andersen,
sehr lustig, was die dpa da so über den Ticker schickt. Schätze, das kommt überall auf Seite 1. Überm Bruch!
Ach, es macht Spaß, mit dir zu schreiben. Aber wir müssen das alles auch mal bei Tageslicht betrachten und dabei zu der Erkenntnis kommen, dass es keine gute Idee ist, wenn du hier vorbeischaust. Denn die Fakten sind:
1. Du bist gegen wen anders verheiratet, und – zum wiederholten Mal – ich tauge ganz und gar nicht für eine Affäre. Dafür bin ich viiiiieeeeel zu emotional.

2. Ehrlich gesagt bin ich in einen anderen verliebt. Damit versuche ich zwar gerade aufzuhören, aber selbst, wenn es mir gelingen sollte, gibt es immer noch Punkt 1.
Ich hoffe, du bist mir jetzt nicht böse? Denn ich mag dich. Echt.
Miriam

Rumms! Die Nachricht erwischte mich auf halber Strecke nach Hamburg, in meiner Heimatstadt am Rande des Kohlenpotts, wo ich bei meiner Mutter Zwischenstation machte. Es war schon spät am Abend, nach einer sehr anstrengenden Lesung, als ich meinen Laptop noch einmal startete in der Hoffnung auf eine Nachricht von ihr.

Wäre ich nur zu Hause geblieben ...

Trotz erneuter Fiebergrippe, die mich in der Nacht überraschend heimgesucht hatte, und heftiger Proteste meiner Frau hatte ich mich von meinem Krankenlager aufgerafft und war die sechshundert Kilometer von Freiburg ins Ruhrgebiet gefahren, um in einem kleinen Literaturhotel aus meiner »Unmöglichen Liebe« zu lesen. Die Veranstaltung, die ich unter normalen Umständen abgesagt hätte, war zu einem einzigen Hustenkonzert ausgeartet, am Ende hatte ich nur noch gekrächzt und schließlich schweißgebadet vor Erschöpfung den Abend beendet. Aber das alles hatte ich gern in Kauf genommen, um am nächsten Morgen von meiner Heimatstadt aus weiter in Richtung Norden zu fahren. Erst nach Lüneburg zu einer weiteren Lesung. Und von dort aus nach Hamburg. Zu Miriam.

Entgeistert starrte ich jetzt auf den Bildschirm. »Ehrlich gesagt bin ich in einen anderen verliebt.« Da war er also, der Mann, der sie Mirchen nannte ... Und ich hatte um sie gewor-

ben wie ein verliebter Pennäler und keine Sekunde daran gezweifelt, dass ihr Liebesleben einzig und allein darin bestand, sich für oder gegen eine Affäre mit mir zu entscheiden, einem verheirateten Mann, der siebzehn Jahre älter war als sie. Was, zum Teufel, hatte ich mir eingebildet?

»*Schläfst du immer noch nicht?*« *Meine Mutter, schon im Nachthemd, steckte den Kopf zum Gästezimmer herein, um mir Gute Nacht zu sagen.* »*du bist doch fix und fertig. Wenn du so weitermachst, holst du dir noch eine Lungenentzündung.*«

»*Geh schlafen, Mama*«, *hustete ich.* »*Und keine Sorge, ich mache gleich das Licht aus.*«

Meine Mutter beugte sich über mich, um mir einen Kuss auf die Wange zu geben, wie früher, wie vor vierzig oder fünfzig Jahren.

»*Gute Nacht, mein Junge. Schlaf gut.*«

»*du auch, Mama*«, *sagte ich und erwiderte ihren Wangenkuss.*

Als sie die Tür hinter sich schloss, schaute ich wieder auf den Bildschirm und las zum zwanzigsten Mal die Mail, mit der Miriam unsere Beziehung beendete, bevor sie überhaupt begonnen hatte. Weil sie einen anderen liebte.

»*Mirchen*«, *flüsterte ich.* »*Ach, Mirchen ...*«

Vor mir sah ich ihr schlafendes Gesicht, wie damals im Kaiserhof, sah, wie ihre Züge plötzlich einen ganz gequälten Ausdruck annahmen, weil irgendetwas sie in ihren Träumen heimsuchte, während sie mit der Hand nach der Stelle tastete, wo ich vorher gelegen hatte. Damals hatte ich mich über sie gebeugt und sie geküsst, ihr Gesicht und auch ihren nackten Körper, weil ich nicht wollte, dass grauer November in ihr war und Angst.

War ich es damals selber gewesen, vor dem sie sich im Schlaf gefürchtet hatte?

Wie gern hätte ich dieses Gesicht noch einmal gesehen, hätte ich Miriam noch einmal in den Arm genommen, zur Not auch so harmlos wie in der Nacht im Kaiserhof, Hauptsache, ich hätte mich noch einmal davon überzeugen können, dass das, was ich für sie empfand, keine Einbildung, keine alberne und sinnlose Spinnerei war. Obwohl es ja genau das war, vollkommen albern und sinnlos. Und gleichzeitig mit Abstand das Schönste, was ich seit langer Zeit erlebt hatte.

Ohne mir darüber im Klaren zu sein, tat ich das, womit ich in den letzten Tagen fast meine gesamte Wachzeit verbracht hatte. Ich verkroch mich in meinen Computer und rief sämtliche Seiten auf, die ich im Internet von ihr finden konnte. Ich betrachtete die Fotos auf ihrer Homepage, las jedes blöde Interview, das sie irgendwann gegeben hatte, genauso wie die Leseproben von ihrer journalistischen Arbeit oder die Textauszüge, die ihr Verlag für sie ins Netz gestellt hatte, klickte mich durch ihre Facebook-Seite rauf und runter, lauschte ihrer Stimme in Audiofiles – verfolgte jede gottverdammte Spur, die sie in der virtuellen Welt des World Wide Web hinterlassen hatte, um ihr irgendwie nahe zu sein. Ach, sie war ein so süßer Quatschkopf. Es gab ein Video von ihr, auf dem sie, leicht unsicher im Ton, aber mit steinerweichender Hingabe, »Glory of love« sang, zum Auftakt einer Lesung. In einem anderen Video saß sie auf dem Klo und erklärte die geschlechtsspezifischen Unterschiede zwischen männlicher und weiblicher Wahrnehmung, während sie seelenruhig das Toilettenpapier von der Rolle abriss und so tat, als würde sie sich damit den Hintern abwischen. Nichts war ihr zu dumm oder zu peinlich, mit entwaffnendem Lachen gab sie sich selbst für den größten Unsinn her. Am liebsten aber mochte ich das Video, in dem sie mit schräg geneigtem Kopf und unglaublich sympathischem

Lächeln eine Haustür öffnete, um einen Gast zu empfangen, der ich selber so wahnsinnig gern gewesen wäre.
Wie kann der Abschied von einer Frau, mit der ich nie zusammen gewesen bin, so fürchterlich wehtun?
Ich beschloss, ihr eine letzte Mail zu schreiben.

Okay, ich komme also nicht nach Hamburg. Wozu auch? Ich bin so hoffnungslos vergrippt, dass selbst ein Wangenkuss unverantwortlich wäre, von intimeren Küssen ganz zu schweigen.
Ach Mirchen, die Vorstellung, dir so nah zu sein und dich trotzdem nicht sehen zu dürfen, macht mich noch kränker, als ich schon bin. Ich hatte so schön geträumt. Dass wir zusammen was kochen und quatschen und DVDs gucken und quatschen und tanzen gehen und quatschen und Kaffee trinken in einem reetgedeckten Café nach einem Strandspaziergang, und quatschen und quatschen und quatschen. Aber so ...
Ich würde dich gern anrufen, um dir Gute Nacht zu sagen. Einmal deine Stimme am Telefon hören, wenigstens das. Darf ich?

Als ich auf »Senden« gedrückt hatte, hätte ich mir am liebsten den Finger abgehackt. Intimere Küsse ... War ich wahnsinnig, eine solche Mail vom Stapel zu lassen? Ich spürte schon jetzt ihre virtuelle Ohrfeige auf meiner analogen Wange.
Nur wenige Sekunden später kam die Antwort. Sie bestand aus einem einzigen Wort.

Gern.

Mit zitternden Fingern wählte ich ihre Nummer. Es war das erste Mal überhaupt, dass wir miteinander telefonierten. Während das Rufzeichen ertönte, löschte ich das Licht und legte mich ins Bett. »Philipp?« Ihre Stimme klang so nah, als wäre sie bei mir in dem dunklen Raum.

»Ja, Mirchen. Ich bin's.«

Es war unsere erste Liebesnacht, und sie dauerte bis um vier Uhr morgens. Hatten wir in München unsere Leiber voreinander entblößt, entblößten wir in dieser Nacht voreinander unsere Seelen, ohne dass wir uns sahen, und die einzige Möglichkeit, uns zu berühren, waren unsere Worte, die wir einander zuflüsterten, über dreihundertfünfzig Kilometer hinweg, vom Ruhrgebiet bis an die Elbe und zurück. Ich weiß kaum noch, worüber wir sprachen. Über Gott und die Welt. Über das ewige Suchen nach ein bisschen Glück und die Angst vor Enttäuschungen. Über ihre gescheiterte Ehe mit einem Mann, der so lieb gewesen war, dass sie ihn nicht hatte lieben können, über ihr Talent, sich mit immer wieder neuen Männern nur immer wieder selbst zu schädigen, über ihre letzte Liebschaft, von der sie sich gerade erholte – der Mann, der sie Mirchen genannt und sie trotzdem so sehr verletzt hatte. Wir sprachen über gemeinsame Lieblingsbücher, Lieblingsfilme, Lieblingslieder. Über Dinge, sehr wenige, die uns voneinander unterschieden, zum Beispiel unsere gegensätzlichen Schreibrhythmen, und über andere Dinge, sehr viele, die uns miteinander verbanden: Essensmacken, Trinkgewohnheiten, Allergien – sogar über Schreibblockaden und depressive Schübe sprachen wir, die sie genauso kannte wie ich, weil immer alles, was da war, ein kleines bisschen zu wenig war. Sie war der erste Mensch, der verstand, dass ich die Verzweiflung am Leben nur durch noch mehr Leben überwinden konnte.

Ich erzählte von dem gefräßigen schwarzen Loch in mir, das mich manchmal zu verschlucken drohte und dem ich nur entkommen konnte, wenn ich es mit immer wieder neuen, anderen, nie zuvor gemachten Erlebnissen stopfte. Sie selbst gestand mir, dass sie manchmal am liebsten weglaufen würde, vor sich selbst und der Welt, dass sie davon träumte, irgendwann ein kleines Häuschen in Irland zu besitzen und dort zu leben, obwohl sie fürchtete, dass das Leben dort auch nicht anders sein würde als anderswo, dass es vielleicht überhaupt gar keinen Ort gab, an den sie sich vor sich selber retten konnte. Wir hielten es beide nicht in uns aus, schrieben beide nur, um uns selbst in unseren Geschichten zu vergessen, litten beide an dem, was wir waren, zwei Menschen, die sich immer wieder neu erschaffen mussten, um nicht verrückt zu werden, und wollten doch nichts anderes sein.

Ich war nicht einmal überrascht über das, was sie mir gestand, obwohl sie doch in ihren Interviews und Internetfilmchen wirkte wie die Lebensfreude pur und nicht wie jemand, der auch nur ansatzweise traurig oder sogar verzweifelt war. Natürlich überraschte mich das nicht, denn ich war ja ganz genauso, nach außen immer laut und optimistisch, in meiner Seele aber leise, zaghaft, unsicher und oft sehr, sehr müde.

»Weißt du, was ich glaube?«, fragte ich sie irgendwann. »Wir sollten einen Roman zusammen schreiben.«

»Einen Roman? Worüber?«

»Über uns. Unsere Geschichte.«

»Wir haben keine Geschichte!«

»Doch. Wenn wir sie aufschreiben, haben wir eine.«

Mirchen verstand, sie verstand einfach alles, was ich ihr in dieser Nacht erzählte. Sie war mein Zwilling, als hätte der liebe

Gott uns aus demselben Klumpen Lehm gemacht. Sie hatte alles, was man sich nur wünschen kann, Erfolg, Aussehen und ein gut gefülltes Konto, aber ihr Herz war leer, und ich wollte ihr so wahnsinnig gern helfen und war mir sicher, dass ich das auch konnte, ein bisschen zumindest, und sagte ihr das, und sie freute sich, dass ich das sagte, und wir redeten weiter, über sie und über mich und über uns, machten dumme Witze und kluge Sprüche, erzählten von guten Freunden und schrägen Verwandten, Kindheitsträumen und erwachsenen Einsichten, Urlaubserlebnissen und Alltagserfahrungen und fragten uns schließlich gegenseitig lateinische Vokabeln ab, nur damit es nicht aufhörte, dieses Gespräch ... Denn im Grunde kam es gar nicht darauf an, worüber wir miteinander sprachen, wichtig war nur, den anderen zu hören, die leisen, geflüsterten Worte, zwei Stimmen in der Dunkelheit, die von Seele zu Seele miteinander redeten, zwei körperlose Wesen ...

»Darf ich dir einen Kuss geben?«, fragte ich sie irgendwann.

»Ja, aber nur auf die Nasenspitze.«

Ich hauchte einen Kuss in den Hörer. Obwohl sie nichts sagte, wusste ich, dass sie ihn spürte.

»Gute Nacht, Mirchen. Träum was Schönes.«

»du auch, Philipp. Gute Nacht.«

Schweigen. Keiner von uns legte auf.

»Ich möchte dir noch etwas sagen«, sagte sie irgendwann in die Stille hinein.

»Ja, Mirchen?«

»Es ist seltsam – zum ersten Mal seit Wochen ist diese furchtbare Traurigkeit in mir verschwunden, ich fühle mich regelrecht beschwingt und frei. Keine Ahnung, Philipp, wie du das gemacht hast, und wahrscheinlich kann ich jetzt nicht mal

mehr schlafen, und wenn ich es trotzdem tue, wache ich morgen früh mit deinem blöden Husten auf. Aber: Danke.«
Bevor ich antworten konnte, legte sie auf.
Erst jetzt merkte ich, dass ich nackt war. Während ich überlegte, wann ich mich eigentlich ausgezogen hatte, klang ihre Stimme immer noch in mir nach.
Sie klang, als wäre Frühling in ihr, Mai oder Juni.

3.

Es war verrückt. Vollkommen geisteskrank und verrückt! Sie hatten die ganze Nacht telefoniert, und nun saß sie müde und ratlos auf ihrem Sofa und grübelte darüber, was sie tun sollte. Dass Philipp geistreich und schlagfertig war, das hatte sie von ihrem Gespräch in München und seinen Mails ja schon gewusst. Aber jetzt, nach diesem langen Telefonat, hatte sie noch einen anderen Philipp Andersen kennengelernt. Einen, den sie noch mehr mochte als den witzigen Quasselkopf. Den verletzlichen, den zweifelnden, ja, den traurigen. Das komplette Gegenteil vom eitlen Pfau, ein Mann mit Ängsten und Unsicherheiten, der ihr sogar freiheraus gestanden hatte, dass er – genau wie sie – manchmal an Depressionen litt, dass er sich oft wünschte, ein anderer zu sein, das eigene Ich verlassen zu können. Das kannte sie auch, kannte es nur zu gut, das Gefühl, es mit sich selbst nicht mehr auszuhalten, schreien und toben zu wollen bei der Vorstellung, noch so viele Jahre in sich selbst gefangen sein zu müssen. Dieser fremde Mann hatte sich ihr ohne jede Scham komplett geöffnet, flüsternd hatten sie sich gegenseitig Geheimnisse anvertraut, von denen nicht mal ihre engsten Freunde etwas wussten. Und dabei festgestellt, wie ähnlich sie sich waren, wie *unfassbar* ähnlich, als seien sie Zwillinge oder – so kitschig es auch klang – seelenverwandt.

Sie griff nach dem Telefon, rief ihre beste Freundin Carolin an, der sie bisher noch nichts von Philipp erzählt hatte.

»Dann lass ihn doch kommen«, schlug Carolin vor, als sie ihr alles berichtet hatte.

»So einfach ist das nicht, ich habe Angst.«

»Wovor?«

»Dass es grauenhaft wird. Oder das genaue Gegenteil.« Carolin lachte.

»Er will dich doch nur besuchen kommen, du musst ihn ja nicht gleich heiraten.«

»Das ginge auch gar nicht, er hat ja schon eine Frau, und Bigamie ist hierzulande verboten.«

»Siehst du?«, sagte Carolin. »Es kann also gar nichts Schlimmes passieren.«

»Außer, dass ich mich in ihn verlieben könnte und dann mit einem gebrochenen Herzen hier sitze.«

»Glaubst du das denn?«, fragte sie. »Dass du dich in ihn verlieben könntest?«

Sie dachte eine Weile nach. Ja, was glaubte sie eigentlich?

»Nein«, sagte sie dann. »Dafür ist er zu alt, das kann ich mir beim besten Willen nicht vorstellen. Er ist witzig und interessant, das schon, aber ich glaube nicht, dass es mit ihm wirklich funken kann.«

»Dann ist es doch ganz einfach: Lass ihn kommen, mach dir mit ihm eine nette Zeit, und wenn er dir an die Wäsche will, gibst du ihm eins auf die Finger.«

»Ja«, seufzte sie. »Über Nacht kann er eh nicht bleiben, ich hab ganz vergessen, dass ich schon morgen früh bis Freitag nach München muss.«

»Na siehst du«, sagte Carolin. »Ihr trinkt nur was miteinander, und der Herr verschwindet irgendwann in einem Hotel, wie sich das gehört.«

»Und was ist mit dem Wochenende? Da ist Philipp auch noch hier oben und ...«

»Jetzt warte doch erst mal ab, wie der *eine* Abend wird«, unterbrach ihre Freundin sie lachend. »Und mach einfach nur das, was du willst!«

»In Ordnung, du hast recht.« Sie legte auf. Was also wollte sie? Ihn sehen, mit ihm das Gespräch der vergangenen Nacht fortführen, das schon, sie verspürte eine regelrechte Sehnsucht danach. Aber auf keinen Fall mit ihm schlafen, auf gar keinen Fall eine Affäre mit ihm beginnen, das auf gar keinen Fall! Sie nahm ihr Handy und tippte eine Nachricht:

Gut, Philipp, dann komm nach Hamburg. Aber eines sage ich dir gleich: Ich werde nicht mit dir schlafen. Wenn du mich trotzdem sehen willst, freue ich mich. M.

Eine Minute später kam seine Antwort:

Keine Angst, ich werde mich zu benehmen wissen. Gleich nach meiner Lesung heute Abend fahre ich los und komme gegen 23 Uhr an. Einziger Tagesordnungspunkt: gründliches Kennenlernen in der Wirklichkeit.

Kapitel 5

1.

18. April

Viertel vor elf, und immer noch zwanzig Kilometer bis Hamburg. Müde rieb ich mir die Augen. Ich hatte knapp vierhundert Kilometer hinter mir, mit einer Lesung in Lüneburg als einziger Pause. Hätte ich doch die Autobahn Richtung Innenstadt nehmen sollen, statt den Anweisungen meines Navis zu folgen und am Buchholzer Kreuz in die Pampa abzubiegen? Ich setzte den Blinker und ging auf die Überholspur.

Hamburg, ausgerechnet Hamburg. Ich war zuvor vielleicht ein Dutzend Mal in dieser Stadt gewesen, von der alle meine Freunde und Bekannten, vor allem aber meine Frau so sehr schwärmten. Die tollste Stadt Deutschlands! Ich konnte diese Meinung nicht teilen. Ich hatte Hamburg immer nur als eine kalte Pracht empfunden: die Binnenalster mit der ewig sprühenden Fontäne, die weißen Villen und Arkaden, die Luxusboutiquen und Edelrestaurants. Vornehm, hanseatisch, elegant – und vor allem versnobt. Kein Ort, an dem ich leben wollte. Und eigentlich auch kein Ort, an dem ich mir das Mirchen vorstellen konnte, zumindest nicht das Mirchen in Chucks und Jeans.

Nervös schaute ich auf die Uhr. Schon fast elf. Sollte ich sie anrufen, um ihr zu sagen, dass ich mich verspätete?

Ich griff gerade zum Handy, da sah ich am Horizont einen

orangefarbenen Schimmer. Der dunkle Wald, der bisher links und rechts die Autobahn gesäumt hatte, öffnete sich, und im nächsten Augenblick raste ich mit zweihundert Stundenkilometern in eine gleißende Helligkeit hinein. Der Hamburger Hafen, der die Nacht zum Tage machte. Eine Welt gespenstischer Betriebsamkeit, umflutet von künstlichem Licht, das sich aus Millionen Quellen speiste. Schiffe und Kräne, Werften und Lagerhallen, Speicher und Silos, verbunden von Straßen und Schienen und Kanälen. Und dahinter die Elbe, weit wie das Meer und die Sehnsucht und die Angst.

Mir brach der Schweiß aus. Eine regelrechte Hitzewallung. War das noch die Grippe? Oder waren das meine Hormone? Mein Freund Martin behauptete immer, auch Männer hätten die Wechseljahre. Ich hatte keine Ahnung, ob das stimmte, Biologie war nie meine Stärke gewesen. Ich wusste nur, dass, wenn es die männlichen Wechseljahre tatsächlich gab, ich genau im richtigen Alter dafür war.

Um zwanzig nach elf erreichte ich endlich die Straße, in der Miriam wohnte. Curschmannsweg. Doch es dauerte noch mal zehn Minuten, bis ich einen Parkplatz fand.

Ich schaltete den Motor aus und stieg aus dem Wagen. Tief atmete ich die kühle Nachtluft ein. Sollte ich gleich mit meinem Koffer bei ihr aufkreuzen oder nur mit der Flasche Wein, die ich in Lüneburg gekauft hatte?

Obwohl der Parkplatz einen halben Kilometer von ihrem Haus entfernt lag, entschloss ich mich, nur den Wein mitzunehmen. Den würde ich auf jeden Fall diese Nacht brauchen. Den Koffer vielleicht erst im Hotel. Falls sie mich im Laufe der Nacht rausschmeißen würde.

Um fünf nach halb zwölf stand ich vor ihrer Haustür und

schaute an dem Gebäude hinauf, einem hübsch renovierten Altbau. Nur hinter einem einzigen Fenster brannte noch Licht. Für einen winzigen Moment hoffte ich, es wäre alles nur ein Traum und sie würde gar nicht hier wohnen. Doch dann sah ich ihren Namen auf dem Klingelschild, MIRIAM BACH, und mein Herz begann zu rasen, vor Aufregung und Hoffnung und Angst. Als wäre ich nicht fünfundfünfzig, sondern fünfzehn.

2.

Hallo, da bin ich.« Er sagte dieselben Worte wie in der Nacht im Kaiserhof, als er vor ihrer Tür stand. Allerdings sah er vollkommen anders aus. Müde. Abgespannt. Genauer gesagt: alt, *richtig* alt! Und unglaublich nervös, sein Blick sprang hektisch zwischen ihr und dem Fußboden hin und her, mit der rechten Hand umkrampfte er den Hals einer Rotweinflasche, als wolle er sich daran festhalten, sein Atem ging noch schwerer als damals in dem Münchner Hotel. *Ach Gott,* schoss es ihr durch den Kopf, ohne, dass sie den Gedanken verhindern konnte, *hoffentlich werde ich den schnell wieder los!* Sie hatte sich auf ihn gefreut, *richtig* gefreut. Aber jetzt, als er tatsächlich da war, stieg die Angst wieder in ihr hoch, und sie hätte ihn am liebsten sofort wieder weggeschickt. Doch natürlich sagte sie freundlich »Guten Abend«, Bussi links, Bussi rechts, bat ihn herein und stellte, kaum, dass er durch die Tür war, fest: »Ich trinke keinen Rotwein.«

»Oh«, sagte er und wirkte mit einem Schlag noch unsicherer, dafür aber auch gleich wieder um zwanzig Jahre jünger, »das tut mir leid, das wusste ich nicht.«

»Macht ja nichts«, erwiderte sie und kam sich dabei ähnlich bescheuert vor, als hätte sie wieder nur Unterwäsche an. Was für eine Begrüßung! Wenn er jetzt sofort auf dem Absatz wieder kehrtmachte – es würde sie nicht wundern. Aber wie schon beim ersten Mal, als sie sich in seiner Gegenwart einfach schlafen gelegt hatte, nahm er auch jetzt diese Unverschämtheit hin, als hätte er sie überhaupt nicht bemerkt, und folgte ihr ins Wohnzimmer, wo sie ihm einen Platz auf dem Sofa anbot. Er setzte sich und stellte die Flasche mit dem Wein, den sie nicht trank, vor sich auf dem Couchtisch ab. Da saß er, blickte ein bisschen bedröppelt drein, wie ein kleiner Junge oder jemand, der aus Versehen am falschen Abend einer Einladung gefolgt ist. Und so fühlte es sich ja auch an, wie ein falscher Abend. Mit dem falschen Menschen am falschen Ort.

»Ich hole Gläser«, sagte sie.

»Ich denke, du trinkst keinen Rotwein.«

»Heute mache ich eine Ausnahme.« Und das würde sie auch, dachte sie, während sie in die Küche ging, um Gläser und einen Korkenzieher zu holen. Eine Ausnahme machen und Rotwein trinken, möglichst viel davon, so viel, bis sie vielleicht nicht mehr merkte, dass da ein fremder, alter Mann auf ihrem Sofa saß und sich vermutlich trotz ihrer Vorwarnung, dass sie nicht mit ihm schlafen würde, von diesem Abend sonst was versprach.

»Scheiße«, fluchte sie leise, während sie in einer der Küchenschubladen nach dem Öffner suchte. »Warum hast du dich darauf eingelassen? Warum hast du nicht darauf bestanden, dass er bleibt, wo er ist? Wie willst du diese Kuh hier vom Eis kriegen?«

»Danke«, sagt er, nachdem sie ihm den Korkenzieher reichte, die Gläser auf dem Tisch abstellte und mit einem gewissen Sicherheitsabstand zu ihm ebenfalls auf dem Sofa Platz nahm. Schweigend öffnete Philipp die Flasche, schenkte ihnen ein, sie stießen miteinander an und nahmen dann beide einen Schluck, ohne sich dabei anzusehen. Sie unterdrückte ein leichtes Schaudern, als sie den Rotwein auf ihrer Zunge spürte, der Geschmack der Bitterstoffe war ihr schon immer verhasst gewesen. Egal, sie nahm gleich noch einen Schluck und hoffte, dass der Alkohol schnell seine Wirkung tat.

»Tja«, sagte er.

»Tja«, wiederholte sie. Wieder tranken beide von ihrem Wein, jeder noch immer den Blick auf den Tisch gerichtet. Da war noch etwas anderes als der Rotwein, was ihr nicht schmeckte. Abgesehen von der Gesamtsituation, die ihr mehr als unangenehm war, nahm sie plötzlich einen deutlichen Schweißgeruch wahr. Unauffällig schnupperte sie an sich selbst. Nein, von ihr kam das nicht, es war eindeutig der fremde Mann auf ihrem Sofa, der ein wenig müffelte. *Auch das noch!*

»Ist was?«, fragte er, als hätte er ihre Irritation bemerkt.

»Ja, ähm«, stotterte sie. »Also ... Ich glaube, Sie haben transpiriert, Herr Andersen. Würde es Ihnen etwas ausmachen, kurz zu duschen?« *Okay, jetzt geht er,* dachte sie, als er sich sofort und mit einem schiefen Grinsen erhob.

»Kein Problem. Aber dann muss ich kurz von unten meinen Koffer holen, sonst habe ich nichts zum Wechseln.«

Sie begleitete ihn zur Tür, und während sie darauf wartete, dass Philipp wieder hochkommen würde, musste sie fast kichern. Der Typ hatte wirklich Nehmerqualitäten!

3.
18. April

Was für ein Empfang! Da hatten wir gestern Nacht stundenlang miteinander telefoniert, hatten über Trivialstes und Intimstes gesprochen, über Spaghetti Bolognese und die Bestsellerliste, über Todesängste und Todessehnsucht, über geheimste Wünsche und Verletzungen, über die wir noch nie mit jemand sonst geredet hatten, eingehüllt von der Dunkelheit, die Seelen ineinandergeschmiegt, beide angetrieben von einem fast pathologischen Bedürfnis, alles, wirklich ALLES, dem anderen preiszugeben, ohne jede Scheu und Scham, hatten uns gestanden, wie sehr wir uns mochten und dass wir uns unbedingt sehen wollten – doch jetzt, als ich endlich bei ihr war, schickte sie mich zum Duschen.

Halb irritiert, halb erleichtert verschwand ich im Bad, zog mich aus und stellte mich unter die Dusche. Ja, auch erleichtert. Ich war die paar Minuten seit meiner Ankunft so durcheinander gewesen, dass ich am liebsten davongerannt wäre und jetzt froh war, nicht mehr in diesem seltsamen Wohnzimmer zu sitzen, in dem ein überdimensionaler Fernseher und ein riesiges Sofa die alles dominierenden Einrichtungsgegenstände waren, sondern stattdessen das wohltuende warme Wasser an meinem Körper herunterströmen spürte.

Wo war die Frau geblieben, in die ich mich so hoffnungslos verliebt hatte? So groß meine Erwartung vor dem Wiedersehen gewesen war, so groß war jetzt meine Enttäuschung. Miriam hatte mich mit schräg geneigtem Kopf in der Wohnungstür empfangen – genauso wie in dem Video und wie ich es mir erhofft hatte. Es waren dieselben Bilder, die ich mir wieder und wieder voller Sehnsucht vorgestellt hatte, doch ihre Wirkung hatte in der Realität vollkommen versagt. Miriam war weder die süße verrückte Conny aus ihrem Roman, die durch meine Fieberträume gegeistert war, noch die innig vertraute Stimme, die mich gestern Nacht körperlos in der Dunkelheit besucht hatte. Sie war nicht mal die aufgedrehte Nachwuchsautorin im Paillettenkleid, mit der ich auf der Verlagsparty Händchen gehalten hatte, sondern sie war einfach eine fremde Frau, die gar nicht mein Typ war, mehr ein Junge als ein Mädchen, ungeschminkt und in Jeans, die sich nicht die geringste Mühe gegeben hatte, mir zu gefallen, und wahrscheinlich nur aus Zufall an diesem Abend keinen Jogginganzug trug. Doch schlimmer noch als ihre lieblose Aufmachung war ihr Gesichtsausdruck gewesen. Kein Strahlen, kein Leuchten in ihren Augen, nur grauer, trostloser November.

»Fehlt irgendwas?«, hörte ich sie aus dem Wohnzimmer rufen. »Seife? Shampoo? Duschgel?«

Zum ersten Mal seit meiner Ankunft erkannte ich sie wieder. Immerhin, das hätte Conny sein können, vielleicht auch die Nachwuchsautorin im Paillettenkleid.

»Alles in Ordnung!«, rief ich zurück. »Ich muss mir nur noch kurz die Achseln und Beine rasieren!«

Lachend stieg ich aus der Badewanne, die zugleich ihre Dusche war, und trocknete mich ab. Als ich mein Spiegelbild sah, frisch geduscht und fern der Heimat, um Mitternacht in diesem fremden Badezimmer, mit strubbelnassen Haaren, musste ich laut losprusten. Statt Kerzenlicht und Rachmaninow Kernseife und Frotteehandtücher – ein Traum von einem romantischen Abend!

Wer von uns beiden hatte eigentlich den größeren Dachschaden – Miriam oder ich? Egal. Immerhin waren wir uns jetzt beide darin einig, dass wir nicht miteinander schlafen wollten.

Ich hob meine Sachen vom Boden auf und machte die Schnüffelprobe an meinem Hemd. Oh Gott, ich musste wirklich gestunken haben wie ein Iltis. Die Grippe hatte deutliche Duftspuren in meinen Klamotten hinterlassen. Die Grippe oder die Wechseljahre.

Nackt, wie ich war, schlich ich auf den Flur, wo ich meinen kleinen Koffer abgestellt hatte, um mir frische Sachen zu holen.

»Prima!«, hörte ich wieder Miriams Stimme, so nah, als stünde sie hinter mir. »Und falls du das Deo suchst, das findest du im Alibert rechts!«

In aller Eile bedeckte ich meine Blöße und starrte auf die Wohnzimmertür, hinter der sie sich über mich lustig machte. Plötzlich war ich wieder so nervös wie vor einer halben Stunde, als ich draußen vor ihrer Haustür gestanden und mit zittrigem Finger nach dem Klingelknopf gesucht hatte.

So nervös und so erregt.

4.

Als Philipp zehn Minuten später mit nassen Haaren zurück ins Wohnzimmer kam, hatte sie vor lauter Aufregung bereits die halbe Flasche Wein geleert. Jetzt war ihr etwas übel, ob vor Nervosität oder von der Bitterstoffen, konnte sie nicht sagen, aber sobald er wieder bei ihr saß – im Gegensatz zu ihr hielt er keinen Sicherheitsabstand ein, sondern pflanzte sich direkt neben sie – ratterten die Gedanken fieberhaft durch ihren Kopf, was sie nun als Nächstes auffahren könnte, um jede Intimität zu vermeiden. Bevor ihr irgendetwas einfiel, war es allerdings Philipp, der etwas auffuhr.

»So«, sagte er und lächelte sie an. »Herr Andersen ist frisch geduscht, der Rotwein, wie ich sehe, schon fast leer – würdest du mir jetzt bitte einfach mal kurz deine Hände geben?« Statt ihre Antwort abzuwarten, griff er nach ihr und legte seine Hände auf die ihren.

In diesem Moment war mit einem Schlag alles gut. Denn ohne jede weitere Aufforderung begannen ihre Hände sofort miteinander zu spielen.

»Gut«, sagte er, nachdem sie eine Weile nur so dagesessen und auf ihre Hände geblickt hatten. Und dann beugte er sich einfach zu ihr und fing an, sie zu küssen.

5.
19. April

Endlich, endlich küssten wir uns, so selbstverständlich, als könnte es gar nicht anders sein. Unsere Hände hatten für uns entschieden. Sie hatten sich sofort wiedererkannt, kaum dass sie einander berührten. Ohne zu fremdeln wie wir, hatten sie in der Berührung gefunden, wonach wir uns selber so sehr sehnten, hatten uns das Denken und Zögern und Wägen und Zweifeln abgenommen und taten an unserer Stelle das, was wir beide füreinander empfanden, uns aber nicht zu fühlen trauten und nicht auszusprechen wagten.

»*Ich liebe dich. Ich weiß nicht, warum, verdammt. Aber ich liebe dich.*«

Die Worte verließen meinen Mund, ehe ich sie stoppen konnte, und auch wenn ich mit meinem Verstand erkannte, dass es mehr als verrückt war, einer vollkommen fremden Frau eine Liebeserklärung zu machen, wusste mein Herz umso mehr, dass es einfach so fühlte. Mein Herz. Und mein Körper.

Wie anders waren diese Küsse als unsere ersten Küsse im Kaiserhof! Diese Küsse waren Musik, ein einziges, wunderbares Versprechen auf ein Leben, das es vielleicht doch gab, eine Verheißung, die zugleich Angst machte vor ihrer eigenen Verwirklichung.

Würde das Leben halten, was diese Küsse versprachen?

Während wir uns all die Dinge ins Ohr flüsterten, die wir uns durchs Telefon in dunkler Nacht gesagt hatten, fingen wir irgendwann an, uns gegenseitig auszuziehen. Wer damit angefangen hatte, konnte ich nicht sagen, ich wusste nur, dass ich kein anderes Bedürfnis mehr verspürte, als Miriam nahe zu sein, so nah wie nur irgend möglich, bis ich nicht mehr unterscheiden konnte, was ihr und was mein Körper war, wer sie und wer ich. Die Münder miteinander verschmolzen, Arme und Beine ineinander verschlungen, stolperten wir über den Flur ins Schlafzimmer.

Plötzlich waren wir nackt und lagen auf ihrem Bett.

»*Mirchen ...*«

»*Ja, Philipp ...?*«

Ich schaute in ihre Augen, konnte aber nicht erkennen, welcher Monat in ihr war. Ich sah nur dieses überhelle Blau, umgeben von zwei dunklen, fast schwarzen Irisringen, und für einen Moment dachte ich, sie würde mich wieder zurückweisen, wie damals in München, wieder die Tür vor mir verschließen, die sie einen Spalt weit geöffnet hatte, um mich eine weitere Nacht in meinem eigenen Verlangen einzusperren, in meinem Verlangen und in meiner verzweifelt süßen Hoffnung auf ihre Berührung.

»Worauf wartest du?«, flüsterte sie. »Komm doch endlich – bitte.«

Auf einmal war ich in ihr, so unverhofft und gleichzeitig so selbstverständlich, genauso wie wir damals, auf der Jubiläumsparty des Verlags, voreinandergesessen hatten, ohne zu wissen, wie es dazu gekommen war. Und wie damals unsere Hände miteinander gespielt hatten, so spielten jetzt unsere Körper miteinander, suchten und belauerten sich, wollten Abstand und Nähe zugleich, wanden sich ineinander und lösten sich voneinander, nur um sich aufs Neue zu verschränken und zu verbinden, raunten und flüsterten einander alle Zärtlichkeit zu, die wir in uns spürten, während unsere Seelen sich immer tiefer und tiefer ineinanderschmiegten, bis wir miteinander verschmolzen waren, ganz und gar, in einem sprachlosen, ewigen Augenblick. Sie war ich, und ich war sie, und keiner von uns wusste, wo der eine anfing und der andere aufhörte.

»Wann hast du zum ersten Mal gewusst, dass du wirklich mit mir schlafen willst?«, fragte ich sie, als wir anschließend Arm in Arm nebeneinanderlagen.

»In dem Moment, in dem ich dich aufgefordert habe, zu mir zu kommen«, sagte sie.

»Du meinst – nach Hamburg?«
»Nein. Zu mir.«
Ich war stumm vor Glück. Und während ich noch ihren Kuss auf meinen Lippen schmeckte, sah ich das warme, dunkle, intensive Leuchten in ihren Augen.
Ein Sommerabendhimmel im April.

6.

Auf dem Flug nach München herrschten starke Turbulenzen, aber das Hin- und Hergeschüttele war nichts im Vergleich zu dem, was in ihrem Herzen los war. Philipp hatte noch geschlafen, als sie am frühen Morgen losmusste. Sie hatte vor ihrem Bett gestanden und ihn betrachtet. Wie ein Kind hatte er sich in die Decke eingerollt, dabei allerdings geschnarcht wie ein Matrose nach einem Landgang mit durchzechter Nacht. Kurz hatte sie überlegt, ihn zu wecken, ihm dann aber einen Zettel geschrieben, dass sie Freitag aus München zurück sei und sich darauf freue, ihn dann wiederzusehen – falls er, wie sie verabredet hatten, nach seiner Lesung in Friesoythe noch einmal nach Hamburg kommen wollte.

Und nun war sie unsicher. Furchtbar unsicher, ob das nicht ein Fehler war. Sie hatten miteinander geschlafen, und sie konnte nicht sagen, wann und ob sie sich überhaupt schon einmal in den Armen eines Mannes so wohlgefühlt hatte. Da war nichts, rein gar nichts gewesen, was ihr fremd oder seltsam vorgekommen wäre, es hatte sich gut und richtig angefühlt, obwohl es ja das genaue Gegenteil davon war. Nicht gut, nicht richtig, Philipp Andersen war verheiratet, und deshalb war es falsch, falsch – *falsch!*

Er hatte nicht einmal seinen Ehering abgelegt, wie ihr erst jetzt im Nachhinein bewusst wurde. Er hatte mit ihr geschlafen, das goldene Symbol seiner lebenslangen Verbindung mit einer anderen Frau deutlich sichtbar am Ringfinger seiner linken Hand. Nicht wie die meisten an der rechten, sondern an der, die zum Herzen führt. Und das Gegenstück dazu, das andere Herz, war gerade dort, wo sie zusammen lebten. Seine Frau, die nicht ahnte, dass ihr Mann in einem Bett in Hamburg lag und sich von einer langen Liebesnacht erholte. Dass er sie betrogen hatte, dass er ihr, Miriam, gesagt hatte, dass er sie liebte, dass er so etwas noch nie erlebt hätte und dass er in ihren Armen glücklich sei wie kaum jemals zuvor. Das alles hatte er gesagt, und sie hatte es erwidert, hatte ebenfalls Liebesbekundungen geflüstert, als würde die Wirklichkeit überhaupt keine Rolle spielen. Als wäre da keine andere Frau, kein Ehering, kein anderes Herz.

Sie blickte aus dem runden Flugzeugfenster, gerade setzte die Maschine zum Landeanflug an. Sie würde in den nächsten zwei Tagen drei Interviews geben und eine Lesung bei einem Internetsender haben, und während der Flieger ausrollte, fragte sie sich, wie sie das überstehen, wie sie auch nur einen einzigen klaren Gedanken fassen sollte. Und *nach* München, wie würde es dann weitergehen? Er würde am Freitag wieder bei ihr sein und das ganze Wochenende bleiben, bevor er Montag weiter zu seiner nächsten Lesung nach Lauenburg musste. Fast drei Tage mit Philipp, die Vorstellung war zu schön, um wahr zu sein, doch sie machte ihr gleichzeitig Angst. Sie hatten gerade mal eine Nacht in Hamburg miteinander verbracht, was war das schon? Ein Ausrutscher, eine Lappalie, ein Ereignis, das nicht weiter von Bedeutung war. Aber wenn sie jetzt nicht »stopp« sagte, wenn sie zuließ, dass daraus mehr wurde, würde genau das passieren, wovor sie sich fürchtete: Sie würden eine Affäre haben, bei der es keine Gewinner geben könnte. Sie nicht, Philipp nicht, erst recht nicht seine Frau.

Seine Frau. Philipp hatte ihr gesagt, dass er sie liebte, dass sie sein Lebensmensch, seine große Liebe sei. Und doch hatte er nicht lockergelassen, bis Miriam ihm nachgegeben hatte. Warum? Was war das für eine große Liebe, wenn Philipp, ohne zu zögern, ohne jedes schlechte Gewissen seine Frau hinterging? Das schlechte Gewissen, das hatte sie nun an seiner Stelle, wie ein Schatten lag es auf der Erinnerung an die letzte Nacht. Sie war nicht so, sie *wollte* so nicht sein, kein Mensch, der ohne Skrupel nur sein eigenes Vergnügen sucht, der sich nicht darum schert, ob das, was er tut, jemanden verletzt oder nicht. Sie kannte Philipps Frau ja gar nicht, und es hätte ihr doch egal sein können, wie sie sich fühlen würde, wenn sie es wüsste. Aber es war ihr eben *nicht* egal, denn wenn sie sein, wie er sagte, Lebensmensch war, dann traf Miriam das nicht nur aus reiner Eifersucht, sondern auch, weil sie das Gefühl hatte, durch ihr Handeln etwas Wertvolles zerstört zu haben. Plötzlich spürte sie einen Schmerz in sich, als wäre sie selbst die Verratene und Betrogene.

Noch mehr Turbulenzen, obwohl sie mittlerweile schon im Taxi Richtung Innenstadt saß. Sollte sie Philipp absagen? Ihm schreiben, dass er bitte blieb, wo er war? Dass es wunderschön gewesen wäre mit ihm, aber nun sollten sie es gut sein lassen und vernünftig sein? Ihr Herz krampfte sich zusammen, nein, das wollte, das *konnte* sie nicht. Mit dem Wissen, dass er ganz in ihrer Nähe war, nur wenige Kilometer entfernt, allein in einem Hotel, mit derselben Sehnsucht, die auch sie verspürte – wie sollte das möglich sein?

Schon lange hatte sie sich nicht mehr so lebendig gefühlt wie mit ihm, schon lange nicht mehr so aufgehoben und sicher, so *richtig* in dieser Welt. Es war doch ohnehin schon passiert, wem würde es schaden, wenn sie sich noch ein klein wenig mehr nahmen von dieser Lust und Freude? Noch das Wochenende, drei wundervolle Tage lang sich gegenseitig etwas schenken, das so kostbar und selten war – was war verkehrt, was böse daran? Sie nahmen seiner Frau ja nichts weg, sie würde es nie erfahren. Und dann, am Montag, würden sie für immer Abschied nehmen, würden ihr kleines Geheimnis miteinander bewahren und hin und wieder ein wenig daran denken, wie an einen schönen Traum, der einem noch den nächsten Tag versüßt. Ja, so würden sie es machen, anders ging es nicht. Als wollte sie ihren Entschluss noch einmal bekräftigen, schrieb sie eine SMS an Philipp, dass sie an ihn dachte und ihn noch immer spürte.

7.
20. April

Herrgott, wie schön konnte das Leben sein! Ich hatte an dem Abend in Hamburg Wechselbäder der Gefühle durchlebt wie seit meiner Pubertät nicht mehr. Weil ich nicht hatte glauben können, dass das Leben halten würde, was Miriams Küsse versprochen hatten. Doch das Leben hatte alles gehalten in dieser Nacht – alles und noch mehr.

Ich hatte geschlafen wie ein Murmeltier, fest geschmiegt an diesen knabenhaften Mädchenkörper. Doch als ich am nächsten Morgen aufwachte, war sie fort. Auf dem Schreibtisch lag ein Zettel: »Bis Freitag, Philipp. Ich freue mich jetzt schon auf dich. Pass gut auf dich auf.«

Ich brauchte ein paar Sekunden, bis ich die Nachricht einsortiert hatte. Richtig, sie musste zu irgendeinem Internetspektakel und ein paar Lesungen und Interviews nach Süddeutschland, das hatte sie mir gesagt, und ich selber hatte ja auch zu tun, zwei weitere Lesungen in Niedersachsen.

Ohne Frühstück machte ich mich auf den Weg. Die erste Lesung war in Ordnung, die am nächsten Tag so, wie Niedersachsen klang – trostlos. In dem frisch renovierten Saal der Bücherei, in den mindestens zweihundert Menschen passten, verlor sich ein knappes Dutzend Zuhörer, die Bibliotheksmitarbeiter und deren herbeibefohlene Angehörigen mitgerechnet, sodass das zahlende Publikum aus exakt vier Personen bestand.

Aber ich las mit einer Begeisterung, als wären es vierhundert. Weil ich mir während der gesamten Lesung vorstellte, dass immer ein ganz bestimmtes Augenpaar auf mich gerichtet war, das in Wirklichkeit im selben Augenblick, viele Hundert Kilometer entfernt, in einer Internetsendung vor einem virtuellen Publikum aus einem ganz anderen Buch las. Und weil ich wusste: Noch eine Nacht, dann würde ich wieder bei ihr sein. Für drei Tage, von Freitag bis Montag, das ganze Wochenende. Eine Ewigkeit im Paradies.

Vor lauter Vorfreude konnte ich nach der Lesung kaum schlafen, und ich brauchte in meinem Hotelzimmer drei Talkshows und zwei Nachrichtensendungen, bis mir endlich vor dem Fernseher die Augen zufielen. Doch kaum war ich weggedämmert, weckte mich ein süßes, vertrautes Brummen aus dem Schlaf.

Mit einem Schlag war ich wieder wach. Miriam hatte sich auch in der Nacht zuvor per SMS bei mir gemeldet, drei Kurznachrichten hatte sie in mein Hotelzimmer geschickt, um mir die Einsamkeit zu nehmen, und eine Nachricht war schöner als die andere gewesen. »Ich halte dich in Gedanken in meinem Arm«, »Ich spüre dich noch immer«, »Ich kann es kaum erwarten, dich wiederzusehen«.

Im Dunkeln tastete ich nach meinem Handy, das ich beim Ausziehen vorsichtshalber auf den Nachttisch gelegt hatte. Bei der Berührung leuchtete das Display bläulich schimmernd auf.

Mit klopfendem Herzen öffnete ich die SMS. Ja, die Nachricht war von Miriam. Doch der Text, den sie mir geschickt hatte, traf mich wie eine Faust in der Magengrube, völlig unvermittelt und mit voller Wucht aus dem Nichts.

Philipp, ich habe den ganzen Abend nachgedacht. Bitte komm morgen nicht, das nimmt mich emotional zu sehr mit. Ich will dich nicht zurückweisen, aber mein Hasenherz hat zu große Angst ... Geliebte geht mit mir nicht, geht einfach nicht. So sorry!

Ich versuchte sofort, sie anzurufen, aber sie ging nicht ran, obwohl sie ihr Handy nicht ausgeschaltet hatte. Also antwortete ich gleichfalls per SMS.

Tut mir leid, dass ich eben versucht habe, dich anzurufen. Ein Moment der Fassungslosigkeit. du brauchst nicht zurückzurufen. du hast ja alles gesagt.

Postwendend kam ihre Antwort.

Warum schläfst du nicht? Ich wollte dich nicht wecken.

Warum ich nicht schlafe? Fragst du das im Ernst? Nach DIESER SMS? Wo bist du jetzt? Noch mit deinen Veranstaltern unterwegs?

Bin im Hotel.

Kann ich dich anrufen?

Nein, Philipp, bitte nicht. du quatschst mich dann wieder weich. Das will ich nicht. Ich werde bald vierzig, keine Zeit mehr für Unsinn. Mal abgesehen davon, dass ich dich wirklich lieb habe: Ich will das, was du schon hast. Verstehst du das nicht?

Ich starrte auf das Display. Ich will das, was du schon hast ... *Ja, das verstand ich. Und weil ich es verstand, wusste ich keine Antwort, die ich ihr darauf geben konnte.*
 Ein paar Sekunden zögerte ich. Dann schaltete ich mein Handy aus.

Kapitel 6

I.

Als sie am Freitagmittag in Hamburg landete, erschien ihr die Stadt noch grauer als sonst. Das Tor zur Welt – es kam ihr eher vor, als hätten sich für sie alle Türen geschlossen. Sie war müde und erschöpft, wollte einfach nur nach Hause und doch genau dort nicht hin. Nicht in diese leere Wohnung, nicht zurück in diese Einsamkeit. Nicht in dieses Wochenende, vor dem ihr graute. Ohne Philipp, allein mit den Konsequenzen ihrer Entscheidung, die sie gestern Nacht getroffen hatte. Sie hatte keinen anderen Weg gewusst, hatte sich zerrissen gefühlt zwischen dem Wunsch, ihn noch einmal zu sehen, und der Sorge, dass damit unausweichlich ein Unglück seinen Lauf nehmen würde.

Nicht wegen seiner Frau, für sich ganz allein hatte sie beschlossen, ihn fortzuschicken. Denn egal, wie sehr sie sich nach ihm sehnte, es hatte doch schlicht keinen Sinn! Was käme danach? Schon jetzt spürte sie, dass sie dabei war, sich an Philipp zu verlieren, dass es nur noch zwei, drei kleine Schritte brauchte und sie wäre ihm mit Haut und Haaren verfallen. Dann würde sie mehr wollen, viel mehr, als er ihr auch nur ansatzweise geben konnte.

Eine Affäre, gelegentliche Treffen, gestohlene Augenblicke. Das war es nicht, was sie wollte, sie wollte das große, das *ganze* Paket. Einen Mann an ihrer Seite, vielleicht noch ein oder zwei Kinder, ein Wunsch, der ihr bisher verwehrt geblieben war, ihr größter Wunsch überhaupt. Sogar ihre Ehe war am unerfüllten Kinderwunsch gescheitert, und sie hoffte noch immer, dass es ihr eines Tages vielleicht doch noch vergönnt sein würde, ein Baby zur Welt zu bringen. Mit Philipp Andersen war das unmöglich, sie würde mit ihm nur ihre Zeit vergeuden, ihr Herz verschleudern wie an einer Losbude auf dem Rummelplatz. Und am Ende dann doch nur wieder eine Niete ziehen, denn selbst, wenn so eine Liebschaft gut ginge, wenn sie ein, zwei oder auch drei Jahre halten würde, irgendwann wäre sie vorbei und sie, Miriam, stünde wieder genauso da wie jetzt.

Hätte Philipp ihr wenigstens gesagt, dass er seine Frau nicht mehr liebte, dass er daran dachte, sich von ihr zu trennen, hätte sie es wohl versucht. Aber im Gegensatz zu anderen Männern, die das Blaue vom Himmel logen, um eine Eroberung zu machen, die Phrasen droschen wie »Meine Frau versteht mich nicht«, war Philipp schmerzhaft ehrlich gewesen. Dass er sie nie verlassen würde, obwohl er sich auch nicht erklären könne, was gerade mit ihm geschah – aber nein, eine Trennung von seiner Frau, niemals. Genau diese Ehrlichkeit hatte sie noch mehr für ihn eingenommen, hatte sie tief in ihrem Innersten berührt und sie neidisch werden lassen auf die Frau an seiner Seite, die hoffentlich wusste, was für ein Glück sie mit ihm hatte. Aber diese Ehrlichkeit hatte ihr auch klargemacht, dass ein Ende mit Schrecken besser war, als weiter in etwas hineinzuschlittern, das sie nicht kontrollieren konnte und wahrscheinlich auch nicht verkraften würde. Schon viel zu oft im Leben hatte sie gelitten, und so müsste Philipp

Andersen ab jetzt Geschichte für sie sein. Ja, das müsste er, Geschichte, Geschichte, *Geschichte!*

»Mirchen.«

Sie war nicht einmal überrascht, als sie vor ihrem Haus aus dem Taxi stieg und Philipp vor ihr stand.

»Es tut mir leid«, sagte er. »Ich habe es nicht ausgehalten, dich nicht zu sehen. Ich weiß, dass das gemein und unfair von mir ist. Aber du musst mir schon ins Gesicht sagen, dass du mich nicht bei dir haben willst, anders schaffe ich das nicht.«

Sie antwortete ihm nicht. Nicht mit Worten.

Stattdessen schlang sie ihre Arme um seinen Nacken, stellte sich auf die Zehenspitzen, küsste ihn – und weinte.

2.

22. April

Wir liebten uns den ganzen langen Frühlingsabend, bis draußen vor den Fenstern die Sterne am Himmel aufzogen. Wir liebten uns im Dunkel der Nacht, im Nirgendwo zwischen Bewusstsein und Traum. Wir liebten uns in der Morgendämmerung, beim ersten Zwitschern der Vögel. Wir liebten uns am Vormittag, zum Lärm der Autos und Hochbahnen, die die Menschen zu ihren Samstagseinkäufen in die Stadt brachten. Wir liebten uns in der hellen Mittagssonne, während im Treppenhaus Mütter ihre Kinder zum Essen riefen. Wir liebten uns, bis wir nicht mehr konnten. Es war drei Uhr am Samstagnachmittag, als wir endlich das Bett verließen.

»Und was jetzt?«, *fragte ich, als wir zusammen unter der Dusche standen.*

»Worauf hast du denn Lust?«, *fragte Miriam zurück, während sie sich gleichzeitig wusch und die Zähne putzte.*

»Blöde Frage. Auf dich!«

»Angeber!« Grinsend schaute sie auf meinen Körper, der einfach nur den warmen Wasserstrahl genoss, ohne durch irgendeine Regung meine Worte zu bestätigen.

»Stimmt«, sagte ich. Mein Magen knurrte vor Hunger, schließlich hatte ich seit vierundzwanzig Stunden nichts mehr gegessen. »Hast du irgendwas Essbares in der Küche? Ich meine, vielleicht könnten wir ja was kochen.«

»Hältst du mich für eine Spießerin? Bei mir gibt's höchstens Ragout fin aus der Dose.«

Sie schlug vor, zum Elbstrand zu fahren, um mir »ihr« Hamburg zu zeigen. Außerdem gebe es da ein paar Buden, an denen man sehr lecker essen könne – kein Chichi, sondern Schnitzel mit Pommes, »richtiges« Essen also.

»Das trifft voll meinen schlechten Geschmack!«, sagte ich.

Bis zur U-Bahn-Station ging alles gut. Ich musste sie immer wieder anschauen, wie um mich zu vergewissern, dass dieses Geschöpf an meiner Seite Wirklichkeit war. Zum ersten Mal sah ich sie in ihren Chucks, die sie genauso lässig trug, wie ich es mir vorgestellt hatte. Sie hatte sich mit ihrem Aussehen auch heute nicht die geringste Mühe gegeben, zu den Chucks hatte sie eine von ihren zweihundert Jeans aus dem Schrank geholt und dazu ein einfaches T-Shirt übergestreift, aber genau dieses Nichts von Styling stand ihr unheimlich gut. Ab und zu schnellte sie wie ein Flummi los und zeigte auf irgendwas, das ich unbedingt beachten sollte, weil es zu »ihrem« Hamburg gehörte: das Gemälde von zwei Rie-

senkatzen an einer Häuserwand, einen kleinen Sexshop, in dessen Schaufenster unglaublich große Dildos ausgestellt waren, eine witzige Bierreklame: »Macht ihr euer Life-Work-Balance. Ich mach Feierabend.« Dabei strahlten ihre Augen, als hätte sie das alles selbst erfunden und erschaffen, platzte fast vor Stolz und Freude und Lebenslust. Sie lachte und plapperte, und zwischendurch hielt sie immer wieder inne, um mir einen Kuss zu geben. Mein Gott, sie war so süß, dass ich mich fragte, wie ein solches Süßkind jemals Depressionen haben konnte.

Tadzio, dachte ich.

»Tadzio?«, fragte sie. Offenbar hatte ich den Namen nicht nur gedacht, sondern laut ausgesprochen. »Meinst du den kleinen Polen aus ›Tod in Venedig‹, in den sich dieser schwule Komponist verliebt? Was ist mit dem?«

Zum Glück fuhr gerade die U-Bahn ein, und wir mussten im Laufschritt rennen, um den Zug noch zu erreichen.

»Haben wir überhaupt Fahrkarten?«, fragte ich, als die automatische Tür sich hinter uns schloss.

»Spießer!«, schnaubte sie erneut verächtlich und ließ sich auf einen freien Sitz plumpsen. »No risk, no fun! Oder hast du Angst, dass sie uns erwischen?«

Ich weiß nicht, was es war – der Klang ihrer Stimme oder der spöttische Blick: Plötzlich veränderte sich die Stimmung zwischen uns, irgendwie war die Leichtigkeit dahin, dieser bedenken- und gedankenlose Übermut, ohne dass es einen erkennbaren Grund dafür gab. Ihr schien es ähnlich zu gehen – vielleicht auch, weil ein Typ in ihrem Alter, der auf der anderen Seite des Ganges saß, ein Berufsjugendlicher mit Ohrring und Tattoos auf den nackten Oberarmen, aufdringlich zu uns herübergrinste. Statt meinen Blick zu erwidern, zog Miriam ihr Handy aus der Tasche und checkte ihre Mails. Während sie auf dem Display herumtippte, ohne sich um mich zu kümmern, rauschte meine Laune mit Aufzuggeschwindigkeit in den Keller. Seit ich in Hamburg angekommen war, hatten wir uns entweder geliebt oder geschlafen. Aber jetzt mussten wir miteinander sprechen. Nicht in der Dunkelheit und am Telefon wie zuvor, als wir Hunderte von Kilometern voneinander entfernt waren und unsere Lust aufeinander durch Verbalentblößungen kompensierten, sondern am helllichten Tage, Auge in Auge, von Angesicht zu Angesicht. Hier und jetzt, im wirklichen Leben.

Mein Gott, wie sollten wir nur den Rest des Tages miteinander rumkriegen? Vielleicht hatten wir, ohne die erotische Spannung gegenseitiger Unerreichbarkeit, einander ja überhaupt nichts zu sagen?

Schweigend verließen wir die U-Bahn, ich glaube, in Altona, und schweigend gingen wir eine endlos lange Treppe hinunter zur Elbe. Die Sonnenstrahlen brachen sich glitzernd im Wasser, Ozeanriesen, Containerschiffe und Frachter zogen lautlos am Ufer vorbei. Eine Promenade wie im Bilderbuch. Sommerlich gekleidete Menschen schoben sich an weißen, reetgedeckten Kapitänshäuschen mit grün oder blau gerahmten Fenstern entlang, bis der gepflasterte Weg in einen heillos überbevölkerten Sandstrand überging.

Doch die Stimmung war zum Teufel.

»Und wo kriegen wir jetzt was zu essen?«, fragte ich, dankbar für meinen Hunger, der mir als letzte Inspiration geblieben war, um so etwas wie ein Gespräch zu führen.

»Siehst du da hinten den Kiosk?« Miriam zeigte an das Ende des Strands. »Die Elbkate. Da gibt's die besten Schnitzel.«

Statt Schnitzel mit Pommes aßen wir beide Bratkartoffeln

mit Spiegeleiern und Speck. Immerhin, so viel verband uns noch. Bestellung und Verzehr dauerten glücklicherweise so lange, dass damit schon mal eine Stunde geschafft war. Außerdem kriegten wir beide während der Mahlzeit jeder ein paar SMS und Anrufe, die uns der Peinlichkeit unseres Schweigens enthoben.

»Willst du wieder zurück, oder sollen wir noch ein bisschen bleiben?«, fragte Miriam, als unsere Teller leer waren.

Weder noch, dachte ich, aber wenn es keine dritte Möglichkeit gab, dann lieber zurück zu ihr nach Hause. Da gab es wenigstens ein Bett.

»Ich finde es hier eigentlich sehr schön«, sagte ich, obwohl ich nicht wusste, warum. »Da drüben ist eine Bank. Setzen wir uns ein bisschen und gucken Löcher in die Luft.«

Sie zuckte die Achseln, und wie immer, wenn ich mich über meinen eigenen Schwachsinn ärgerte, der oft schneller über meine Lippen kam, als ich denken konnte, fing ich an zu reden wie ein Wasserfall. Entwickelte ad hoc eine absurde Philosophie des wahren Urlaubs, die in der Behauptung gipfelte, dass es nichts Schöneres für mich gebe, als aktiv mein Gehirn zu entleeren, und das hier sei der perfekte Ort dafür.

»Jimmy!«, schrie plötzlich hinter uns eine Frauenstimme. »Jimmy! Bleib stehen!«

Miriam und ich fuhren herum. Jimmy war ein vielleicht dreijähriger Knirps, der seinen grillenden Eltern und seiner kleinen Schwester vom Strand weggelaufen war und jetzt mit seinen kurzen Beinen auf den Gehweg rannte – direkt in die Spur eines im Affentempo entgegenkommenden Fahrradfahrers.

»Um Himmels willen!«

Ohne nach links und rechts zu schauen, sprang Miriam zu

dem Jungen, packte ihn unter den Armen und hob ihn in die Luft – gerade rechtzeitig, bevor der behelmte Idiot ihn mit seinem Rennrad über den Haufen fahren konnte.

»du scheinst Kinder sehr zu mögen«, sagte ich, nachdem sie den Kleinen seiner erschrockenen Mutter wieder übergeben hatte und wir uns auf die Bank am Rand des Gehwegs setzten, der den Strand von dem angrenzenden Waldstück trennte.

Statt zu antworten, schaute Miriam zu Jimmy hinüber, der mit seiner kleinen Schwester wieder im Sand spielte. Jimmy war der Größere von beiden, sicher ein Jahr älter, und formte nun unter den bewundernden Blicken des Mädchens mit seinen Patschhändchen einen spitz zulaufenden Sandhügel. Wahrscheinlich wollte er eine Burg für sie bauen, der kleine Mann. Ohne zu ahnen, in was für einer Gefahr er gerade noch geschwebt hatte.

»Ja«, sagte Miriam schließlich. Mehr nicht.

»Und – warum hast du dann selber keine? du warst doch vier Jahre lang verheiratet?«

Sie schaute ins Leere. Ihre Augen schimmerten feucht.

»Willst du mir den Grund nicht sagen?«, fragte ich.

Sie zögerte. Um ihr zu helfen, legte ich meinen Kopf in ihren Schoß, schloss die Augen und wartete, dass sie anfing zu reden. Und plötzlich war der Zauber wieder da, diese Intimität, die ich noch mit kaum einem anderen Menschen so empfunden hatte. Ohne den Schutz der Dunkelheit, in dem wir unsere Geheimnisse einander preisgegeben hatten, auch ohne die räumliche Distanz, die uns die seelische Nähe, die uns miteinander verband, so intensiv zu spüren gab, fanden wir auf dieser Parkbank wieder zueinander, am helllichten Tag, von Angesicht zu Angesicht, in wechselseitig greifbarer Gegenwart, doch ohne jedes erotische oder sexuelle Verlangen. Dreimal, erzählte Miriam, war sie im Verlauf ihrer Ehe schwanger gewesen, und dreimal hatte sie ihr Kind verloren, bevor es einen Namen hatte.

»Daran ist unsere Beziehung kaputtgegangen, daran gehe ich bis heute ein kleines bisschen selber kaputt.«

Ohne ein Wort richtete ich mich auf und küsste sie. Sie erwiderte meinen Kuss, und wir wussten beide, mehr brauchten wir einander nicht zu sagen.

In der Abenddämmerung kehrten wir zur U-Bahn zurück. Als der Zug einlief, blickte Miriam mich plötzlich so seltsam an, dass ich für einen Moment glaubte, sie wolle mich auf die Gleise stoßen.

3.

Strahlender Sonnenschein fiel durchs Fenster, als sie am Montagmorgen erwachte. Anders als sonst schlief Philipp nicht mehr, sondern lag mit offenen Augen neben ihr und betrachtete sie.

»Guten Morgen«, flüsterte sie, er zog sie an sich, und wie immer bettete sie ihren Kopf an seine Brust. Schweigend lagen sie so da, sie spürte seinen ruhigen, gleichmäßigen Atem und hatte den übermächtigen Wunsch, ihn nie wieder loslassen zu müssen.

»In zwei Stunden fahre ich«, sagte er in die Stille hinein, als hätte sie ihren stummen Wunsch laut ausgesprochen. Seine Stimme klang so, wie auch sie sich fühlte: hoffnungslos. »Ich soll mittags schon in Lauenburg sein.«

»Ich weiß«, antwortete sie.

Er streichelte ihr über den Rücken, sie presste sich noch fester gegen ihn, als könnte sie ihn einfach festhalten und so das Unausweichliche verhindern.

»Oder soll ich sofort gehen? Vielleicht wird es dann leichter?«

Sie schüttelte den Kopf. »Nein. Leicht wird es sowieso nicht, das wissen wir doch.«

»Ja.« Er seufzte. »Das wissen wir.« Er beugte sich zu ihr und küsste sie, berührte sie so zärtlich und sanft, als hätte er Angst, sie zu zerbrechen. »Ich liebe dich«, sagte er in ihr Ohr. »Es ist verrückt, aber ich liebe dich.«

»Ich liebe dich auch«, sagte sie und spürte Tränen in sich aufsteigen. »Aber du liebst auch deine Frau.«

»Ich würde dir gern etwas anderes sagen, aber das kann ich nicht, weil es gelogen wäre.«

»Das weiß ich.«

Wieder fingen sie an, sich zu küssen, diesmal fordernder, verzweifelter. Sie rollte sich auf den Rücken, zog ihn auf sich, um ihn noch ein letztes Mal zu spüren. Mit den Händen stützte er sich neben ihr ab, ließ sie nicht aus den Augen, während er zu ihr kam, hielt sie mit seinem Blick fest. Sie wollte sich dieses Gesicht einprägen, dieses wunderschöne Gesicht, das sie in nur wenigen Tagen lieben gelernt hatte. Und das sie schon bald nie wieder sehen, nie wieder berühren würde. Benjamin Button würde fahren, zurück in sein richtiges Leben, in dem sie keine Rolle spielen konnte und es auch nicht durfte. Er ließ sich auf sie sinken, umklammerte sie, bedeckte ihre Schultern mit Küssen, wieder und wieder und wieder. Sie spürte ein Zucken, das durch

Philipps Körper ging, er wurde regelrecht geschüttelt. Überrascht schob sie ihn von sich weg zur Seite und sah ihn an. Er weinte. Philipp Andersen lag neben ihr und weinte, weinte so ungehemmt und haltlos wie ein kleines Kind.

»Es tut mir leid.« Die Worte kamen stockend. »Das habe ich nicht gewollt.« Sie zog ihn wieder an sich, sodass jetzt er es war, der seinen Kopf auf ihrer Brust bettete. Mit einer Hand strich sie ihm durch das verschwitzte Haar.

»Doch Philipp, du wolltest es. Und ich – ich wollte es auch.«

4.
25. April

Als ich ihr Gesicht sah, tat es so weh, dass ich es keine Sekunde länger in ihrer Gegenwart aushielt.

»Ich fahre jetzt gleich. Sofort!« Ich stand auf, sammelte meine auf dem Boden zerstreuten Klamotten zusammen und zog mich an. Duschen konnte ich auch in Lauenburg.

»Aber du hast doch noch gar nichts gegessen!«

»Macht nichts, ich kriege jetzt sowieso nichts runter.«

Miriam erwiderte meinen Blick und nickte. Sie wusste, weshalb ich gehen musste.

»Gut«, sagte sie. »Ich bring dich runter.«

Während sie sich Jeans und T-Shirt überstreifte, warf ich die wenigen Sachen, die ich in ihrer Wohnung ausgepackt hatte, in meinen Koffer. Eine Viertelstunde später standen wir vor meinem Wagen. Sie streichelte mir mit einer Hand über die Wange, gab sich sichtlich Mühe, gegen den trüben November, der in ihren Augen aufstieg, anzulächeln.

»Weißt du, was mich ganz besonders freut?«, fragte sie.

Ich schüttelte den Kopf.

»Dass du nicht das Arschloch bist, für das ich dich gehalten habe. Sondern ein richtig feiner Kerl.«

»Das feinste Arschloch unter der Sonne«, erwiderte ich gequält.

Lachend schüttelte sie den Kopf. »Der feinste Blödmann unter der Sonne!« Dann wurde sie wieder ernst und zog mich zu sich, um mich zum Abschied noch einmal zu küssen. »Fahr vorsichtig!«, flüsterte sie mir ins Ohr. »Bitte. Aber fahr!«

Sie löste sich so plötzlich von mir, dass ich fast zurücktaumelte, und ohne sich ein einziges Mal umzudrehen, lief sie in ihren Chucks davon, so eilig, als hätte sie eine dringende Verabredung. Ich schaute ihr nach, bis sie um die Straßenecke verschwand. Dann stieg ich in meinen Wagen, steckte den Schlüssel ins Zündschloss und stellte an meinem Navi die Lauenburger Adresse ein. »Es kann losgehen«, erklärte die künstliche Stimme des Autopiloten wenig später.

Mit einem Seufzer startete ich den Motor. Das Navi führte mich noch einmal an Miriams Haus vorbei. Der Boutiquenbesitzer aus dem Erdgeschoss stand auf dem Bürgersteig vor seinem Laden und rauchte eine Zigarette. Ich schaute hinauf zu ihrem Fenster. Hinter der Gardine sah ich einen Schatten.

»du Idiot!« Mit beiden Fäusten trommelte ich auf das Lenkrad. »du gottverdammter, hirnloser Idiot!«

5.

Als sie ihn an ihrem Haus vorbeifahren sah und sein Wagen dann im Verkehr verschwand, fühlte es sich an, als würde in ihrem Innern etwas zerspringen. Kein großes, kein spektakuläres Gefühl, vielmehr ein leises Knacken, als würde etwas Kleines kaputtgehen. Sie wusste, was es war, hatte es ja von Anfang an gewusst, wie es enden würde. Und so war sie auch gar nicht überrascht darüber, dass es nun passierte. Dass nun ihr Herz brach.

Sie überlegte einen Moment, was sie nun tun sollte. Carolin besuchen und sich dort ablenken? Ihrer Freundin erzählen, wie überrascht sie darüber war, dass sie sich doch verliebt hatte? In diesen viel zu alten, verheirateten Mann? Das, was sie noch vor Kurzem ausgeschlossen, ja, als komplett absurd abgetan hatte, war passiert. Sie hatte sich an Philipp Andersen verloren und keine Ahnung, wie sie das überwinden sollte.

Sie ging zu ihrem Computer, rief ihren Mail-Account auf und las noch einmal alle Nachrichten, die sie sich geschrieben hatten. Die anfänglichen Neckereien, erst harmlos, dann immer gefährlicher. Ihr albernes »Zwei Schritte vor und drei zurück«, ein Spiel mit dem Feuer aus purer Eitelkeit, bis zu dem Tag, an dem sie Philipp geschrieben hatte, dass er zu ihr nach Hamburg kommen sollte. Während sie all das las, entstand in ihr neben der entsetzlichen Traurigkeit ein neues, komplett widersprüchliches Gefühl: Freude. Freude darüber, dass sie es wenigstens hatte erleben dürfen, dass Philipp ihr etwas geschenkt hatte, etwas, das sie in ihrem Herzen bewahren und das ihr niemand jemals wieder wegnehmen konnte. Das war mehr, als andere hatten, viel mehr, und mit diesem Gedanken würde sie sich ab sofort trösten. Sie klickte sich durch ihre Musikdatenbank, fand den Titel, den sie suchte, und hängte ihn an die Mail an, die sie Philipp nun schreiben würde.

6.
25. April

In Lauenburg hatte ich Gott sei Dank jede Menge zu tun. Ich sollte einen Vortrag über den »Wert der Worte« halten, doch ich hatte vergessen, das Manuskript auszudrucken, und die Vorstellung, in dieser Verfassung frei zu sprechen, war absurd. Das einzige Wort, an das ich denken konnte, war ihr Name – Miriam, Mirchen. An der Rezeption des Hotels, in dem ich untergebracht war, eine Ikone der Gastfreundschaft mit dem Charme der Siebzigerjahre, konnte man mir nicht weiterhelfen – »unsere EDV ist heute Morgen abgestürzt«. Also musste ich einen Copy-Shop aufsuchen, um in den Besitz meiner eigenen Weisheiten zu gelangen.

Während ich den Text in meinem Laptop öffnete, um ihn auf einen USB-Stick zu laden, kam auf meinem Handy eine Mail herein.

Miriam. Sie hatte mir einen Link zu Youtube geschickt, mit einem Song von Jean-Jacques Goldmann: »Puisque tu pars«.

Lieber Philipp,
wenn du das hier hörst, möchte ich, dass du an uns

denkst. An die wunderschönen Tage und Stunden, die wir dem Himmel gestohlen haben und die ich nie vergessen werde. Du hast mein kleines Herzchen nicht nur im Sturm erobert, sondern es auch ein kleines bisschen von seiner Traurigkeit geheilt. Dafür danke ich dir – und küsse dich in Gedanken tausendfach. Ein Auge weint, das andere lacht, weil ich dich treffen durfte, du feiner, du besonderer, du einzigartiger Mensch!
Ich liebe dich! À jamais et pour toujours.
Dein Mirchen

Ich klickte auf den Link, und während Jean-Jacques Goldmann aus dem Lautsprecher meines iPhones krächzte, las ich immer wieder ihre Mail. Tränen rannen aus meinen Augen, Tränen eines Glücks, das es nur in der Verzweiflung gibt. Miriam hatte mir eine so wunderbare Liebeserklärung gemacht, dass ich es kaum fassen konnte. Doch zugleich wusste ich auch, dass diese Liebeserklärung nichts anderes bedeuten konnte als Abschied. Für immer. À jamais et pour toujours.

Das Abendessen, das meine Gastgeber vor der Lesung zu meinen Ehren veranstalteten, war eine Tortur. Der Gesprächskreis, der mich eingeladen hatte, bestand aus einem pensionierten Pfarrer, der mich bei frischem Spargel an Sauce Hollandaise mit den allerletzten Fragen traktierte, einem kommunistisch angehauchten Lehrer sowie einem unerträglich eitlen Psychiater, der mit jeder Bemerkung erkennen ließ, wie hoffnungslos unterfordert er sich als Intellektueller auf dem flachen Lande fühlte. Während ich versuchte, dem Gespräch irgendwie zu folgen, schickte ich eine SMS nach der anderen an Miriam, doch sie gab keine Antwort.

»Sind wir dann so weit?«, fragte der Pfarrer, nachdem endlich auch der Nachtisch, Erdbeeren mit Vanilleeis, geschafft war.

»Natürlich«, sagte ich, »ich würde vorher nur noch gern einen Anruf erledigen.«

Der Veranstaltungsort war keine fünf Minuten von dem Restaurant entfernt. Während meine Gastgeber vorausgingen, blieb ich ein paar Schritte zurück und wählte Miriams Nummer. Mein letzter Versuch. Schon auf der Fahrt von Hamburg nach Lauenburg hatte ich immer wieder probiert, sie zu erreichen, doch jedes Mal ohne Erfolg.

Es dauerte eine Ewigkeit, dann hörte ich ihre Stimme.

»Leider bin ich jetzt auch auf dem Handy nicht zu erreichen. Sie können mir aber gern eine Nachricht hinterlassen. Ich rufe dann sofort zurück.«

Noch vor dem Signalton brach ich den Anruf ab. Es hatte keinen Sinn, ihr eine Nachricht zu hinterlassen. Jeden anderen würde sie zurückrufen. Nur mich nicht. Sonst wäre sie bei meinen vielen Versuchen rangegangen. Wenigstens ein einziges Mal.

»Bitte nach Ihnen.«

Der Psychiater, der mit seinen Kollegen am Eingang auf mich wartete, hielt mir die Tür auf. »Aber vielleicht schalten Sie während der Veranstaltung Ihr Handy aus? Mir selbst ist es mal bei einem Vortrag passiert, dass, während ich gerade über die Frage der Schuldfähigkeit aus neuronaler Sicht philosophierte ...«

»Ja, sicher.«

Ich schaltete mein iPhone aus, steckte es in die Hosentasche und betrat das Gebäude. Eine hübsche Bibliothek mit einem kleinen Amphitheater als Veranstaltungsraum. In der Mitte des

Halbrunds war das Rednerpult aufgebaut, an dem ich meinen Vortrag halten würde. Allein die Vorstellung bereitete mir jetzt schon Kopfschmerzen. Mein einziger Trost war das Bier, das in der Hotel-Minibar auf mich wartete. Hoffentlich würde es reichen.

»Brauchen Sie ein Mikrofon?«, fragte der Lehrer.

Ich schaute auf die Sitzreihen, in denen die Zuhörer mit dem Rücken zum Eingang saßen. Es mochten vielleicht fünfzig bis sechzig Personen sein.

»Ich glaube, das geht ohne«, sagte ich.

Während ich sprach, drehte sich in der letzten Reihe eine Zuhörerin um. Als ich ihr Gesicht sah, traute ich meinen Augen nicht.

Miriam.

Ihr Mund war ein einziges Grinsen, das von einem Ohrläppchen zum anderen reichte, und ihre Augen blitzten wie ein Leuchtgewitter.

7.

Als er sie im Publikum entdeckte, stolperte Philipp vor Schreck zwei Schritte zurück und trat dabei dem Veranstalter auf die Füße. Kurz hatte sie Angst, er würde es ihr übel nehmen, dass sie einfach so und ohne ihn zu warnen, nach Lauenburg gekommen war, weil sie es zu Hause nicht ausgehalten hatte. Caro hatte Miriam ihr Auto geliehen, denn sie selbst hatte keins, und während ihr Handy wieder und wieder geklingelt hatte, war sie schon über die Autobahn gerast.

War er nun sauer über ihre eigenmächtige Entscheidung? Nein, nur Sekunden später wich der entgeisterte Gesichtsausdruck einem breiten Grinsen, er freute sich, freute sich *sehr*, das war eindeutig. Verstohlen warf er ihr eine Kusshand zu, ihr Herz machte einen Hüpfer, und sie musste kichern, weil ihre Überraschung offenbar gelungen war. Amüsiert beobachtete sie, wie Philipp seinen Platz am Rednerpult bezog und mit fahrigen Händen seine Unterlagen ordnete, wobei ein Stapel Papier auf den Boden fiel.

»Verzeihung«, sagte er und hob die Blätter auf. »Ich bin heute das Modell zerstreuter Professor.« Das Publikum lachte und klatschte, und als er mit leicht zittriger Stimme seinen Vortrag begann, breitete sich ein Gefühl von Stolz in ihr aus. Wie Philipp da stand und die Zuhörer fesselte, wie sie an seinen Lippen hingen, während er mit immer größer werdender Sicherheit über ein kompliziertes Thema sprach – da hätte sie am liebsten aufspringen und ihn küssen wollen. Was sie nicht tat, natürlich nicht, auch nicht, als er fertig war und die Gäste ihn mit Fragen bestürmten. Sie blieb einfach sitzen, sah ihm bei der Arbeit zu und genoss die Freude über seinen Erfolg. »Der tollste Mann der Welt!«, dachte sie und unterdrückte den Impuls, das einfach so hinauszuschreien. Und nachher, später, so hoffte sie, würde sie ihn ganz für sich allein haben. Würde noch einmal in seinen Armen liegen, dem Himmel noch ein paar mehr Stunden abtrotzen, bis Philipp endgültig zurück in den Süden musste. Aber darüber wollte sie jetzt nicht nachdenken, sie hatte sich fest vorgenommen, ganz unbeschwert nach Lauenburg zu fahren. Unbeschwert – oder gar nicht. Irgendwann war auch die Fragerunde vorbei, die Leute ließen sich noch ein paar Bücher signieren, dann winkte Philipp sie zu sich heran.

»Hallo, Herr Andersen«, begrüßte sie ihn schmunzelnd und streckte ihm ihre Hand entgegen, die er sofort ergriff. »Guten Abend, Frau Bach.«

Die Veranstalter standen neben ihnen und musterten sie interessiert, vielleicht, weil sie im Vergleich zu allen anderen Anwesenden mit Abstand die jüngste Zuhörerin war. »Hochwürden«, sagte Philipp zu dem ältesten seiner Gastgeber. »Das ist meine Kollegin Miriam Bach. Eine äußerst begabte Autorin.«

»Freut mich, Sie kennenzulernen«, antwortete Hochwürden und schüttelte ihre Hand. Sein Gesicht war ein einziges Fragezeichen.

»Ich wohne in Hamburg«, sagte sie und lächelte ihn an. »Und weil ich Zeit hatte, dachte ich, ich höre mir mal Herrn Andersens Vortrag an.«

»Schön!« Noch immer ein Fragezeichen. »Dann kommen Sie jetzt noch mit, wenn wir ein Bier trinken gehen?«

»Tut mir leid«, hustete Philipp, ehe sie antworten konnte. »Mir steckt noch immer eine Erkältung in den Knochen, ich muss dringend ins Bett.« Ein Blick zu ihr, der ohne Worte seinen Satz ergänzte: mit dir!

»Oh, das ist schade.« Enttäuscht zuckte Hochwürden mit den Schultern. »Ich dachte, wir lassen die erfolgreiche Veranstaltung noch in gemütlicher Runde ausklingen. Die Leiterin der Bibliothek und unser Bürgermeister wollen auch noch …«

»Das würde ich wirklich gern«, unterbrach er ihn. Sie sah ihm an, dass er ein Lachen unterdrücken musste. »Aber ich muss morgen ja auch noch eine so weite Strecke fahren, da will ich einigermaßen fit sein.«

»Tja, da kann man nichts machen. Dann bringe ich Sie mal in Ihr Hotel.«

»Das kann ich auch tun.« Das Herz schlug ihr bis zum Hals, als sie den Vorschlag machte. Spätestens jetzt würde aus dem Frage- ein Ausrufungszeichen werden. »Ich muss eh nach Hamburg zurück, da kann ich Herrn Andersen einfach kurz absetzen.«

»Das wäre wirklich nett von Ihnen«, sagte Philipp und sah dabei aus, als würde er jeden Moment platzen.

»Also gut ...« Hochwürden wirkte mehr als verwirrt. »Dann komme ich morgen im Hotel zum Frühstück vorbei?«

»Ich frühstücke nie«, log Philipp. »Wahrscheinlich fahre ich auch schon los, bevor es hell wird.«

»Aha. Ja, also ... dann.«

»Vielen Dank noch einmal und bis irgendwann mal wieder.« Sie verabschiedeten sich eilig, stolperten aus der Bibliothek hinaus und schafften es gerade noch um eine Ecke, ehe sie sich lachend in die Arme fielen.

»Mirchen, mein verrücktes Süßkind!« Er bedeckte ihr Gesicht mit unzähligen Küssen. »Ich habe den ganzen Tag versucht, dich zu erreichen, und jetzt bist du einfach hier?« »Ich hab es nicht ausgehalten, ich musste dich noch ein Mal sehen.«

»Noch *ein Mal*?« Seine Miene wurde ernst.

»Ja.« Sie nickte. »Ein Mal noch.« Er nahm ihre Hand und drückte sie.

»Gut, Mirchen. Ein Mal noch.«

8.
26. April

Puisque tu pars ...
Während ich über die Autobahn in Richtung Süden raste, hörte ich wieder und wieder den Titel von Jean-Jacques Goldmann, das Lied, das Miriam mir geschenkt hatte.

Wenn du das hier hörst, möchte ich, dass du an uns denkst, an die wunderschönen Tage und Stunden, die wir dem Himmel gestohlen haben und die ich nie vergessen werde ...

Ja, noch einmal hatten wir dem Himmel ein paar Stunden gestohlen, Stunden jenseits der Zeit und jeder Wirklichkeit. Noch einmal hatten wir uns geliebt, noch einmal waren wir miteinander eingeschlafen und miteinander aufgewacht, noch einmal hatten wir zusammen gefrühstückt wie ein richtiges Paar. Dann hatten wir Abschied genommen, auf dem Parkplatz des Hotels. Jeder war in sein Auto gestiegen, stumm vor Trauer, nicht mal einen Kuss hatten wir mehr getauscht. Hintereinander waren wir in unseren Autos vom Parkplatz gerollt, Miriam voraus, und an der ersten Kreuzung hatten sich unsere Wege getrennt.

À jamais et pour toujours ...
Ich drückte aufs Gas, um den Wagen zu beschleunigen. Nicht, weil es mich so sehr drängte, nach Hause zu kommen, sondern um so schnell wie möglich diesen Ort hinter mir zu lassen, an dem ich so glücklich, an dem wir so glücklich gewesen waren. Immer schneller wischten die Autobahnschilder an mir vorbei, Lüneburg, Bienenbüttel, Uelzen – jede Abfahrt eine Versuchung. Warum riss ich nicht einfach das Steuer herum und fuhr zurück nach Hamburg?

Die Antwort erübrigte sich. Sechsunddreißig Jahre lang war ich mit meiner Frau zusammen, sechs-und-drei-ßig Jahre! Wir waren fast noch Kinder gewesen, als wir uns kennengelernt hatten, ich hatte damals noch nicht mal Abitur. Wir hatten miteinander studiert, waren zusammengezogen, hatten in einem nur elf Quadratmeter großen Studentenwohnheim-Zimmer zu zweit gehaust, jahrelang, vielleicht die glücklichsten Jahre unseres Lebens, hatten geheiratet, arm wie Kirchenmäuse und trotzdem reicher als Krösus, weil wir uns liebten, manchmal fünfmal am Tag, vor allem aber jeden Augenblick, hatten unsere erste gemeinsame Wohnung eingerichtet, uns zusammen Schritt für Schritt in die Wirklichkeit gekämpft, in die richtige Wirklichkeit der richtig erwachsenen Menschen, ich hatte mein erstes Geld verdient, und sie hatte unsere Tochter geboren. In all dieser Zeit, durch all diese gemeinsamen Erfahrungen und Erlebnisse waren wir miteinander verwachsen. Niemand war mir so vertraut wie sie, sie war ein Teil von mir. Unser Leben lang hatten wir einander alles gesagt, nie Geheimnisse voreinander gehabt, im Gegenteil: Alles, was wir erlebten, war immer erst dann ganz wirklich und wahr geworden, wenn wir es uns gegenseitig mitgeteilt hatten.

Nein, ich hatte nicht gelogen. Ich liebte meine Frau, liebte ihre Schönheit, sie war genau der Typ von Frau, den Gott für mich erfunden hatte, liebte ihre Weiblichkeit, in der sie ruhte wie eine Königin, liebte ihr Selbstbewusstsein und ihre Urteilskraft, ihre Einfühlsamkeit und ihren Humor.

Und trotzdem ...

Mein Handy klingelte. Ich wollte die Musik abschalten. Doch als ich zum Lautstärkeregler griff, stellte ich zu meiner Verwunderung fest, dass der Goldmann-Titel längst abgelaufen und verstummt war.

»Hi! Ich wollte nur mal hören, wie's dir ergangen ist?«

Martin, wer sonst ... Fast täglich erkundigte er sich nach dem neuesten Stand der Dinge, als wären Miriam und ich eine Daily Soap, und ich wusste nie so genau, ob er das aus freundschaftlicher Anteilnahme tat oder aus sensationsgeiler Neugier. Wahrscheinlich beides.

»Ich fürchte, du musst dich entscheiden«, sagte er, nachdem ich ihm in Kürze das Wichtigste erzählt hatte.

»Ich weiß. Deshalb habe ich mich ja entschieden.«

»Hast du das wirklich? Ich meine, wenn's nur ums Vögeln ginge, wär's ja in Ordnung. Aber wenn Liebe im Spiel ist ...«

»Hast du keine Ohren?«, unterbrach ich ihn. »Ich hab doch gesagt, ich bin auf dem Weg nach Hause!«

»Ja und? deine Stimme klingt wie auf einer Beerdigung. Das höre sogar ich. Auch ohne Ohren.«

Ich schwieg.

»Falls du noch dran bist«, fuhr Martin fort, »hast du dich schon mal gefragt, was Miriam dir eigentlich bedeutet? Was gibt sie dir, was du nicht schon hast? Warum hast du dich überhaupt in sie verliebt?«

Drei einfache Fragen. Auf die ich keine Antwort hatte.

»du, Martin«, stammelte ich, »ich ... ich glaube, ich komme gerade in ein Funkloch, der Empfang ist ganz schwach, ich kann dich kaum noch verstehen ...«

Bevor er etwas erwidern konnte, legte ich auf. Verfluchte Scheiße, er hatte recht, es war höchste Zeit, mir diese Fragen zu stellen. Wochenlang hatte ich um Miriam geworben, besinnungslos, wie ein Irrer, im wahrsten Sinn des Wortes, hatte gekämpft, ohne auch nur einen einzigen Gedanken daran zu verschwenden, warum und wieso.

Ein Auge weint, das andere lacht, weil ich dich treffen durfte ...

Ich ließ gerade Hannover hinter mir, als ich merkte, dass Jean-Jacques Goldmann wieder aus dem Lautsprecher tönte, und mein Herz krampfte sich vor Schmerz zusammen. Ja, ich fühlte mich wirklich wie auf einer Beerdigung – meiner Beerdigung ...

Du hast mein kleines Herzchen nicht nur im Sturm erobert, sondern es auch ein kleines bisschen von seiner Traurigkeit geheilt ...

Plötzlich fiel es mir wie Schuppen von den Augen, und ich wusste die Antwort auf Martins Fragen. Sie bestand aus einem einzigen Wort: Vitalität. Das war es, was Miriam mir gab. So wie meine Frau mir Stabilität gab, gab sie mir Vitalität. Geistig, seelisch, körperlich. Seit ich sie kannte, hatte ich keinen einzigen depressiven Tag mehr erlebt, und mein Leben, das mir in den letzten Jahren so oft wie ein öder Schwarz-Weiß-Film vorgekommen war, erschien mir jetzt in knallbuntem Technicolor. Darum hatte ich mich in sie verliebt. Das bedeutete sie für mich. Mehr als alles andere.

Und noch etwas wurde mir in diesem Augenblick klar. Was mit mir passierte, war nichts anderes als die gleichzeitige Bestätigung der zwei größten Binsenweisheiten, die es über die Liebe überhaupt gibt. »Gegensätze ziehen sich an« – das war die Beziehung zwischen mir und meiner Frau. Und: »Gleich und gleich gesellt sich gern.« Das waren Miriam und ich.

Während ich das Gaspedal bis aufs Bodenblech durchdrückte, um endlich zu Hause anzukommen, stellte ich die Musik lauter.

Ja, ich liebte zwei Frauen. Das war die simple Wahrheit.

Doch diese Wahrheit durfte nicht sein. Weil ein Mann nur eine Frau lieben darf. Oder soll. Oder kann.

9.

Die Reeperbahn. Wie sehr hatte die »sündige Meile« sie mit Mitte zwanzig fasziniert, als sie nach ihrem Studium im katholischen Uni-Kaff Münster in die Hansestadt gezogen war. Die bunten Lichter und Leuchtreklamen, die schillernden Gestalten vor und in den Clubs, die Weltoffenheit, die Leichtigkeit des Seins, alles vermischt mit einem nie gekannten Gefühl von Freiheit. Und von Verruchtheit. In ihrer Kindheit und Jugend hatte sie eine ziemlich strenge Erziehung genossen und fühlte sich damals mit einem Mal mitten ins Abenteuer geworfen. Und diesem Abenteuer war sie mehr als einmal erlegen, zahllose Affären hatte sie bis Anfang dreißig erlebt, bis sie in den vermeintlich sicheren Hafen der Ehe eingekehrt war. Bis die traurigen Ereignisse – ihre drei verlorenen Kinder – dieser Sicherheit ein abruptes Ende bereitet und sie wieder zurück auf Anfang, zurück auf null geschickt hatten. Jetzt stand sie also zusammen mit Carolin in einer Kneipe am Hamburger Berg, umzingelt von jungen Menschen, die etwa so alt waren wie sie damals, als sie nach Hamburg gezogen war, und fühlte sich alles andere als frei und verrucht. Im Gegenteil, sie fragte sich, was sie hier wollte, inmitten der feiernden und ausgelassenen Menge, während sie selbst sich fühlte wie bei ihrer eigenen Beerdigung.

»Zieh doch nicht so ein Gesicht«, brüllte Carolin ihr ins Ohr und drückte ihr einen weiteren – inzwischen den vierten – Gin Tonic in die Hand. Obwohl sie eigentlich nichts lieber getan hätte, als nach Hause zu fahren, umfasste sie das Glas mit beiden Händen und nahm einen großen Schluck. Der Alkohol durchströmte sie in einer warmen Woge. Keine angenehme Woge, sondern eine, die alles egal werden ließ.

»Guck mal, der Kerl da drüben!«, sagte Carolin. »Der sieht dich die ganze Zeit an und ist echt süß!« Sie folgte dem Blick ihrer Freundin. Auf der anderen Seite der Bar stand ein junger, blonder Mann, vielleicht Ende zwanzig oder Anfang dreißig, vom Typ her Student oder Surflehrer. Tatsächlich starrte er sie unverwandt an, das war sogar im diffusen Licht der Kneipe deutlich zu erkennen.

»Nicht mein Typ«, entgegnete sie und zuckte mit den Schultern. »Zu jung.«

»Zu, was?« Carolin lachte. »Himmel, dich hat's ja wirklich schwer erwischt, vor einer Woche wäre so ein Süßer noch genau dein Fall gewesen.« Ihre beste Freundin verdrehte die Augen. »Scheinbar stehst du jetzt auf Geriatriepatienten!«

»Quatsch! Philipp ist doch kein Ge ...«

»Hi!« Offenbar hatte der junge Mann sich durch ihren kurzen Blick zu ihm aufgefordert gefühlt, denn mit einem Mal stand er direkt vor ihr. »Ich bin Guido. Und wer bist du?«

»Miriam«, antwortete Carolin an ihrer Stelle, als sie ihn einfach anschwieg. »Und ich bin Carolin.«

»Hi«, wiederholte er und prostete beiden mit seinem Bier zu. Lahm hob Miriam ihr Glas und ließ es gegen den Bauch seiner Flasche klirren. »Bist du öfter hier?« Er glotzte

Miriam blöd an, und sie spürte, wie sich ihr Magen verkrampfte. Bitte, bitte nicht so ein ödes Kneipen-Kennenlern-Gespräch! Davon hatte sie schon viel zu viele geführt. Die meisten hatten, nach reichlichem Alkoholkonsum, im Bett geendet. Kein Wunder, denn das war noch das Vernünftigste, was man mit einer Kiezbekanntschaft anfangen konnte. Sie wusste, dass Carolin es nur gut meinte, dass sie mit ihrem Vorschlag, zusammen über die Reeperbahn zu ziehen, sie nur hatte ablenken wollen – aber als sie jetzt vor diesem Jüngling stand, der sie nach seiner wenig einfallsreichen Frage nun mit irgendwelchem leeren Gequatsche über Bands, die er gern hörte, und Orte, an die er gern reiste, zutextete, vermisste sie Philipp nur umso mehr. Und umso schmerzlicher.

Drei Tage waren seit Lauenburg vergangen. Drei Tage, in denen sie weder telefoniert noch einander geschrieben hatten.

Mit einem großen Zug leerte sie ihr Glas und hielt es dann wortlos Guido hin, der sich sofort Richtung Bar aufmachte, um für Nachschub zu sorgen. Sie dachte an den Rotwein, den sie und Philipp bei seinem ersten Besuch in Hamburg getrunken hatten. Und daran, wie der Abend ausgegangen war. Daran, wie danach alles angefangen hatte, eine wunderschöne, eine besondere Zeit. Sie bezweifelte, dass so ein Wunder noch einmal geschehen könnte. Nein, sie wusste, dass es gar nicht möglich sein könnte. Und trotzdem hoffte sie es.

10.
28. April

Ich schaute auf die Leuchtziffern meiner Armbanduhr. Viertel vor eins. Es war nun schon die dritte Nacht, in der ich nicht schlafen konnte. Seit ich wieder in Freiburg war, hatte ich keine einzige Zeile an meinem neuen Roman geschrieben. Wenn ich am Schreibtisch saß, verbrachte ich die Zeit mit nichts anderem, als auf den Bildschirm meines PCs zu starren, in der verzweifelten Hoffnung, dass es »pling« machte und ich eine Mail bekam. Von ihr. Und nachts, wenn ich in meinem Schlafzimmer lag – meine Frau und ich schliefen wegen meiner Schnarcherei schon seit ein paar Jahren getrennt –, ging ich mit meinem Handy ins Bett, starrte auf das tote Display, als könnte ich es mit meinen Blicken zwingen, aufzuleuchten und mir ihren Namen anzuzeigen, mit einem Anruf von ihr.

Wo war sie jetzt? Lag sie gerade wie ich wach im Bett und konnte nicht schlafen? Oder ...

Ich wollte den Gedanken nicht zu Ende denken. Stattdessen rief ich das Chat-Fenster von WhatsApp auf und öffnete Miriams Account: »zul. online heute 00:57 Uhr«. Ich verglich die Zeit. Meine Uhr zeigte auf drei nach eins – ich hatte Miriam also nur um sechs Minuten verpasst, da hatte sie auch bei WhatsApp nachgesehen. Im nächsten Moment veränderte sich ihr Status, die Zeile mit der Uhrzeit verschwand, und das System meldete »online«. Ich zitterte vor Aufregung und Freude und Angst. Doch nur für eine Sekunde, dann verschwand die »online«-Meldung, und die alte Zeile kehrte zurück, allerdings mit veränderter Zeitangabe: »zul. online heute 01:04 Uhr«.

Eine Minute war sie da gewesen. Eine Minute bei mir. Aber sie hatte nichts von mir wissen wollen.

Ich legte mein Handy auf den Nachttisch und drehte mich zur Seite, um endlich zu schlafen. Ohne dass wir es miteinander abgesprochen hatten, waren Miriam und ich nach unserem Abschied in Lauenburg in tiefes Schweigen verfallen. Keine Mails, keine SMS – und vor allem keine Telefonate, weder bei Tag und erst recht nicht bei Nacht. Es gab keinen anderen Weg. Wir wussten ja beide, wir hatten eine Grenze überschritten, jenseits derer es nur noch ein Entweder- oder gab. Solange ich um Miriam geworben hatte, einseitig, gegen ihren Willen, war alles nur ein Spiel gewesen. Ein Spiel mit dem Feuer zwar, doch ein Spiel. Aber dann hatte sie mich nicht nur in ihr Bett gelassen, sondern auch in ihr Herz. Sie hatte gesagt, dass sie mich liebte, und zum Beweis, dass dies keine leeren Worte waren, sondern etwas bedeuteten, war sie mir nach Lauenburg gefolgt. Darum war das Spiel jetzt aus. Weil es zu gefährlich war. Lebensgefährlich. Darum beantwortete sie mein Schweigen mit ihrem Schweigen und ich ihr Schweigen mit meinem Schweigen. Weil ein Wort, ein Satz genügte, damit wir wieder rückfällig würden. Wie zwei Trinker nach allzu kurzer Abstinenz beim ersten Schluck Alkohol.

II.

Ein ungewohnter Geruch weckte sie am nächsten Morgen. Irritiert schlug sie die Augen auf, um die Quelle auszumachen. Sie musste nicht lange suchen, sie lag in Gestalt von

Guido direkt neben ihr im Bett. Dort, wo noch vor Kurzem Philipp geschlafen hatte, hatte sich nun ein junger blonder Geografiestudent in die Decke gerollt. Sie betrachtete ihn – und widerstand der Versuchung, ihm einfach die Decke wegzuziehen, um ihn zu wecken, und ihn aus ihrem Bett und ihrer Wohnung zu werfen. Stattdessen stand sie auf und ging ins Bad. Sie brauchte eine Dusche, eine heiße und lange Dusche, um die letzte Nacht von ihrem Körper, von ihrer Haut zu waschen.

Natürlich war sie gemeinsam mit Carolin und Guido von einer Kneipe zur nächsten gezogen. Natürlich war der Alkohol in Strömen geflossen, und natürlich hatte sie, nachdem Caro sich irgendwann müde verabschiedet hatte, angefangen, mit Guido zu knutschen, und natürlich waren sie dann irgendwann in den Morgenstunden bei ihr gelandet. Und natürlich hatten sie miteinander geschlafen, natürlich. Nicht aus Lust, jedenfalls nicht auf ihrer Seite, das beileibe nicht. Sie war nur einmal wieder ihrem alten Muster gefolgt. Selbstverletzung. Wenn ihr etwas wehtat, wenn sie Kummer hatte, musste sie dafür sorgen, dass da noch ein größerer Schmerz war, der alles überdeckte.

Und nun lag dieser größere Schmerz in ihrem Bett und verpestete die Luft. Dabei roch er gar nicht mal schlecht, wie sie feststellte, als sie zurück ins Schlafzimmer kam und sofort von einer Wolke seiner Ausdünstungen empfangen wurde. Aber er roch eben nicht wie Philipp. Er *roch falsch*. Falsch, falsch, *falsch*! Noch immer schlief er ruhig und selig wie ein Baby, noch immer hatte er sich in die Decke gewickelt, die ihrem Gefühl nach doch Philipp gehörte. Philipp. Sie fühlte sich wie eine Verräterin. Sie hatte diesen Ort, an dem sie sich so sehr geliebt hatten, entweiht, indem sie zugelassen hatte, dass da nun ein anderer Mann in ihren Kissen lag.

»Guido?«, flüsterte sie leise. Keine Reaktion. »Guido?« Diesmal etwas lauter.

Der blonde Jüngling öffnete langsam die Augen, blickte einen kurzen Moment irritiert um sich, als müsse er sich erst orientieren, wo er war. Dann lächelte er.

»Guten Morgen!«, sagte er. Und streckte ihr beide Arme entgegen. Sie kamen einfach so hervor, unter der Decke, unter Philipps Decke. Er streckte sie ihr entgegen, wie sie es damals im Kaiserhof bei *ihm* getan hatte. So lag er da, lächelnd, beide Arme nach ihr ausgestreckt, nickte auffordernd, damit sie noch einmal zu ihm kommen würde.

Da brach es zum zweiten Mal. Ihr Herz. Diesmal mit einem lauten Knacken.

»Du musst gehen«, sagte sie. »Sofort.«

»Was?« Er ließ die Arme sinken. Betrachtete sie verwirrt. Verletzt. Verständnislos.

Er war kaum aus ihrer Wohnung, da brach sie in Tränen aus, lehnte sich mit dem Rücken gegen die Tür und sank in die Hocke. Scheinbar endlos kniete sie so da, weinte und weinte und weinte, fühlte sich schlecht und schuldig. Und einfach nur leer.

Nach einer gefühlten Ewigkeit stand sie auf. Ging ins Schlafzimmer und machte sich daran, das Bett abzuziehen und die Laken in die Waschmaschine zu stopfen. Sie würde das alles waschen, alles auswaschen, alles reinwaschen, diesen Geruch vernichten, der alles das, was sie mit Philipp gehabt hatte, übertünchte. Und danach würde sie sich daranmachen, ihr Herz reinzuwaschen. So rein, dass dort auch nicht mehr das kleinste Fitzelchen von Philipp Andersen zu finden wäre.

12.
4. Mai

Und trotzdem war sie da. Immer. Morgens, mittags, abends. Und in der Nacht. Obwohl sie aus meinem wirklichen Leben verschwunden war, gab es doch Zeichen ihrer Existenz, Spuren, die sie im virtuellen Leben hinterließ und die umso gegenwärtiger waren, je ferner und unerreichbarer sie selbst mir wurde. Ihre Einträge auf Facebook, die sie täglich für ihre »Freunde« verfasste. Ihr Anwesenheitspünktchen auf Skype, das mir verriet, wann immer sie an ihrem Computer saß. Und ihr WhatsApp-Account, der präzise protokollierte, wann sie zuletzt online gewesen war, wann sie online ging und wann sie gerade einem ihrer anderen Kontakte dort eine Nachricht schrieb. Spuren, die nicht nur ihre virtuelle Gegenwart bezeugten, sondern auch noch ihre Aktivitäten.

Am schlimmsten war ihr Anwesenheitspünktchen. Sobald ich es sah, auf Facebook oder Skype, machte mein Herz vor Freude einen Sprung. Da war sie, mein Mirchen, saß in Hamburg an ihrem Laptop oder blickte irgendwo sonst auf der Welt auf das Display ihres Handys, wie ich es selber gerade tat. Ich wusste, es war absurd, aber ich konnte nicht anders, ich musste *dieses Pünktchen sehen, immer wieder, es war mein einziger Trost, eine letzte verzweifelte Ahnung von Nähe, die ich noch mit ihr teilte. Das Pünktchen war alles, was Miriam mir bedeutete. Das Pünktchen war ihr Gesicht, ihr Aprilgesicht und ihr Novembergesicht und ihr Hochsommergesicht. Das Pünktchen war Conny, die Heldin aus ihrem Roman, mein Süßkind in Chucks und Jeans, die Paillettenfrau mit den Stöckelschuhen. Und das Pünktchen war ihre Stimme, die mir leise Liebesworte ins Ohr flüsterte ...*

Es war wie eine Sucht. Tag für Tag, Nacht für Nacht schlichen wir so im Netz umeinander herum, belauerten gegenseitig unsere Anwesenheit, unsere Aktivitäten. Wenn ich auf den Bildschirm meines PCs oder das Display meines Handys starrte, als verberge sich dahinter der Sinn meines Lebens, beschlich mich manchmal das Gefühl, dass sie mich vergessen hatte. Während ich selber jede Facebook-Tätigkeit eingestellt hatte, weil mir die in diesem Netzwerk üblichen Blödeleien unerträglich geworden waren, postete sie für ihre virtuellen Freunde unverdrossen weiter. Die Abbildung eines undefinierbaren Gegenstands und dazu die Frage: »Ist das Kunst oder kann das weg?« Dann das Foto eines Zeitschriftenkiosks, bei dem unter der Rubrik »Kultur« lauter Pornomagazine zu sehen waren. »Ja, so ist das bei uns in Hamburg.« Je lustiger ihre Einträge waren, umso größer war meine Qual. Wie konnte Miriam solche Witzchen machen, während ich vor Sehnsucht nach ihr fast krepierte? Ich schwor mir, nie wieder auf ihre Seite zu gehen, doch ich hielt meinen Vorsatz nicht mal eine halbe Stunde lang durch.

Ich beschloss, ihr auf Facebook eine Botschaft zu schicken. Um diese erdrückende Einsamkeit zu durchbrechen, ohne gegen mein mir selbst auferlegtes Schweigegelübde zu verstoßen. Was aber sollte ich posten? Ich entschied mich für ein Gedicht von Baudelaire: »A une passante«, die Wimpernschlag-Begegnung zwischen einem Mann und einer Frau im Gewühl eines Pariser Boulevards, ein kurzer, flüchtiger Moment, in dem zwei fremde Menschen einander ansehen, bevor sie sich wieder für immer aus den Augen verlieren. Würde Miriam begreifen, dass diese Botschaft ihr galt?

Ihre Antwort erfolgte in weniger als einer Stunde. Der Link zu einem Musiktitel, »Still«, von Jupiter Jones, derselbe Song, den sie mir schon einmal geschickt hatte, ganz am Anfang unseres Kennenlernens, das Lied vom Abschied zweier Menschen, mit dem sie mich damals hatte zurückweisen wollen, um ebendas zu verhindern, was dann schließlich doch mit uns geschehen war. Ich hatte keinen Zweifel, dass der Eintrag für mich bestimmt war, es war der einzige Eintrag, den Miriam jemals auf Facebook zweimal gepostet hatte. Ich hab so viel gehört, und doch kommt's niemals bei mir an. Das ist der Grund, warum ich nachts nicht schlafen kann. Wenn ich auch tausend Lieder vom Vermissen schreib, heißt das doch nicht, dass ich versteh, warum dieses Gefühl für immer bleibt ... *Als ich den Link aufrief und das Lied wieder hörte, wusste ich, Miriam trauerte genauso wie ich. Und dieses Wissen, das mir die Tränen der Verzweiflung in die Augen trieb, machte mich gleichzeitig so glücklich, dass ich es kaum verkraften konnte.*

Mehrere Tage lang schickten wir uns via Facebook unsere Botschaften. Ich nahm mit meinem Handy ein Foto von einem schwarzem Karton auf: »Einblick in meine Seele.« Miriam antwortete wie immer mit Musik: »Leuchtfeuer«, von Emma6. Um ihr zu zeigen, dass ich auch ein paar Songs kannte, schickte ich ihr »Je sais« von Patricia Kaas. Zurück kam von ihr »Lascia ch'io pianga«, aus Händels »Rinaldo«, die Verschmelzung von Liebe und Leid. Gottfried von Straßburg hatte alles, was es dazu zu sagen gab, bereits vor siebenhundert Jahren ausgedrückt, in nur vier Zeilen, die ich nun für Miriam postete: »Wem nie durch Liebe Leid geschah, / Dem ward auch Lieb' durch Lieb' nicht nah; / Leid kommt wohl ohne Lieb' allein, / Lieb' kann nicht ohne Leiden sein.«

Am Abend des sechsten Tages schaute ich wie immer, wenn ich das Licht gelöscht hatte und im Bett lag, noch einmal in ihren WhatsApp-Account. Als ich den Chat öffnete, zuckte ich zusammen: »online«. Schaute auch sie gerade nach mir? Oder hatte sie einfach nur vergessen, ihr Chatfenster zu schließen? Es war, als säße sie mir in der Dunkelheit gegenüber, und ich wurde fast verrückt, während ich auf dieses »online« starrte, das mir phosphorgrün entgegenschimmerte, verrückt vor Sehnsucht nach ihr, verrückt von dem Bedürfnis, sie anzusprechen, hier und jetzt, mithilfe dieses kleinen elektronischen Geräts in meiner Hand, in dem sie sich verbarg.

Über eine halbe Stunde saß ich im Dunkel meines Schlafzimmers, vollkommen absorbiert von ihrer phosphorgrünen Gegenwart. Ich spürte, nein, ich wusste, *dass auch sie jetzt irgendwo saß und auf mein »online« blickte. Plötzlich bekam ich Angst. Angst, dass sie jeden Augenblick wieder verschwand, wie ein paar Nächte zuvor, und mich mit meiner Traurigkeit alleinließ.*

So schwer es mir fiel, mich von ihr loszureißen, beschloss ich, vor ihr den Chat zu verlassen, diese stumme, wortlose, virtuelle Intimität, die ich so viele Minuten mit ihr geteilt hatte. Doch als ich mein Handy auf den Nachttisch legte, sah ich, wie sich auf einmal die Statuszeile veränderte: »schreibt ...«

Ich zog die Luft ein und starrte mit angehaltenem Atem auf das Display. Es dauerte eine Ewigkeit. Dann ein Brummen, und endlich erschien ihre Nachricht: »Ich kann nicht mehr. Morgen setze ich mich ins Flugzeug und fliege nach Basel. Ankunft 15:15 Uhr, Terminal 1.«

Kapitel 7

1.

Philipp kam durch die Ankunftshalle gerannt, stieß hier und da ein paar Passanten beiseite, sprang regelrecht auf sie zu, als er sie entdeckt hatte, wie sie mit ihrem kleinen Köfferchen durch die gläserne Schiebetür kam. Er trug Jeans und ein braunes Polohemd, grinste von einem Ohr zum anderen, während er mittlerweile fast hüpfte. Bis zu diesem Moment hatte sie noch befürchtet, dass er vielleicht gar nicht kommen würde, auch wenn er ihre SMS sofort mit einem »Ich hole dich ab!« beantwortet hatte. Trotzdem, sie hatte einfach so ein Flugticket gekauft, hatte beschlossen, ihn in »seiner Welt« aufzusuchen, ohne zu wissen, ob er überhaupt Zeit hätte, ja, ob es ihm überhaupt recht wäre. Immerhin war das hier *sein* Leben, sein zu Hause. Und nicht nur seines, sondern auch das seiner Frau. Vielleicht hatte er ja Angst, Angst davor, dass Miriam sich als verrückte Stalkerin entpuppen würde, die ihm nach dem einen gemeinsamen Wochenende nun das Leben zur Hölle machte ...

»Mirchen!« Er riss sie in seine Arme und fing sofort an, sie zu küssen. Nein, er hatte keine Angst, und er hatte auch nichts dagegen, dass sie zu ihm in den Süden gereist war. Sie spürte es an der Art, wie er sie umklammerte, wie er mit ihr in der Ankunftshalle stand und sie an sich drückte, dass sie kaum noch Luft bekam, ganz egal, ob es jemand sehen konnte, vielleicht sogar jemand, der ihn kannte – Basel war ja der nächste Flughafen zu Freiburg.

Sie schmiegte sich an ihn, sog seinen Duft ein, registrierte dabei wieder einen Hauch von Schweißgeruch, der sie aber nicht abstieß, sondern den sie im Gegenteil umso anziehender fand. Das war Philipp, *ihr* Philipp, den sie so schmerzlich vermisst hatte. Sie schnupperte an ihm wie ein Tier, genoss es, wie ihre Sinne von ihm umnebelt wurden, und musste beinahe kichern, denn mit ihrer empfindlichen Nase waren ihr menschliche Ausdünstungen von jeher zuwider – aber jetzt und hier konnte sie davon, von ihm, gar nicht genug bekommen. Ein mehr als sicheres Zeichen, sie liebte Philipp, mit allem, wirklich *allem*, was er war. Für einen kurzen Moment flackerte ein Bild in ihr auf, die Erinnerung an Guido in ihrem Bett. Energisch schob sie den Gedanken beiseite, er war nicht wichtig, nur das hier war wichtig, nur dieser Augenblick hier, sonst nichts.

»Mirchen«, wiederholte Philipp noch einmal und seufzte tief. »Mein verrücktes Süßkind.« Wieder küsste er sie, dann streichelte er zärtlich mit einer Hand über ihre Wange. Seine Hand. Sie bemerkte, dass dort etwas fehlte. Sein Ehering, er hatte ihn abgelegt, trug ihn heute nicht, war als freier Mann zum Flughafen gekommen, um sie abzuholen. Sie sagte nicht, dass es ihr auffiel, genauso wenig, wie sie ihm bisher jemals gesagt hatte, dass der Ring sie störte. Sie freute sich einfach nur still über diese kleine Geste, die doch gleichzeitig eine große war.

»Philipp.« Sie lächelte ihn an, er lächelte zurück, woraufhin sie wieder lächelte und er wieder und sie wieder und er ... Eine Ewigkeit standen sie so da, in der großen Halle zwischen all den hin und her hetzenden Menschen, lächelten sich an, küssten sich wieder und wieder, genossen die gegenseitigen Umarmungen.

»Und jetzt?«, wollte er irgendwann wissen.

»Ich weiß nicht«, sagte sie. »Weiter als bis hierhin habe ich nicht gedacht, ich wollte dich einfach nur sehen.«

»Wie lange bleibst du denn?«

Für immer, dachte sie. Laut sagte sie: »Morgen um zwei geht mein Flieger nach Hamburg, ich kann aber auch auf heute Abend umbuchen.«

»Nein, das ich gut. Ich hab bis morgen Nachmittag Zeit, dann muss ich zurück.« Er sagte nicht, wo dieses »zurück« war, aber das wusste sie ohnehin, das musste sie ihn nicht fragen. Auch nicht, was er zu Hause erzählt hatte, damit er überhaupt hier sein konnte. Das war egal, vollkommen egal, Hauptsache, er hatte es möglich gemacht, dass er jetzt bei ihr war. Jetzt – und die ganze nächste Nacht.

»Es gibt hier in der Nähe einen Landgasthof«, sagte sie zögernd und schämte sich ein bisschen, weil sie eben *doch* etwas weiter als nur bis zum Flughafen gedacht hatte. Sie hatte genau genommen sogar schon ein Zimmer reserviert. »Am Ebnisee, ein Romantikhotel.«

2.
5. Mai

Worauf wartest du, Benjamin Button?«, fragte sie, als wir auf dem Parkplatz in meinem Wagen saßen.

»Benjamin Button?«, fragte ich zurück. Dann begriff ich. »Ach so, du meinst den Typ, der als Säugling vergreist. Beziehungsweise als Greis zum Säugling wird. Was hat der mit mir zu tun?«

»Fragst du das im Ernst?«, erwiderte sie. »Eins sag ich dir gleich. Ich möchte weder den Greis noch den Säugling. Sondern den Kerl dazwischen. Also beeil dich, die Uhr tickt.«

Ich lachte. »Du hast recht, wir haben keine Zeit zu verlieren.«

Während ich den Schlüssel ins Schloss steckte, um den Motor zu starten, schaute ich sie aus den Augenwinkeln an. Mein Anwesenheitspünktchen – endlich war es wirklich da. Auf der Hinfahrt zum Flughafen – ein angeblich von jetzt auf gleich angefragtes Radiointerview in der Schweiz hatte mir den Vorwand geliefert, für vierundzwanzig Stunden von zu Hause zu verschwinden – hatte ich mir die ganze Zeit ausgemalt, in welcher Gestalt Miriam mir wohl begegnen würde. Die Frau im Paillettenkleid hatte ich zwar ausgeschlossen, genauso wie Conny, die Heldin aus ihrem Roman. Und doch hatte ich klammheimlich gehofft, dass sie es trug, dieses alberne Glitzerkleid, in dem ich sie zum allerersten Mal gesehen hatte, mit hochhackigen Pumps. Ich hatte die Kombination damals ziemlich sexy gefunden, und als die Ankunftstafel die Landung ihrer Maschine anzeigte, hatte ich mir für einen Moment vorgestellt, wie sie mit ihren hohen Hacken und in ihrem Paillettenkleid auf mich zulaufen würde. Als ich sie jetzt in ihren Chucks sah, schämte ich mich. Sie war in Wahrheit so viel süßer als in meinen Träumen.

»Neunundsiebzigtausendachthundert Sekunden«, sagte ich.
»Wie bitte?«
»Oder eintausenddreihundertdreißig Minuten.«
Sie runzelte irritiert die Brauen, dann schaute sie abwechselnd auf ihre Armbanduhr und das Flugticket in ihrer Hand. »Du meinst, zweiundzwanzig Stunden und zehn Minuten bis zu meiner Rückflug? Das hast du ausgerechnet?«
»Natürlich! Ich muss doch wissen, wie viele Augenblicke wir haben.« Ich legte meine Hand auf ihren Schenkel. »Ach Mirchen, jede Stunde, jede Minute, jede Sekunde will ich ab jetzt genießen. Nur mit dir.«

3.

Die Route wird berechnet«, plärrte die Stimme aus dem Navigationsgerät, nachdem Philipp die Adresse des Hotels eingegeben hatte. Reichlich nervös saß Miriam auf dem Beifahrersitz von Philipps Mercedes, das erste Mal, dass sie mit ihm in seinem Auto fuhr. In dieser spießigen Staatskarosse, dieser Familienkutsche, in der normalweise auf ihrem Platz ...

»Sind nur gut zehn Minuten Fahrtzeit«, unterbrach Philipp ihre Gedanken, bevor sie monströse Ausmaße annehmen und sie dazu bringen konnten, einfach die Tür aufzureißen und aus dem Wagen zu springen.

»Schön«, sagte sie und umkrampfte die Handtasche auf ihrem Schoß. Philipp fuhr los und folgte schweigend den Anweisungen des Navis. Keiner von beiden sagte ein Wort, nur hin und wieder wurde die Stille von der monotonen Computerstimme zerrissen. »In dreihundert Metern bitte links fahren.« »Dem Straßenverlauf einen Kilometer folgen.« »Jetzt rechts fahren.« Und schließlich, nachdem Philipp einmal falsch abgebogen war: »Wenn möglich, bitte wenden!«

Wenn möglich, bitte wenden! Genau das schrie die Stimme in Miriams Kopf, als sie schließlich den Ebnisee erreichten und – beide demonstrativ geschäftig – nach dem Hotel Ausschau hielten. Seit einer Viertelstunde schwiegen sie sich an, seit sie den Parkplatz am Flughafen verlassen hatten. Ein unerträgliches Fremdheitsgefühl hatte Miriam erfasst, unerträglich und erdrückend, so gegenwärtig, als könne sie danach greifen. Neben ihr Philipp, dieser Mann, mit dem sie wundervolle Nächte und Tage verbracht hatte. Und der ihr jetzt, hinterm Lenkrad seiner Familienkutsche, vollkommen fremd und unwirklich erschien. Was tat sie hier, in diesem Auto, in dieser fremden Gegend? War sie von allen guten Geistern verlassen? Verstohlen warf sie ihm einen Seitenblick zu, auch Philipp wirkte seltsam fern und abwesend. Ob er es ebenfalls spürte? Diese meterhohe Mauer aus Distanz, die da jemand zwischen Fahrer- und Beifahrersitz hochgezogen hatte? *Natürlich,* dachte sie. Natürlich musste er es spüren, denn genau darin bestand ja gleichzeitig diese eigenartige Verbindung zwischen ihnen, dass der eine wie ein Seismograf für die Gefühle des anderen war.

»Da wären wir«, sagte Philipp, als sie auf den Parkplatz des Hotels rollten. Tatsächlich war es ein schöner Landgasthof, direkt am Ufer des Sees gelegen, ein großes Schild an der Tür wies es als Zuflucht für romantische Stunden aus.

»Ja«, sagte sie, fühlte sich nur wenig romantisch und blieb sitzen. Er blieb ebenfalls sitzen. Sie *beide* blieben sitzen, keiner machte Anstalten, aus dem Auto zu steigen.

»Soll ich dich wieder zum Flughafen bringen?«, fragte er nach einer Weile. Sie schüttelte den Kopf und spürte, wie ihr Tränen in die Augen stiegen. Was war bloß los? Sie hatte sich doch so sehr darauf gefreut, ihn zu sehen, hatte den gesamten Flug über unruhig auf ihrem Sitz rumgehibbelt und wäre am liebsten zum Piloten gegangen, um ihn zu bitten, schneller zu fliegen, damit sie so bald wie möglich bei Philipp wäre. Und jetzt wünschte sie sich nichts mehr als fort aus seinem Wagen, fort von ihm, fort aus dieser unangenehmen Situation.

Plötzlich nahm er ihre Hand und drückte sie. »Du fremdelst, oder?«

Sie nickte.

»Ich auch«, gab er zu. »Ganz schrecklich sogar. Gerade kommt mir alles total falsch vor.«

»Und? Ist es falsch?« Sie sah ihn an.

»Nein. Aber ich glaube, ich muss dich jetzt ganz dringend im Arm halten. Nackt.«

Nun musste sie fast wieder lächeln. »Ich denke, da lässt sich was machen.«

Sie stiegen aus, meldeten sich an der Rezeption als »Herr und Frau Bach« und wurden von der jungen Concièrge hinterm Tresen mit einem »Ah, die Flitterwochensuite!« begrüßt. Miriam erhaschte einen amüsierten Seitenblick von Philipp. Die Flitterwochensuite, ja, die hatte sie reserviert. Hatte im Internet ein Foto entdeckt, auf dem ein großes

Doppelbett mit weißem Baldachin zu sehen gewesen war. Sie lief rot an, so als wäre sie dabei ertappt worden, wie sie ein Zimmer in einem billigen Stundenhotel gebucht hatte, aber bei der Reservierung hatte sie nur daran gedacht, wie schön es sein würde, mit Philipp unter diesem Baldachin zu liegen und mit ihm zu flüstern.

Wieder nahm er ihre Hand und drückte sie. »Dann auf in die Flitterwochen!«, raunte er ihr zu, während sie der Hotelangestellten folgten, die sie zu der Suite brachte.

Das Zimmer selbst stellte sich als wesentlich kleiner als auf dem Foto heraus, der Baldachin war lediglich ein vergilbtes Stück Stoff, das unter der Decke baumelte, hier und da waren sogar ein paar Spinnweben zu entdecken. Und trotzdem. Kaum hatte die Frau vom Empfang die Tür hinter ihnen geschlossen, fingen sie an, sich wieder zu küssen, ließen sich aufs Bett sinken und zogen sich in Windeseile gegenseitig aus.

»Jetzt ist es gut«, sagte Philipp, als sie endlich nackt – Körper an Körper – aneinandergeschmiegt lagen. »Jetzt bist du wieder bei mir.«

»Ja«, antwortet sie, schloss die Augen und zog ihn an sich. Es war gut. Philipp war endlich wieder bei ihr.

4.
6. Mai

Küsse, so hatte mal jemand gesagt, sind das, was von der Sprache des Paradieses übrig geblieben ist. An diesem Tag begriff ich, was damit gemeint war. An diesem Tag und in dieser Nacht.

Das Fremdeln, das während der Autofahrt so überraschend und gleichzeitig so zwingend Besitz von uns ergriffen hatte, war ebenso plötzlich verschwunden, wie es entstanden war, hatte sich einfach in nichts aufgelöst, sobald wir einander in den Armen lagen und unsere Körper sich spürten. Ein etwas zerschlissener Baldachin, eigentlich nur noch ein Fetzen, spannte sich über unser Bett. Mir kam er vor wie der Himmel.

»Hast du eine Ahnung, wie spät es ist?«, fragte ich irgendwann in der Nacht.

Sie drehte sich zum Nachttisch herum und schaute auf ihr Handy. »Zwanzig nach zwei. Nicht schlecht für einen alten Mann«, fügte sie mit einem Grinsen hinzu. »Das muss die Wirkung der Flitterwochensuite sein.«

Sie ließ sich zurück aufs Laken sinken, rutschte an mich heran und bettete ihren Kopf an meiner Brust, während ich ihr mit einer Hand über den Rücken streichelte, weil ich wusste, dass sie diese Berührung so sehr mochte. Nach einem Spaziergang um den See und einem eiligen Abendessen waren wir sofort wieder aufs Zimmer gegangen, wo wir uns wieder und wieder geliebt hatten. Ich konnte nicht sagen, wie oft, denn es war unmöglich, zwischen den einzelnen Liebesakten zu unterscheiden, eine Abgrenzung zu machen. Zu sagen, wo der eine aufhörte und der andere anfing, keine Sekunde lang hatten wir uns losgelassen, hatten uns in einem Kontinuum aus Lust und Leidenschaft verloren. Ohne Anfang, ohne Ende.

»Es ist, was es ist«, sagte sie.

»Du meinst doch nicht etwa das kitschige Erich-Fried-Gedicht?«, fragte ich entsetzt.

Ich spürte, wie sie nickte. »Ich habe es mit fünfzehn in mein Tagebuch geschrieben. Irgendwo zwischen Hermann Hesses ›Stufen‹ und ein paar Versen von Eichendorff aus dem ›Taugenichts‹. Aber egal, wie kitschig und abgedroschen es sein mag. Es ist, was es ist ...«

Ich wollte etwas erwidern, aber ich hatte das Gefühl, dass sie noch nicht zu Ende geredet hatte. Also schwieg ich und wartete.

»Ich habe alles versucht, um von dir loszukommen«, sagte sie schließlich, so leise, dass ich ihre Worte kaum verstand. »Ich habe nach Lauenburg sogar mit einem anderen Mann geschlafen, aber es hat nichts genützt, ich habe es einfach nicht geschafft.«

»Du ... du hast mit einem anderen Mann geschlafen?«, stammelte ich.

»Eine Kiezbekanntschaft«, sagte sie. »Guido, ein Geografiestudent – es hat nichts zu bedeuten.«

Ihre Worte taten so weh, dass ich mir für einen Moment wünschte, ich hätte sie wirklich nicht verstanden. Aber nur für einen Moment. Dann begriff ich, was für ein wunderbarer Liebesbeweis sie waren.

»Ich glaube, jetzt habe ich Lust auf einen Schluck Wein«, sagte ich und stand auf.

»Und ich auf eine Zigarette.«

Sie zog sich einen Bademantel über und verschwand hinaus auf den Balkon. Ich überlegte, ob ich mir auch etwas anziehen sollte, aber aus irgendeinem Grund blieb ich lieber nackt. Vielleicht, weil Adam im Paradies auch die meiste Zeit nackt gewesen war. Vielleicht aber auch, weil ich mich nach ihrem Geständnis gerade furchtbar nackt und entblößt fühlte und ich dieses Gefühl nicht vor mir selber verdecken wollte.

Ich holte aus der Minibar die Flasche Wein, die wir aus dem Restaurant mit aufs Zimmer genommen hatten. Beim Gedanken an das Abendessen konnte ich schon wieder grinsen. Wir hatten beide überhaupt keinen Hunger gehabt und nur aus demselben Grund etwas gegessen, aus dem wir am Nachmittag einmal unser Zimmer verlassen und um den blöden See herumgelaufen waren. Um noch mehr Appetit zu bekommen. Auf uns.

»Wo bleibst du?«

Als ich ins Freie trat, saß Miriam, eingehüllt in ihren Bademantel auf dem Balkon und schaute mich aus ihren Huskyaugen an, als hätte sie ihr ganzes Leben lang nur auf mich gewartet. Ich ging zu ihr, zog sie vom Stuhl und setzte mich, damit sie auf meinem Schoß Platz nehmen konnte.

»Ist das nicht eine wunderbare Nacht?«, flüsterte sie mit dieser hellen, zärtlichen Stimme, die ich so sehr an ihr mochte. Als lägen wir, Hunderte von Kilometern voneinander getrennt, in unseren jeweiligen Betten und würden miteinander telefonieren.

Ich spürte, wie die dunkle kühle Luft über meinen nackten Körper strich. »Ich weiß nicht, woran es liegt, Mirchen, aber ich bin gerade so verflucht glücklich, dass ich losheulen könnte. Aus irgendeinem Grund ist diese Nacht noch schöner als alle anderen Nächte, die wir bisher hatten.«

Sie drehte sich um, schlang ihre Arme um mich und gab mir einen so innigen Kuss, dass er durch meinen ganzen Körper strömte. »Genau das muss ich auch die ganze Zeit denken.«

Nach dem Kuss brauchte ich eine Weile, bis ich wieder zu mir kam. Dann öffnete ich die Flasche und schenkte uns ein. Obwohl wir den ganzen Abend getrunken hatten, waren wir kein bisschen betrunken. Wir waren einfach nur berauscht.

»Auf uns beide, mein Süßkind.«
»Ja, Philipp. Auf uns beide.«
»Mit allem, was wir sind und haben.«
Sie sah mich verwundert an. »Was wir sind und haben?«
»Verstehst du das nicht? Mit allem Schönen. Aber auch mit allem Schwierigen. Auch mit unseren Schwächen und Fehlern und Macken und was weiß ich was.«
Sie lächelte mich an. »Ja, Philipp, darauf lass uns trinken.« Sie hob ihr Glas und prostete mir zu. »Auf uns, mein Liebster. Mit allem, was wir sind und haben.«
Wir stießen an. Sie nahm einen Schluck, dann stellte sie ihr Glas auf dem Tisch ab und klappte ihren Laptop auf, den ich erst jetzt auf dem Balkontisch bemerkte.
»Was hast du vor?«, fragte ich. »Willst du was auf Facebook posten? Um diese Zeit?«
»Ja, mit einem Foto von dir.«
Unwillkürlich bedeckte ich meine Blöße, vielleicht gab es an ihrem Laptop ja eine Kamera.
Lachend schüttelte sie den Kopf. »Keine Angst, ich geh nur kurz in meinen Kalender.«
»Wozu das denn?«
»Dreimal darfst du raten, du Dummkopf. Für unsere Himmelsfahrten natürlich!« Mit einem Lächeln schaute sie mich an. »Ach Philipp. Es hat ja keinen Sinn, dass wir uns noch länger wehren. Wir können doch nichts dagegen tun, dass wir uns lieben. Aber wenn es nun mal so ist, müssen wir ein bisschen organisieren und planen, damit wir uns regelmäßig sehen können.«
Dabei leuchteten ihre Augen so hell in der dunklen Nacht, dass mir nichts anderes übrig blieb, als sie noch einmal zu küs-

sen. Und während ich nach ihr suchte, ich ihren Atem auf meinem Gesicht spürte, ihre Haut auf meiner Haut und endlich, endlich ihren Mund auf meinem Mund, ahnte ich, was diese Nacht von unseren früheren Nächten unterschied. Es waren die Küsse.

»Ach Mirchen«, flüsterte ich. »Du hast recht. Egal wie kitschig und abgedroschen andere das vielleicht finden. Es ist, was es ist ...«

Und dann, während wir Arm in Arm auf dem Balkon saßen, uns gegenseitig festhielten und auf den Herzschlag des jeweils anderen lauschten, fingen wir gemeinsam an, das Gedicht zu rezitieren. Wie ein Versprechen, das wir uns gegenseitig gaben, wie einen Schwur, dass wir zumindest jetzt, zumindest in diesem Moment nicht mehr daran zweifeln würden, dass das, was zwischen uns war, gelebt werden musste. Das musste es. So lange, bis es vielleicht irgendwann vorbei wäre.

Kapitel 8

I.

Es begann eine Zeit, in der ihr Glück aufging wie ein Hefekuchen bei zweihundert Grad Hitze. Mit jeder Begegnung, mit jedem nächtlichen Telefonat, mit jeder noch so kleinen Mail oder SMS wuchs es und gedieh, ohne sich durch Gewöhnung oder den Abrieb des Alltags abzunutzen. Drei Monate lang, den ganzen Sommer hindurch, war das Leben ein Ausnahmezustand, eine einzige, wunderbare Aneinanderreihung von Himmelfahrten. Wann immer er oder sie irgendwo eine Lesung oder Veranstaltung hatte, egal, in welchem Teil der Republik, trafen sie sich, als ob es keinen Alltag gäbe. Meistens für einen Tag und eine Nacht, manchmal auch für mehrere Tage oder nur ein paar Stunden. Hauptsache, sie hatten Zeit, sich zu lieben.

Hannover
»Ich glaube, ich bin zu alt für so was!«, sagte Philipp.
»Unsinn. Dafür ist man nie zu alt.«
»Aber die sind hier alle mindestens dreißig Jahre jünger als ich.«
»Und zehn als ich.«

»Ich bin hier trotzdem der Opa!«

»Das stimmt nicht. Du bist Benjamin Button!«

Gleich nachdem er gesagt hatte, dass er zu ihrer Lesung nach Hannover kommen würde, hatte sie sich um ein Hotelzimmer gekümmert. Und im Internet recherchiert, was sie im Anschluss an ihre Veranstaltung, die am Nachmittag stattfinden sollte, noch unternehmen könnten. Außerhalb des Hotelzimmers – sie sehnte sich danach, mit Philipp »ganz normale« Sachen zu machen, Dinge, die »ganz normale« Paare taten. Der Name »Rooney« war ihr ins Auge gesprungen, eine amerikanische Band, deren Musik sie sehr mochte und die ausgerechnet an diesem Abend ein Konzert in Hannover geben würde. Kurzerhand hatte sie zwei Karten gekauft und Philipp nach ihrer Lesung – und nach einem kleinen Zwischenstopp im Hotel – zu diesem Gig geschleppt.

Jetzt stand er neben ihr, ein bisschen unsicher und eingeklemmt zwischen johlenden Teenagern, umkrampfte den Plastikbecher mit seinem Bier und wirkte tatsächlich in seinem dunklen Anzug ein wenig deplatziert in der wogenden Menge. Aber gerade darum auch umso süßer, umso hinreißender, umso ... umso mehr wie der Philipp, in den sie sich so rettungslos verliebt hatte. Denn er brauchte nur wenige Minuten, schon wich die erste Irritation kindlicher Freude, er zog sein Jackett aus, hängte es über eine der Sicherheitsabsperrungen, ergriff Miriams Hände und fing an, mit ihr zu tanzen. Und mitzusingen, obwohl er keinen einzigen der Songs kannte.

»Can't get enough, oh, oh, I can't get enough.«

Nein. Sie bekam auch nicht genug. Wozu auch? Sie fingen ja gerade erst an!

2.

22. Juni – Stuttgart

Gibt es ein Paradies in Stuttgart?

Seit Miriam und ich aufgehört hatten, uns gegen unsere Liebe zu wehren, führten wir ein Leben, das vollkommen unwirklich war und gleichzeitig von einer Intensität, die es in keiner Realität jemals gab. Jede unserer Begegnungen war wie Salz auf unserer Haut. Doch noch nie hatten wir versucht, unser Zusammensein zu zelebrieren. So wie man es im Fernsehen tut oder im Kino. Aber heute war es so weit, heute musste es sein.

»*Auf unseren Vierteljahrestag!*«

Zur Feier des Tages hatten wir beschlossen, in einem stinkvornehmen Sternerestaurant zu essen. Miriam sah unglaublich süß aus, sie trug ein schulterfreies Kleid, hatte das Haar hochgesteckt und sich zum ersten Mal für mich geschminkt.

»*Auf unseren Vierteljahrestag!*«

Natürlich stießen wir mit Champagner an. Beim Anblick des Oberkellners, der einen veritablen Frack trug, hatten wir nichts anderes zu bestellen gewagt. Jetzt reichte er uns die Speisekarte. Ich hatte einen Riesenhunger, doch je länger ich las, desto mehr verging mir der Appetit. Hummerschwänze, Schnecken, Kaviar ... Gab es hier kein Schnitzel oder Gulasch?

Vorsichtig schaute ich über den Rand meiner Karte. Miriam sah genauso unglücklich aus wie ich.

»*Nichts wie weg!*«

Gleichzeitig klappten wir die Karten zu und verließen fluchtartig das Lokal. Während ich in der Tür dem Kellner einen Geldschein in die Hand drückte, sah ich auf der anderen Straßenseite die Rettung: BURGER KING.

»*Das ist nicht dein Ernst!*«, *sagte Miriam.*
»*Doch!*«
»*Gott sei Dank!*«
Wir fassten uns an den Händen und überquerten so eilig die Straße, als erwarte uns auf der anderen Seite tatsächlich das Paradies.

3.
Gießen

Guck mal, da! Was es hier alles gibt!« Sie blieb stehen und schaute auf ein Ladenschild in der Gießener Fußgängerzone, das er ihr zeigte: »Tabak & An- & Verkauf« stand darauf geschrieben.

»Tabakankauf?« Sie fing sofort an, in ihrer Tasche zu wühlen. »Hier«, sagte sie und streckte ihm ein halb volles Päckchen Zigaretten entgegen. »Meinst du, dafür kriegen wir noch was?«

Grinsend griff er nach der Schachtel. »Es gibt nur eine Möglichkeit, das herauszufinden.«

Miriam musste sich schwer beherrschen, um nicht in schallendes Gelächter auszubrechen, als sie Philipp in den Laden folgte, wo er der Verkäuferin mit bierernster Miene sein Anliegen vortrug: »Meine Freundin will unbedingt, dass ich mit dem Rauchen aufhöre. Und als ich gerade Ihr Geschäft sah, dachte ich, das ist ein Zeichen des Himmels. Also, was bekomme ich von Ihnen für ein halbes Päckchen West Silver?«

Im Gegensatz zu Miriam fand die Verkäuferin Philipps Auftritt alles andere als komisch. Sichtlich genervt erklärte sie, dass sie ein Tabakladen UND ein An- und Verkauf seien – wovon, darüber schwieg sie sich aus –, aber Philipp ließ nicht locker und beharrte immer wieder darauf, er wolle nun seine halbe Schachtel loswerden, damit er endlich mit dem Rauchen aufhören könne, seiner Freundin zuliebe. Nach zehn Minuten rief die Verkäuferin einen männlichen Kollegen zur Hilfe, der aus einem Hinterraum kam und sich drohend vor ihnen aufbaute. Keine Minute später standen sie prustend und japsend draußen auf dem Bürgersteig. »Du bist verrückt«, brachte Miriam irgendwann hervor, nachdem sie sich wieder einigermaßen beruhigt hatte.

»Ja«, antwortet Philipp und nahm sie in den Arm. »Verrückt nach dir.« Er beugte sich zu ihr und wollte sie küssen, aber sie wich ihm aus.

»Ich muss jetzt erst mal eine rauchen!«

4.
22. Juli – Nürnberg

Wenn man glücklich ist, darf man alles. Miriam hatte eine Lesung in Nürnberg, und ich wollte in den zwei Stunden, die uns vor der Veranstaltung blieben, unbedingt das Reichstagsgelände sehen, wo früher die Nazis ihre Parteitage veranstaltet hatten. Klein wie Ameisen fühlten wir uns, als wir den riesigen leeren Platz überquerten, auf dem nur ein paar verlassene Kirmesbuden in der Nachmittagssonne standen.

Bevor wir das Museum erreichten, fing ich plötzlich an zu humpeln wie Josef Goebbels. Ich wusste selbst nicht, warum ich das tat, aber die Kartenabreißerin glaubte, ich hätte wirklich einen Klumpfuß, und brachte uns einen Rollstuhl.
»Damit es Ihr Vater leichter hat«, sagte sie zu Miriam.
Ich ließ mich in den Rollstuhl plumpsen, und als wäre ich wirklich ihr behinderter Erzeuger, schob Miriam mich durch die Ausstellung. Vorbei an riesigen Fotowänden, auf denen die Aufmärsche von einst zu sehen waren.
»Ich werde dich auch noch lieben, wenn ich dich mit achtzig durch den Stadtpark schieben muss«, sagte sie.
»Glaubst du wirklich?«
Miriam lachte. »Im Moment – ja.«
»Hauptsache, im Moment.«
Wir küssten uns, umgeben von BDM-Mädchen, wie in einer Inszenierung von Leni Riefenstahl. Es war idiotisch, peinlich, politisch unkorrekt, wie es unkorrekter nicht sein konnte. Und doch war ich so glücklich, dass ich in diesem Augenblick meine zwei gesunden Beine sofort gegen einen Rollstuhl getauscht hätte, nur um dieses Glück festzuhalten.

5.
Dresden

Mitten in dem großzügigen Hotelzimmer, das schon fast eine Suite war, stand eine frei stehende Badewanne. Aus geschwungenem Porzellan und mit goldenen Wasserhähnen auf antik getrimmt. Und mitten in dieser Badewanne saßen sie, Miriam hatte sich mit dem Rücken gegen Philipps Brust gelehnt, er hatte beide Arme um sie geschlungen. Sie saßen einfach nur da, redeten und redeten und redeten.

»Ich finde, es ist kalt«, sagte sie irgendwann, da war es schon mitten in der Nacht, und sie hatten bereits zwei oder drei Stunden in der Wanne gesessen.

»Kein Wunder«, antwortet Philipp. »Wir haben vergessen, das Wasser einzulassen.«

»Tatsächlich?« Überrascht sah sie an ihrem Körper hinunter. Er hatte recht, sie saßen im wahrsten Sinne des Wortes auf dem Trockenen. »Oh«, sagte sie und griff nach dem Wasserhahn.

»Lass!« Er fing ihre Hand ab. »Ich finde es schön so, wie es ist.«

Sie schloss die Augen und lehnte sich wieder gegen seine nackte Brust. Ja. Es war schön so, wie es war.

6.
7. August – Hamburg

Wohin, zum Teufel, schleppst du mich?«

Freitagabend. Wir waren in Hamburg und liefen über den Kiez. Massen mehr oder weniger betrunkener Menschen, die sich vergnügen wollten. Stripteaselokale, Pornoläden, Peepshows.

»Überraschung!«, sagte Miriam und stieß eine Tür auf.

Es war das erste Mal in meinem Leben, dass ich eine Karaokebar betrat. Thai-Oase, hieß der knallvolle Schuppen, der von einer asiatischen Familie betrieben wurde. Hinter dem Tresen standen Thaifrauen jeden erdenklichen Alters, an der Musikanlage saß ein dicker Buddha, der die Musikwünsche der Gäste mit stoischer Gelassenheit entgegennahm. Ich verschwand erst mal auf dem Klo, wo eine uralte Thaioma mir den Weg wies.

»*Ich hoffe, du kannst singen*«, *sagte Miriam, als ich zurückkehrte.*

»*Bist du verrückt?*«, *fragte ich.* »*Du willst doch wohl nicht, dass ich jetzt hier ...*«

»*Doch!*«

Sie drückte mir ein Mikrofon in die Hand und zerrte mich auf die winzige Bühne, wo uns das Gejohle des ganzen Lokals begrüßte. Ich fühlte mich, als wäre ich in einem Club zur Erkundung fremder Lebenswelten geraten, und starrte auf die Leinwand vor uns, wo gleich der Text erscheinen würde.

Mir brach der Schweiß aus. »*So was tun doch nur Japaner, wenn sie betrunken sind.*«

»*Hab keine Angst*«, *sagte Miriam und drückte meine Hand.* »*Ich singe ja mit.*«

Schon beim ersten Takt erkannte ich die Melodie. Der Song aus ihrem Video, das ich mir im Internet ungefähr hundertmal angeschaut hatte. Und wie in dem Video umfasste sie mit beiden Händen das Mikro, als wäre sie eine Schlagersängerin, hielt den Kopf schräg geneigt und sang mit halb geschlossenen Augen, leicht unsicher im Ton, aber voller Hingabe, den Text.

»*Tonight it's very clear,*
As we're both lying here.
There's so many things
I want to say ...«

Was für ein fürchterlicher Kitsch. Aber wie schön kann Kitsch sein, wenn er Wirklichkeit wird. Ich knöpfte mein Hemd bis zum Bauchnabel auf, nahm gleichfalls das Mikro zwischen beide Hände, als wäre ich Peter Cetera persönlich, und sang meinen Part.

»I am the man
Who will fight
For your honour
I am the hero
You've been dreaming of...«

Dann wandten wir uns einander zu, schauten uns in die Augen, und mit einer Inbrunst, dass der Saal tobte, sangen wir zusammen den Refrain.

»We'll live forever
Knowing together
That we did it all
For the glory of love.«

7.
Bansin / Usedom

Okay, jetzt bin ich dran!« Philipp hüpfte neben ihr her wie ein aufgeregter kleiner Junge, patschte mit seinen nackten Füßen durchs Wasser, sodass sie ein paar Spritzer abbekam. »Tatta, tattaaa, tattatattaaaa, tatadiedaadadiadaaaa!«, sang er.

»Das ist einfach«, sagte Miriam. »Denver Clan.«

»Mist!« Jetzt stampfte er tatsächlich mit dem Fuß auf. »Du bist einfach zu gut!«

»Nein, deine Melodien sind zu leicht, und du bist einfallslos.« Sie lachte und nahm seine Hand, zog ihn an sich und genoss das Gefühl von seiner nackten und sonnenwarmen Haut auf ihrer, sie beide hier am Strand von Usedom, ein ganzes langes Wochenende miteinander in einer Ferienwohnung, weil Philipp von irgendeinem Kurverein zu einem Workshop eingeladen worden war.

»Gar nicht wahr«, grummelte er, während er seinen Kopf in ihren Haaren verbarg.

»Wohl wahr.«

»Dann mach was Besseres.«

»Okay.« Sie ließ ihn los und hüpfte nun ebenfalls auf und ab, während sie so laut, dass sich schon andere Leute am Strand nach ihnen umsahen, eine Melodie trällerte.

»Kenn ich nicht«, sagte Philipp.

»Doch, kennst du.«

»Nein, tu ich nicht.«

»Ich bin sicher, dass du sie kennst.« Sie sang ein weiteres Mal.

»Wirklich, keine Ahnung.«

»Du kennst die Dornenvögel nicht?«

Er schlug sich mit der flachen Hand vor die Stirn. »Klar, natürlich!«

Sie nahm seine Hand. »Komm! Ich bin deine Maggie, und du mein Pater Ralph de Bricassart.« Dann rannten sie los, rannten nebeneinander am Strand entlang und ließen sich irgendwann wie die beiden Helden der »Dornenvögel« in den Sand fallen. Philipp legte einen Arm um sie, während sie miteinander in den Himmel blickten.

Die Sonne schien. Das Meer rauschte. Schöner konnte das Leben fast nicht sein.

8.
29. August – Bansin / Usedom

Die schöne bunte Welt der Convenienceprodukte.«

Miriam strahlte. Wir standen im Supermarkt vor einem Riesenregal mit Fertigmahlzeiten, und sie warf alles in den Einkaufswagen, worum ich normalerweise einen riesigen Bogen machte. Fertiggemüse, Fertigbeilagen, Fertigsoßen, Fertigfleisch, Fertignachtisch.

»Also, wenn du vielleicht lieber möchtest, dass ich koche ...«

»Hast du kein Vertrauen zu mir?« Ihre Begeisterung war unwiderstehlich.

»Ich wollte es wenigstens probiert haben«, sagte ich resigniert und schob den Einkaufswagen zur Kasse.

Wenn Liebe durch den Magen geht, dann war Miriams Kochkunst das perfekte Entliebungsprogramm. Sie brauchte keine Viertelstunde, dann stand das Essen auf dem Tisch: Plastikpute an Drei-Pfeffer-Soße aus der Tüte, dazu Tiefkühlerbsen und Knusperecken, Letztere angeblich aus Kartoffeln.

»Was passiert, wenn ich mich weigere?«, fragte ich, als das Essen auf meinem Teller dampfte.

»Dann koche ich morgen noch mal«, sagte sie. »Und übermorgen auch. So lange, bis du mein Essen probierst.«

»Also gut.« Ich fügte ich mich ins Unvermeidliche und nahm den ersten Bissen.

»Und – wie schmeckt's?«, fragte sie, während ich kaute.

Es war ungenießbar. Doch als ich ihre vor Stolz leuchtenden Augen sah, fand ich es einfach köstlich.

9.
Bansin / Usedom

Wenigstens gibt es heute kein Plastikfleisch.«

»Halt die Klappe und schmeiß lieber den Grill an.« Sie hatten eine große Picknickdecke auf der Wiese hinter ihrem Ferienapartment ausgebreitet und sich darauf niedergelassen. Neben ihnen im Gras stand ein Einweggrill von der Tankstelle, den man angeblich kinderleicht zum Glühen bringen konnte. Auf der Wiese herrschte reges Treiben, Familien mit Kleinkindern, Volleyball spielende Jugendliche, etwas weiter entfernt ein paar Teenager mit Alcopops und Ghettoblaster, aus dem ohrenbetäubende Musik dröhnte. Direkt hinter ihnen, auf einer Bank, saß eine alte Dame und blickte versonnen ins Leere.

»Gleich«, sagte Philipp, »erst will ich mein Mädchen noch ein bisschen küssen, das haben wir heute nämlich noch nicht genug getan.«

»Aber ich hab Hunger!«

»Ich auch.« Er legte einen Arm um Miriam und zog sie zu sich herunter auf die Decke. Die Sonne kitzelte ihr im Nacken, während Philipp sie wieder auf diese ganz bestimmte Weise küsste, die ihr die Knie weich werden ließ.

»Gut, dass wir liegen«, murmelte sie zwischen seinen Küssen.

»Hm«, gab er zurück, zog sie noch fester an sich, während seine Hand unter ihr T-Shirt wanderte und nach ihren Brüsten suchte.

»Philipp«, protestierte sie und schob seine Hand zurück.

»Na und?« Er grinste sie an. »Meinst du, wir fangen uns eine Anzeige wegen Erregung öffentlicher Freude ein?«

»Nein. Aber böse Blicke.« Sie deutete in Richtung der alten Dame auf der Bank, die sie missbilligend musterte.

»Okay.« Mit einem Seufzer setzte er sich auf. »Dann mache ich mal den Grillmeister. Gibst du mir dein Feuerzeug?« Sie reichte es ihm, Philipp hielt die Flamme an die gekennzeichnete Stelle des Einweggrills. Nichts geschah. »Klappt ja wunderbar.«

»Ein bisschen Geduld musst du schon haben.«

Er versuchte es ein weiteres Mal. Und noch einmal und noch einmal und noch einmal. »Der ziert sich wie du im Kaiserhof.«

»Lass mich mal.« Sie griff nach der Zeitung, die sie mit auf die Wiese genommen hatten, zerknüllte eine Seite, schob sie unter das Grillgitter und zündete sie an. Sekunden später stiegen dicke Rauchwolken auf.

Im selben Moment keifte hinter ihnen eine Stimme. Die alte Dame von der Bank.

»Erst knutschen und dann auch noch qualmen!« Erbost stand sie auf und humpelte davon.

Betroffen schauten sie der Frau nach.

»Irgendwie traurig«, sagte Philipp und legte einen Arm um Miriams Schulter.

Miriam nickte. Sie wusste, was er meinte. Während sie ihren Kopf an seine Schulter lehnte, beobachtete sie die alte Dame, die gerade am Ende der Wiese verschwand.

Ob sie in ihrem Leben wohl jemals so glücklich gewesen war wie Philipp und sie in diesem Augenblick?

10.
7. September – München

Annerl *hieß das Münchener Hotel, keine zehn Minuten von der Innenstadt entfernt. Martin hatte es uns empfohlen. Versifftes Bad, versiffte Tapeten, versiffter Teppichboden – aber Stuck an der Decke und freier WLAN-Zugang. Typisch Martin.*
»*Und wo ist hier der Kühlschrank?*«*, fragte ich.*

Wie immer hatten Miriam und ich uns mit Getränken für die Nacht versorgt – Bier für mich, Weißwein für sie. Auch darin waren wir uns einig: Kein Hotel der Welt, und selbst wenn Martin es ausgesucht hatte, war so romantisch, um die irrsinnigen Minibar-Preise zu rechtfertigen.

»*Ich glaube, hier gibt es gar keinen*«*, sagte Miriam.*

»*Und – was jetzt?*«*, fragte ich. Die Vorstellung von einer Liebesnacht mit warmem Bier war alles andere als romantisch.*

Miriam dachte kurz nach. »*Ich habe eine Idee.*«

»*Nämlich?*«

»*Ich besorge uns einen Kühlschrank*«*, sagte sie und verschwand aus dem Zimmer.*

Es dauerte eine Ewigkeit, bis sie zurückkehrte.

»*Wo warst du so lange?*«*, fragte ich.* »*Bei Saturn?*«

»*Nein, nur im Supermarkt.*«

»*Und wo ist der Kühlschrank?*«

»*Hier!*«

Triumphierend hielt sie einen blauen Plastikeimer in die Höhe. Einen Plastikeimer und einen Beutel Crushed Ice. Sie nahm mein Bier und ihren Wein und stellte die Flaschen in den Eimer. Ich begriff.

»*Aber nicht das Eis vergessen!*«

»Willst du meine Ingenieursehre beleidigen?«
»Ich sage nur, Badewanne und Dresden!«
Lachend riss sie den Beutel mit dem gestoßenen Eis auf und kippte den Inhalt in den Eimer.
»Und fertig ist der Kühlschrank 2.0.«
Sie war so süß, wenn sie stolz war. Ich konnte nicht anders, ich musste sie einfach in den Arm nehmen.
»Mein verrücktes kleines Mirchen.«
Als ich sie küsste, steckte sie mir ein Stückchen Eis in den Ausschnitt meines T-Shirts. Es kam genau dort an, wo es hinsollte.

11.
Köln

Ich möchte noch einmal mit dir schlafen, bevor du abfliegst.« Philipp saß am Steuer seines Autos und legte eine Hand auf ihr nacktes Knie.

»Das ist jetzt schlecht. Wir sind in fünf Minuten am Flughafen.«

»Dann suchen wir uns irgendwo draußen ein Plätzchen, wo wir noch ein paar Minuten ungestört sein können.«

»Draußen?« Miriam warf ihm einen skeptischen Seitenblick zu. »Ich weiß nicht.« Jetzt wurde sie rot. »Outdoor-Sex ... das habe ich noch nie gemacht.«

»Noch nie?« Er schien komplett fassungslos. »Du hast noch nie im Freien mit jemandem geschlafen?«

»Nein.« Mit einem Mal kam Miriam sich spießig und langweilig vor.

»Wie konntest du nur so deine Jugend vergeuden?«, sagte er. »Aber lieber spät als nie. Pass auf ....« Statt den Satz zu Ende zu sprechen, bog er von der Hauptstraße ab. »Komm, suchen wir uns irgendwas.«

Fünf Minuten später stolperte Miriam hinter Philipp über einen Feldweg direkt neben der Autobahn, vorbei an ein paar spärlich belaubten Bäumen.

»Da!« Philipp blieb stehen und deutete auf eine windschiefe Hecke. »Der perfekte Ort!«

»Spinnst du?«, protestierte sie. »Das ist doch kaum mehr als ein Strauch!«

»Mach dir nicht in die Hose.« Er griff nach ihrer Hand und zog sie mit sich fort. Kaum hatten sie die Rückseite der Hecke erreicht, machte Philipp sich daran, die Usedomer Picknickdecke, die er aus dem Kofferraum mitgenommen hatte, auf dem Boden auszubreiten. »Darf ich bitten?«

»Also, ich weiß nicht.«

»Jetzt komm schon! Wer betont denn immer, dass sie keine Spießerin ist?«

»Na gut.« Zögerlich setzte sie sich, er nahm neben ihr Platz und fing an, sie zu küssen. Doch als er versuchte, ihr T-Shirt hochzuschieben, stoppte sie ihn.

»Ich kann das nicht, Philipp.«

»Wieso nicht?«

»Weil ich eben doch eine Spießerin bin.« Dann zuckte sie zusammen. »Und außerdem glaube ich, mich hat gerade eine Mücke gestochen. Bestimmt gibt es hier auch noch Zecken, bah!«

Philipp lachte. Er stand auf und streckte ihr eine Hand

entgegen. »Dann komm, meine kleine Spießerin. Ich fahr dich zum Flughafen.«

12.
10. Oktober – Frankfurt

Es war die Abschlussparty der Frankfurter Buchmesse, das schweiß- und lärm- und alkoholgetränkte Finale nach einer knappen Woche Babylon. Ungefähr zweitausend Buchhändlerinnen, Verleger und Lektoren, Presseleute und Agenten mit ihren Lakaien und Freundinnen und Messegefährten verwandelten den ehemaligen Südbahnhof in ein grölendes und stampfendes Irrenhaus.

»Can't get enough, oh, oh, I can't get enough.«

Kaum hatte der DJ den Rooney-Song aufgelegt, waren Miriam und ich auf der Tanzfläche. Sie sah genauso aus, wie ich sie beim allerersten Mal gesehen hatte, auf dem Verlagsjubiläum in München. Ohne dass ich sie darum gebeten hatte, doch zu meiner riesigen Freude, hatte sie ihr goldenes Pailletten-Glitzerkleid angezogen, zusammen mit den hochhackigen Schuhen, die ihre langen Beine noch länger machten, und tanzte so fantastisch, dass selbst ich, der sonst nur selten tanzte, gar nicht anders konnte, als ihrem Rhythmus zu folgen. Es war wie ein Liebesspiel. Die Blicke ineinander versenkt, bewegten wir uns aufeinander zu, wiegten uns im Takt, umkreisten uns, ohne einander zu berühren, doch erfüllt von einem fast unerträglichen Verlangen, das sich tagelang in uns aufgestaut und gesteigert hatte, weil wir uns während der gesamten Woche in der Öffentlichkeit kein einziges Mal berührt hatten.

»Can't get enough, oh, oh, I can't get enough.«

Miriams Blick war ein Leuchtgewitter, alle vier Jahreszeiten blitzten mir aus ihren Huskyaugen gleichzeitig entgegen. Noch nie, so schien mir, war sie so ganz und gar sie selbst gewesen. Und trotzdem gab es etwas, das fehlte, ein letzter Schatten in ihrem Blick, ein unerfüllter Wunsch, den ich in ihren Augen erkannte. Ich wusste, was es war, denn ich verspürte diesen Wunsch genauso wie sie.

Ich nahm ihr Gesicht zwischen beide Hände und küsste sie, mitten auf der Tanzfläche, vor den Augen all der Verleger und Lektoren und Agenten und Buchhändler und Presseleute, die uns kannten.

Plötzlich verstummte der Lärm um uns herum, und die Zeit stand still.

»Can't get enough, oh, oh, I can't get enough.«

Als wir die Augen öffneten, waren wir umringt von einer Horde Menschen, die einen Kreis um uns gebildet hatten. Alle sahen uns an, manche klatschten sogar.

Es war mir scheißegal.

13.
Frankfurt

Dann sehen wir uns also erst in München wieder?«, fragte sie.

Obwohl er am Steuer seines Autos saß, legte er seine Hand auf ihren Arm. »Ich freue mich schon jetzt darauf, dich wieder zu küssen.«

»Mehr als ein Monat, Philipp. Wie soll ich das nur aushalten?«

»Sei froh, dass du ein bisschen Pause von mir hast.«

»Braucht man eine Pause, wenn man glücklich ist?«

Statt ihr zu antworten, lächelte er sie zärtlich an und hauchte ihr einen Kuss zu. Sie hatten gemeinsam die Buchmesse besucht. Fünf Tage und fünf Nächte – noch nie waren sie so lange am Stück zusammen gewesen. Obwohl sie beide einen ziemlichen Kater von der Abschlussparty hatten, waren sie in wunderbarer Stimmung. Nach dem Frühstück waren sie noch einmal zurück auf ihr Zimmer gegangen und hatten sich dort so lange geliebt, bis die Putzfrau sie herausgeklopft hatte. Jetzt brachte er Miriam zum Bahnhof, von wo aus sie nach Hamburg und er in Richtung Süden weiterfahren würde, nach Freiburg.

»Hättest du gedacht, dass wir einen so herrlichen Sommer haben würden?«, fragte er.

»Nie und nimmer.« Lachend schüttelte sie den Kopf. »Sogar an deinen Spießer-Mercedes habe ich mich gewöhnt.«

»Dann kann dich ja nichts mehr an mir schrecken«, sagte er. Plötzlich wurde er ernst. »Es war so schön mit dir auf der Messe. Allerdings gibt es einen Wermutstropfen.«

»Welchen Wermutstropfen denn?«

»Obwohl wir angeblich denselben Beruf haben, ist unsere Arbeit völlig verschieden. Das ist mir erst in diesen Tagen klar geworden, es kam bei jedem deiner Interviews zur Sprache.«

»Ich verstehe kein Wort.«

»Ich bin ein bisschen neidisch auf dich. Auf deine Art zu schreiben.« Er zögerte. Dann fügte er hinzu: »Alles, was du schreibst, hast du selber erlebt oder zumindest empfunden. Und umgekehrt verwandelst du alles, was in deinem Leben passiert, in eine Geschichte.«

»Ach so, das meinst du.« Sie streichelte seine Hand auf ihrem Arm. »Das ist kein Kunststück, das kannst du auch. Du musst nur aus dem Herzen schreiben.«

»Eben das kann ich nicht«, erwiderte er. »Ich kann nur aus dem Kopf schreiben, aus der Distanz, meine Figuren sind ja schon seit ewigen Zeiten tot. Manchmal frage ich mich, ob ich überhaupt richtige Romane schreibe.«

»Warum probierst du es nicht einfach mal aus?«

»Was?«

»Von dir selber zu schreiben.«

Er schaute so konzentriert auf die Straße, als wolle er ihrem Blick ausweichen. »Vielleicht habe ich ja genau davor Angst«, sagte er. »Angst, dass ich nichts mitzuteilen habe. Mein Leben ist viel zu langweilig, es gibt nichts her für eine Geschichte.«

»Auch jetzt nicht?«, fragte sie. »Dann bin ich beleidigt!«

»Auch jetzt nicht.« Er blickte sie an und grinste. »Du weißt doch, über Zeiten des Glücks kann man nicht schreiben.« Während er sprach, klingelte plötzlich sein Handy. Philipp zuckte zusammen, als hätte man ihn bei etwas Verbotenem erwischt. Umständlich nestelte er sein iPhone aus der Hosentasche und warf einen Blick auf das Display.

»Entschuldige bitte«, sagte er und fuhr den Wagen rechts ran.

Kaum hatte er das Auto geparkt, sprang er hinaus. Während Miriam durch die Windschutzscheibe sah, wie er auf dem Bürgersteig telefonierte, sank sie auf dem Beifahrersitz in sich zusammen, und ihr Magen verkrampfte sich. Natürlich wusste sie, wer angerufen hatte. Seine Frau. Es musste etwas Dringendes sein, vielleicht war etwas mit seiner Tochter oder seiner Mutter passiert. Schon beim Frühstück hatte er zwei SMS bekommen. Obwohl er sein Handy auf lautlos gestellt hatte, war ihr der Vibrationsalarm nicht entgangen.

Miriam hob den Arm und tippte auf ihre Armbanduhr. Philipp nickte und machte mit gequältem Gesicht ein Zeichen, dass er das Telefonat so rasch wie möglich zu beenden versuchte, während er gleichzeitig weiter mit seiner Frau sprach. Als Miriam dieses Gesicht sah, fühlte sie sich plötzlich wie ein Ballon, aus dem sämtliche Luft entwich und der knatternd zu Boden trudelte.

Ja, es war ein herrlicher Sommer gewesen.

Kapitel 9

1.
12. Oktober

Da ich in diesem Jahr kein neues Buch herausgebracht hatte, das ich auf der Messe hätte promoten müssen, hatte ich die Tage in Frankfurt zur Kontaktpflege genutzt, vor allem mit Presseleuten, weshalb mich sogar ein Redakteur vom WDR-Fernsehen kurzfristig zu einer kleinen Kultur-Talkshow eingeladen hatte. Und auch bei der Rückkehr nach Freiburg fand ich eine wahre Flut von E-Mails in meinem Posteingang vor, mit Anfragen für Lesungen und Interviews.

Ob Miriam wohl auch so eine gute Messeresonanz eingefahren hatte?

Unser Abschied fiel mir ein, und meine Stimmung bekam einen Knacks. Wie ein Häufchen Elend hatte Miriam ausgesehen, wie sie da auf dem Beifahrersitz meines Autos gesessen hatte, während ich draußen auf dem Bürgersteig telefonierte. Sie war ganz blass im Gesicht gewesen, aus ihren Augen, die zuvor noch so sehr gestrahlt hatten, war der Sommer verschwunden, und ihre süße Stupsnase, die sie immer wie ein kleines Mädchen wirken ließ, schien ganz spitz geworden zu sein.

Bei der Erinnerung befiel mich das schlechte Gewissen. Trotz ihrer fast vierzig Jahre war Miriam jung, so verdammt jung, hatte noch alles im Leben vor sich, was ich doch bereits hinter mit hatte. Für den Bruchteil einer Sekunde war ich versucht gewesen, ihre Hand zu nehmen und ihr einfach zu sagen, dass ich sie jetzt beim Bahnhof absetzen und mich danach nie wieder bei ihr melden würde. Dass ich sie freigeben musste, frei für einen anderen, jemanden, der besser für sie war als ich. Aber ich hatte es nicht geschafft: Ich konnte es nicht, ich konnte mein Süßkind nicht gehen lassen, mir fehlte schlicht die Kraft dazu. Alles, was ich zustande gebracht hatte, war eine kleine Trost-SMS gewesen, die ich ihr während der Heimfahrt Richtung Süden noch aus dem Auto nach Hamburg geschickt hatte – der jämmerliche Versuch, den Schatten, den der Abschied am Bahnhof auf unsere wunderschönen Tage geworfen hatte, irgendwie zu verscheuchen.

Warum hatte meine Frau nicht ein paar Minuten später angerufen?

2.

Fünf lange Wochen. So unendlich viel Zeit lag vor ihr, ehe sie Philipp das nächste Mal sehen würde. Erst Mitte November hatte er einen Termin in München, bei dem sie sich erneut treffen könnten. Unschlüssig stand sie vor der großen Deutschlandkarte, die sie in ihrem Wohnungsflur aufgehängt hatte und auf der sie nach jeder Rückkehr von einem Treffen mit Philipp die Orte ihres Zusammenseins mit verschiedenfarbigen Stecknadeln markierte: die Topografie ihrer Himmelfahrten. Welche Farbe sollte sie Frankfurt geben? Die meisten Orte waren mit roten Stecknadeln markiert, die höchste Auszeichnung, die sie zu vergeben hatte, nur ein paar wenige waren blau oder grün, keine einzige gelb oder weiß.

Miriam zögerte, dann nahm sie eine blaue Nadel und steckte sie in die Karte. Frankfurt war wie ein Rausch gewesen, fast eine ganze Woche hatten Philipp und sie miteinander verbracht, gemeinsam und nach außen doch getrennt, denn schließlich hatte niemand etwas von ihrer Liebe merken sollen. Ein prickelndes Versteckspiel. Aber gleichzeitig auch bedrückend, denn wie gern hätte sie ihn mitten in einer der Ausstellungshallen in den Arm genommen und allen gezeigt, dass sie ein Paar waren. Am letzten Abend, auf der finalen Party, hatten sie sich dann sogar einmal vor aller Augen geküsst – aber das hatte wenig zu bedeuten, so etwas kam bei solchen Feiern öfter vor und war wenige Tage nach der Messe wieder vergessen.

Aber es war nicht vergessen, nicht für sie, so wenig wie der missglückte Abschied in Frankfurt. Auch wenn Philipp versucht hatte, ihn vergessen zu machen. Gleich nach ihrer Ankunft in Hamburg hatte sie von ihm eine Kurznachricht auf dem Handy erhalten.

Es war wunderbar, mit dir zu tanzen und dich zu küssen. Wie sehr wünschte ich mir, wir könnten das jeden Tag haben!
P.

Ob er wusste, wie sehr seine Worte sie gleichermaßen freuten und doch auch trafen? Weil es ja nichts gab, was sie sich mehr ersehnte. Nichts, was sie sich mehr wünschte, als mit

Philipp auch öffentlich ein Paar sein zu können. Allen zeigen zu dürfen, dass sie zusammengehörten.

Hätte seine Frau nur fünf Minuten später angerufen. Fünf kleine verdammte Minuten. Dann hätte sie Frankfurt mit einer roten Stecknadel markiert.

Sie griff zum Hörer und rief Carolin an. Bisher hatte sie ihrer besten Freundin nicht sonderlich viel von Philipp erzählt, außer dass sie mit ihm trotz der verfahrenen Situation sehr glücklich war. Aber nach den vergangenen rauschhaften Wochen musste sie dringend mit jemandem sprechen, der ihr half, ihre Gedanken zu sortieren. Mit jemandem aus dem »richtigen« Leben.

»Und? Wie war's?«

»Wunderschön«, seufzte sie. »Aber auch traurig.«

»Traurig?«

»Na ja. Einerseits macht das Versteckspiel Spaß, andererseits ...« Sie ließ den Satz unvollendet in der Luft hängen. »Als er mich gestern Mittag zum Bahnhof gefahren hat, rief seine Frau an. Du hättest sehen sollen, wie er aus dem Auto sprang, wie von der Tarantel gestochen, um das Gespräch entgegenzunehmen. Das hat mich doch ziemlich unsanft auf den Boden der Realität zurückgeholt.«

»Auf den Boden der Realität?«

»Die letzten Wochen waren einfach wunderschön. Aber dieses kleine Telefonat hat alles kaputt gemacht.«

»Vielleicht ist es an der Zeit, die Sache zu beenden.«

»Ich kann ›die Sache‹, wie du es nennst, nicht beenden.«

»Dann musst du weitermachen.«

»Danke für den Tipp!«

»Ich meine doch nur, dass es ja nur diese zwei Möglichkeiten gibt. Entweder du machst Schluss, oder du spielst bis zum Sankt-Nimmerleins-Tag mit.«

»Ich hoffe eben nur ... also, ich dachte, dass es irgendwann leichter wird, mich von Philipp zu trennen.«

»Und wird es leichter?«

»Nein. Im Gegenteil. Je länger ich ihn kenne, je öfter ich ihn sehe, desto mehr habe ich das Gefühl, dass wir einfach füreinander geschaffen sind.«

»Und Philipp?«

»Dem geht es genauso.«

»Das glaube ich nicht.« Sie hörte ein Rascheln am anderen Ende der Leitung, kurz darauf ein verhaltenes Schmatzen, offenbar aß Carolin irgendetwas, ein Umstand, der Miriam in diesem Moment fast rasend machte. »Dann würde er sich anders verhalten«, fügte ihre Freundin hinzu.

»Wie denn?« Sie musste sich Mühe geben, Caro nicht anzuschnauzen.

»Sich von seiner Frau trennen, zum Beispiel?«

»Das kann er nicht.«

»Warum nicht?«

»Weil er sie liebt.«

»Dich liebt er aber angeblich auch.«

»Ja.«

»Mirchen.« Carolin seufzte laut. »Das ist doch totaler Unsinn. Der Mann lügt wie gedruckt und hält dich nur hin.«

»Tut er nicht.« Jetzt wurde sie doch laut. »Du verstehst das nur nicht!«

»Alles, was ich verstehe, ist, dass er dich offenbar einer kompletten Gehirnwäsche unterzogen hat.«

»Hat er nicht! Ich will das ja auch.«

»Wirklich?«

»Was meinst du?«

»Willst du das wirklich auch? Weiter seine Geliebte sein? Ihn immer nur alle paar Wochen sehen, heimlich und in irgendwelchen Hotelzimmern? Willst du für immer die Frau im Schatten bleiben?«

»Lass mich in Ruhe!« Miriam legte einfach auf.

Doch Carolins Worte hatten ihre Wirkung nicht verfehlt. In den vergangenen Wochen hatte sie sich verboten, darüber nachzudenken, wie Philipps und ihre Realität eigentlich aussah. Hatte sich geweigert, auch nur einen Gedanken daran zu verschwenden, wie es mit ihnen außerhalb ihrer Himmelfahrten weitergehen würde, welche Zukunft sie haben könnten. Besser gesagt: Sie hatte sich jeden Gedanken daran verboten, dass sie schlicht keine gemeinsame Zukunft hatten. Jetzt nicht und auch nicht irgendwann.

Sie schnappte sich ihr Handy, ging ins Wohnzimmer und ließ sich dort auf das Sofa plumpsen. Während sie die vielen, vielen Bilder betrachtete, die sie von sich und Philipp bei ihren gemeinsamen Himmelfahrten geschossen hatte, liefen ihr plötzlich Tränen übers Gesicht. Denn jetzt, allein in ihrer Hamburger Wohnung, Philipp weit weg von ihr und zu Hause bei seiner Frau, wurde ihr einmal mehr mit aller Brutalität bewusst, dass das, was Philipp und sie miteinander hatten, nur eine Illusion war. Das war alles, mehr war es nicht.

Was Philipp jetzt gerade wohl tat? War er nach Hause gekommen, hatte seine Frau mit einem zärtlichen Kuss begrüßt und ihr dann erzählt, die Messe sei wie üblich anstrengend und langweilig gewesen? Hatten sie danach miteinander gekocht, auf dem Sofa aneinandergekuschelt einen Film gesehen, um danach ins Bett zu gehen und nach einer Woche Trennung miteinander zu schlafen? Schliefen sie vielleicht GERADE JETZT miteinander, während sie, Miriam, einsam bei sich zu Hause saß und weinte? Bei dem Gedanken stieg eine unerträgliche Traurigkeit in ihr auf. Traurigkeit und Wut. Wie konnte er das? Erst eine Woche mit ihr verbringen und danach wieder, husch, ab ins Körbchen zur wartenden Ehefrau? Wie konnte er Miriams nackte Haut streicheln, ihr Liebesworte ins Ohr flüstern, von ihrem Körper mit seinem Körper Besitz ergreifen, und das Gleiche dann nur Stunden später mit seiner Frau tun? Wie, wie, WIE? Musste er sich Mühe geben, um ihre Namen nicht zu verwechseln? Sie nannte er Mirchen, welches Kosewort er wohl für seine Frau hatte? Fühlte er sich wenigstens schlecht, wenn er mit ihr schlief, obwohl Miriams Geruch noch in jeder seiner Poren hing?

Sie schüttelte sich. Mit einem Mal kam ihr alles, was sie bis vor Kurzem noch als wunderschön und traumhaft empfunden hatte, nur noch abgeschmackt und schal vor. Ekelhaft. Widerlich. Carolin hatte recht, Philipp log, dass sich die Balken bogen, log nicht nur seine Frau an, sondern auch Miriam. Wie sollte sie auch etwas anderes glauben, der Mann war ein Betrüger, warum sollte sie davon ausgehen, dass er ihr gegenüber auch nur einen Deut aufrichtiger war als bei seiner Frau?

Es war unfair von Philipp. Unfair, unfair, UNFAIR! Allen gegenüber. Gegenüber seiner Frau, die nichts ahnte, unfair gegenüber Miriam, die an ihm hing wie ein verendendes Insekt am Fliegenfänger, unfair sogar sich selbst gegenüber, denn am Ende würde auch Philipp nur als Verlierer dastehen, möglicherweise sogar ganz allein, weil er sie beide verlieren würde. Nein, sie würde, sie *musste* das beenden. Sie hatten ihre Himmelfahrten gehabt, Miriam hatte jede einzelne davon genossen, aber nun würde es gut sein müssen. Ein halbes Jahr Unvernunft, das mochte ja noch angehen, aber jetzt stand der Winter vor der Tür, und es war höchste Zeit, dass sie sich von Philipp trennte, bevor sie dieses Spiel wirklich bis zum Sankt-Nimmerleins-Tag fortführen würde.

Sie nahm ihr Handy, öffnete WhatsApp und wollte lostippen. In diesem Moment traf eine Nachricht von Philipp ein.

Mein Süßkind, ich denke gerade ganz stark an dich und fühle, dass es dir nicht gut geht, dass du zweifelst und traurig bist. Mir geht es ja genauso, seit du nicht mehr bei mir bist, tut sich wieder dieses schwarze Loch in mir auf, und ich fange wieder an, mir all die überflüssigen Sorgen und Gedanken zu machen wie früher, als ich dich noch nicht kannte. Aber wir dürfen nicht zweifeln, bitte, tu das nicht, von dir getrennt zu sein ist das Schlimmste, was es gibt. Wenn ich auch keinen Ausweg weiß, dann doch immerhin das: Ich liebe dich! À jamais et pour toujours. Philipp.

Sie legte das Handy zur Seite, rollte sich auf dem Sofa zusammen und ließ ihren Tränen freien Lauf.

3.
14. Oktober

Wenn Sie wollen, gebe ich Ihnen ein paar Tropfen«, sagte die Visagistin. »Gegen die geröteten Augen. Das sieht sonst nicht schön aus im Fernsehen.«

Ich saß in der Maske des Aufnahmestudios, seit einer Viertelstunde bemühte sich Valentina, eine hübsche Blondine osteuropäischer Herkunft, mein Gesicht mit Puder und Rouge bildschirmtauglich zu machen. In ein paar Minuten würde die kleine Kultur-Talkshow beginnen, zu der mich der WDR eingeladen hatte.

»Ach so«, sagte ich. »Meine Kaninchenaugen. Hausstauballergie.«

Ich lehnte mich im Sessel zurück, damit Valentina mir die Tropfen geben konnte, die die Rötung zum Verschwinden bringen sollten. Ich hatte versucht, Miriam anzurufen, aber ich war nur auf ihrem Anrufbeantworter gelandet. Wieder einmal. Post coitum animal triste ... Seit unserem vermaledeiten Abschied am Frankfurter Bahnhof hatte ich nichts mehr von ihr gehört, seit drei endlosen Tagen. Ein paar Dutzend SMS, die sie nicht beantwortet hatte, genau so wenig meine Mails. Warum reagierte sie nicht? Nicht mal auf Facebook irgendein Zeichen, und auch das Anwesenheitspünktchen auf Skype war wie für immer aus dem World Wide Web verschwunden. Der Farbfilm in Technicolor, büßte er schon an Leuchtkraft ein und bekam einen ersten grauen Schleier?

Ich wusste, dass Miriam gerade an einem neuen Roman saß, mit dem sie große Schwierigkeiten hatte, weil sie mit dem Stoff neues Terrain betrat. Sie hatte mir in Frankfurt erzählt, wie anstrengend die Arbeit an dem Buch war, dass sie sich mühsam von Satz zu Satz quälte und sich deshalb nach der Messe voll und ganz auf das Schreiben konzentrieren wollte. Aber das allein konnte nicht der Grund sein. Wenn sonst einer von uns an irgendeiner Stelle mit seiner Arbeit nicht weiterkam, riefen wir uns an, und fast immer fanden wir dann eine Lösung, ganz leicht und mühelos, als würde der Knoten im Gehirn des einen im Gehirn des anderen platzen.

Nein, nicht die Arbeit – wir selber waren der Grund für Miriams Schweigen. Noch nie hatten wir eine so lange Durststrecke vor uns gehabt wie jetzt, fast fünf Wochen bis zum nächsten Wiedersehen in München, und natürlich waren ihr nach unserem letzten Treffen wieder Zweifel gekommen, das wusste ich, auch ohne dass sie es mir sagte. Mir kamen sie ja auch, die Zweifel. Sie nagten an mir, wenn ich mit meiner Frau beim Frühstück saß oder Hand in Hand mit ihr durch die Stadt spazierte. Sie nagten an mir, wenn ich mit meiner Tochter am Telefon darüber sprach, ob sie sich von ihrem Freund trennen sollte oder nicht. Und sie nagten an mir, wenn Martin mir einen seiner blöden Altherrenwitze erzählte. Ich hatte nie so ein Mann sein wollen, der ich jetzt war, ein Mann, der seine Frau betrog und seine Geliebte hinhielt. So ein Mann war doch ein Mistkerl, ein Schwein, ein Arschloch!

War ich jetzt so ein Mann?

»Vorsicht«, sagte Valentina. »Jetzt kann es ein bisschen brennen.«

Ich zuckte zusammen, die Tropfen taten im ersten Moment höllisch weh. Während ich blinzelnd versuchte, sie im Auge zu behalten, fiel mir wieder die Regel ein, die meine Frau und ich vor vielen Jahren miteinander vereinbart hatten. War es nicht höchste Zeit, dass ich ihr endlich sagte, was los war? Das mit Miriam war doch keine Affäre, keine Liebschaft, kein Verhältnis. Es war viel mehr, es war etwas Ernstes, das Ernsteste, was es überhaupt gab, obwohl es zugleich das Schönste und Beglückendste und Leichteste war, was ein Mensch nur erleben kann. Liebe. LIEBE! Und Miriam war keine heimliche Nebenfrau, die man vor der Welt versteckt, keine Laune oder Verirrung, sondern mein Mädchen, mein Süßkind, mein Mirchen!

»*War das eigentlich vorhin Ihre Frau?*«, *fragte Valentina.*

»*Wie bitte?*«

»*Die Frau, die mit Ihnen aus dem Auto gestiegen ist. Ich habe Sie beide auf dem Parkplatz gesehen. Was für ein schönes Paar, dachte ich. Bestimmt sind Sie schon sehr lange verheiratet, das sieht man. Also, ich finde das toll, dass es so was heutzutage noch gibt ...*«

Statt auf das Geplapper einzugehen, schloss ich die Augen, damit Valentina mir die Krähenfüße wegpudern konnte, die bei meinem letzten Fernsehtermin auch noch nicht so deutlich zu sehen gewesen waren. Ja, meine Frau hatte mich begleitet, ausnahmsweise, und saß jetzt schon im Publikum. In der Regel nahm ich meine beruflichen Termine alleine wahr, vor Interviews oder wichtigen Besprechungen war ich lieber für mich, um mich innerlich vorzubereiten. Doch am Morgen, ich packte gerade meinen Koffer, hatte meine Schwester angerufen und mich mit der Nachricht erschreckt, dass es meiner Mutter nicht sonderlich gut gehe, sie sei in der letzten Woche zweimal kurz ohnmächtig geworden, einmal in der Kirche und einmal beim Friseur. Ob ich nicht von Köln aus für ein oder zwei Tage vorbeikommen wolle, um sie zu besuchen? Und ob meine Frau nicht mitkommen könne? Meine Mutter mag sie sehr, fast so sehr wie ihre eigene Tochter, und hatte den Wunsch geäußert, dass ich sie mitbringen sollte.

»Wir müssen los!«

Ein junger Mann in Jeans und T-Shirt kam in die Maske.

»Unser Aufnahmeleiter«, erklärte Valentina. Und über die Schulter fügte sie in seine Richtung hinzu: »Noch eine Minute.«

Während der Aufnahmeleiter in der Tür wartete, legte Valentina letzte Hand an mich. Bei meinem ersten TV-Auftritt vor Jahren hatte die Schminkerei keine fünf Minuten gedauert, der Aufwand, mein Gesicht bildschirmtauglich herzurichten, wurde offenbar von Mal zu Mal größer. Ich blickte auf die Uhr. Ob Miriam sich die Sendung wohl anschauen würde? Sie wusste davon, hatte mich auf der Messe noch damit aufgezogen, dass das mal wieder eine großartige Gelegenheit für mich wäre, mich vor der Nation aufzuplustern. Oder würde sie heute Abend ausgehen, auf den Kiez oder in die Schanze? Immerhin war es Freitag, und freitags war sie oft mit ihrer Freundin Carolin unterwegs. Bei dem Gedanken bekam ich eine entsetzliche Eifersuchtsattacke. Ich kannte ja die Blicke, die Miriam erntete, wenn wir zusammen ausgingen, auf Konzerten, beim Tanzen, beim Karaoke-Singen – Blicke von anderen Männern, jüngeren Männern. Außerdem hatte sie mir ja gebeichtet, dass sie nach unserer Trennung in Lauenburg aus lauter Verzweiflung irgendeinen wildfremden Kerl auf der Reeperbahn abgeschleppt hatte und mit ihm ins Bett gegangen war. Guido hatte er geheißen, ein Geografiestudent um die dreißig. Sie hatte zwar beteuert, keinen Kontakt mehr zu ihm zu haben – aber konnte ich da sicher sein?

Ich versuchte, die Bilder aus meinem Kopf zu verjagen, indem ich mich auf die anstehende Sendung konzentrierte. Was war noch mal das Thema? Dichtung und Wahrheit im historischen Roman? Nein, ich hatte kein Recht, eifersüchtig zu sein. Nicht ich! Ich verletzte Miriams Gefühle ja jeden Tag, jede Stunde, jeden Augenblick. Und ihre Eifersucht musste sich nicht mit vagen Vermutungen begnügen, sie nährte sich von dem schlimmsten Gift, das es in so einer Situation überhaupt geben kann: Gewissheit! Miriam wusste, dass es eine andere Frau in meinem Leben gab, wusste, dass ich diese Frau liebte, wusste, dass mich mit dieser Frau ein ganzes Leben verband. Wie durfte ich da auch nur daran denken, eifersüchtig zu sein? Und trotzdem war ich es, so sehr, dass mir fast schlecht davon wurde.

»Gut so?« *Zufrieden strahlte Valentina mich im Spiegel an.* »Ich finde, jetzt sehen Sie zehn Jahre jünger aus!«

»Würden Sie auch siebzehn hinkriegen?«, *fragte ich und erhob mich aus dem Schminkstuhl. Ich dankte ihr mit einem gequälten Lächeln und wandte mich zur Tür.*

»Haben Sie Ihr Handy ausgeschaltet?«, *wollte der Aufnahmeleiter wissen, als wir auf den Flur traten.*

»Richtig!« *Schuldbewusst nahm ich mein iPhone aus der Hosentasche.*

Als ich auf das Display tippte, um in den Flugmodus zu wechseln, entdeckte ich eine Nachricht, die während der Zeit in der Maske hereingekommen sein musste.

Eine WhatsApp. Von Miriam.

»Viel Glück!«, *schrieb sie.* »Ich sitz vorm Fernseher und bin schon ganz aufgeregt.«

4.

Ich weiß nicht, warum du dir das antust.« Carolin saß neben ihr auf dem Sofa, griff in die Schüssel mit Chips, die auf dem Couchtisch stand und schob sich eine Handvoll davon in den Mund. »Das ist doch Selbstzerfleischung pur.«

»Würdest du bitte die Klappe halten?«, sagte Miriam.

»Und wenn's geht, etwas leiser kauen?«

»So kommst du jedenfalls nie von dem Kerl los.«

»Wer sagt, dass ich das überhaupt will?«

»Gestern klang es noch so.«

»Das war gestern.« Sie griff nach der Fernbedienung und stellte den Ton lauter, denn gerade begann der Moderator, Philipp Andersen, den »Star des historischen Romans«, als seinen nächsten Gast zu begrüßen.

»Herzlich willkommen!«

Musik erklang, Philipp betrat das Studio. Sofort krampfte sich ihr Herz zusammen. Vor vier Tagen hatte sie ihn zuletzt gesehen und seitdem keinen Kontakt mehr zu ihm gehabt, keine seiner Mails und Kurznachrichten beantwortet, weil sie versuchen wollte, einen klaren Kopf zu bekommen und sich auf ihren neuen Roman zu konzentrieren. Aber schließlich hatte sie es doch nicht ausgehalten und ihm vor zehn Minuten geschrieben, dass sie sich die Sendung mit ihm anschauen würde. Jetzt schlenderte er mit selbstbewusstem Lächeln auf den Moderator zu, schüttelte ihm zur Begrüßung die Hand und nahm dann in dem zweiten Sessel Platz.

»Auweia«, kommentierte Carolin mampfend, »der Typ sieht echt ganz schön alt aus.« Miriam warf ihr einen bösen Seitenblick zu, ihre Freundin hob entschuldigend die

Hände. »Sorry, aber ist doch wahr.« Sie beugte sich näher zum Fernseher vor. »Ist das etwa eine Bundfaltenhose, die er da trägt?« Erschrocken riss sie die Augen auf. »O, mein Gott! Das ist tatsächlich eine BUNDFALTENHOSE!«

»Wenn du nicht sofort still bist, fliegst du hier raus!« Statt zu antworten, schob Carolin sich eine weitere Ladung Chips in den Mund. Miriam stellte den Ton noch etwas lauter, um ja nichts zu verpassen.

Und sie verpasste nichts. Rein gar nichts. Nicht den kurzen Einspielfilm, in dem Philipp vorgestellt wurde und in dem auf seine seit über dreißig Jahren glückliche Ehe hingewiesen wurde. Nicht die Fragen des Moderators nach Philipps Frau und wie es denn für sie so sei, mit einem derart erfolgreichen Schriftsteller verheiratet zu sein, dem die weiblichen Fans doch sicher in Scharen zu Füßen lagen, worauf er erwiderte, seine Frau sei eben durch und durch »einzigartig« und »außergewöhnlich« und würde sich daran nicht stören. Sie verpasste nicht Philipps spaßhafte Bemerkungen darüber, dass seine Tochter keine Bücher lesen würde – nicht einmal die ihres Vaters. Nicht die Frage des Moderators, wie schwer ihm denn die erotischen Szenen in seinen Romanen fielen, auf die er lachend antwortete, dass er schließlich aufgrund seiner Dissertation über den libertinen Roman ein »staatlich geprüfter Erotologe sei« – allerdings nur ein Theoretiker, kein Praktiker, »leider«! Und sie verpasste auch nicht den Kameraschwenk ins Publikum, bei dem Philipps Frau gut erkennbar und mit stolzem Lächeln – um nicht zu sagen, mit einem Lächeln voller Besitzerstolz – auf den Lippen in der allererstens Reihe saß. Sie sah anders aus als Miriam, vollkommen anders, klein und dunkelhaarig, mit nahezu schwarzen Augen und elegant gekleidet. Eine erwachsene Frau, genauer gesagt eine Dame. Wenn Miriam das Yin war, war sie das Yang.

Miriam wurde schlecht. Da saß sie also, Philipps Frau, ganz vorn auf dem ihr zustehenden Platz. Miriam hatte bisher nie etwas gegen sie gehabt, im Gegenteil, sie hatte ihr gegenüber sogar ein schlechtes Gewissen verspürt, obwohl das doch eindeutig Philipps Part hätte sein müssen und nicht ihrer. Aber in diesem Moment schwappte eine regelrechte Welle aus Hass durch sie hindurch. Hass auf sie, auf Philipp, auf alle beide – und auf sich selbst.

Himmel, das war alles so verlogen, SO VERLOGEN! Philipp schwadronierte vor sich hin, während niemand die Wahrheit ahnte, dass es da nämlich noch eine andere Frau gab, die in seinem Herzen war. Dass er tatsächlich viel mehr Praktiker als Theoretiker war, dass es neben seiner ach so glücklichen Ehe noch sie, Miriam, gab. Mit der er ein vollkommen anderes Leben führte als das, was er da gerade zur Schau stellte, mit der zusammen er ein komplett anderer Mann war als der selbstbewusste Erfolgsautor, den die TV-Nation gerade bewunderte. Nein, das ahnte niemand, die Leute im Studio und die Zuschauer zu Hause sahen nur diese perfekte Inszenierung des perfekten Glücks, über dreißig Jahre harmonische Zweisamkeit, Philipps Frau an seiner Seite, ihn begleitend, als wäre es ihr Lebensinhalt, ihren erfolgreichen Gatten zu beklatschen.

Wenn sie wüsste, schoss es Miriam durch den Kopf, wenn sie das alles nur wüsste. Säße sie dann auch dort in diesem TV-Studio und würde mit stolzem Lächeln den elaborierten Worten ihres Mannes lauschen? Oder würde sie nicht vielmehr aufstehen, das Wasserglas nehmen, das auf dem kleinen Glastisch neben Philipps Sessel stand, und es ihm in hohem Bogen über den Kopf schütten? Carolin hatte recht: Miriam war nur die Frau im Schatten, seine Geliebte, die in seinem öffentlichen Leben keinerlei Rolle spielte, niemals eine Rolle spielen *durfte*. All sein Gefasel von Liebe und darüber, dass sie sein Süßkind sei, dass er sich nach ihr verzehrte und ohne sie nicht mehr leben konnte – hier wurde sie gerade Zeugin, dass er sehr wohl ohne sie leben konnte, dass er sie nicht einmal in einer Fußnote erwähnte. Warum sagte er es nicht einfach? Warum gab er nicht zu, dass er neben seiner Ehe auch noch eine Freundin in Hamburg hatte, dass es da noch jemanden gab, den er mindestens genauso liebte wie seine Frau?

In diesem Moment wünschte Miriam sich nichts sehnlicher, als dass er es tun würde, dass Philipp ihre Liebe hier und jetzt bekanntgab, dass er sie nicht länger versteckte und sie genauso legitimierte wie die zu seiner Frau. Aber er tat es nicht, natürlich nicht, das wäre ja auch ganz und gar unmöglich. Stattdessen ließ er Miriam sogar ins offene Messer laufen, mutete ihr zu, dass sie sich dieses Schmierentheater auch noch ansah. Er hatte sie nicht davor beschützt, obwohl er doch hatte wissen müssen, dass das für sie wie ein Schlag mitten ins Gesicht sein würde.

»Großartig«, sagte Carolin, als hätte sie Miriams Gedanken erraten. »Ist ja nett von ihm, dass er dich nicht einmal gewarnt hat, dass seine Frau bei der Sendung dabei ist. Aber immerhin, sie passt zu ihm. Sieht genauso alt aus wie er.«

Wortlos schaltete Miriam den Fernseher aus. Starrte einen Moment auf die dunkle Mattscheibe und sagte dann: »Ich glaube, du gehst jetzt besser.«

»Süße!« Caro legte einen Arm um sie, den sie unwillig abschüttelte »Ich kann verstehen, wie sehr dich das verletzt. Aber du musst doch jetzt langsam wirklich mal einsehen, dass Philipp Andersen ein mieser Arsch ist. Was tut er dir da an? Was tut er seiner Frau an? Nur, um nach außen den Mister Saubermann zu präsentieren, der Typ hat doch keine Eier!«

»Bitte«, ihre Stimme zitterte, »bitte geh jetzt einfach.«

»Okay.« Sie stand auf. »Aber wenn irgendetwas ist, rufst du mich an, ja?« Zwei Minuten später war Miriam wieder allein. Fassungslos, verletzt, verzweifelt. Das war also die Wahrheit. Die ungeschminkte, unbarmherzige Wahrheit. *Nie* würde Philipp in einem Fernsehstudio sitzen und davon schwärmen, wie großartig, wie einzigartig seine Liebe zu Miriam war. Das wäre ja auch schlecht für sein Image, das würde vermutlich einen Großteil seiner vornehmlich weiblichen Leserschaft entsetzen und verprellen. Nein, das würde den Damen, die ihn anhimmelten, all seinen von der Menopause gebeutelten Verehrerinnen, ganz und gar nicht gefallen; ein skrupelloser Betrüger, dem nahm man seine herzeigreifenden Geschichten mit Sicherheit nicht mehr ab.

Er liebte also zwei Frauen? Was für ein Unsinn! Er liebte es, von beiden nur das Beste zu bekommen und sich das Leben so schön und bequem wie möglich zu machen. Auf der einen Seite sein warmes Nest, sein sicherer Hafen, in dem er Kraft tanken konnte, eine Ehefrau, die ihm die Pantoffeln hinstellte, sich um den Haushalt kümmerte und ihm zum Fernsehabend wahrscheinlich Schnittchen servierte – auf der anderen Seite die jüngere Geliebte, die für ein bisschen Aufregung sorgte, mit der er sich austoben konnte und die keinerlei Ansprüche an ihn stellte, ja, die bisher nicht einmal im Traum daran gedacht hatte, ihn vor eine Entscheidung zu stellen, ihm die Pistole auf die Brust zu setzen.

Miriam schüttelte den Kopf, fassungslos über sich selbst und ihre Dummheit. War sie tatsächlich genauso bescheuert wie all die vielen, vielen anderen Geliebten da draußen, die sich entgegen aller Vernunft einem verheirateten Mann hingaben, nur, weil er sie mit ein paar schmeichelnden Worten umgarnte? Offensichtlich, ja, sie war so bescheuert. So bescheuert *gewesen*. Denn damit war nun Schluss, ein für alle Mal, das machte sie nicht länger mit, es war höchste Zeit, damit aufzuhören. Sie nahm ihr Handy vom Couchtisch und fing an, eine Nachricht an Philipp zu tippen.

Der Text bestand nur aus wenigen Zeilen. Nachdem sie fertig geschrieben hatte, drückte sie auf »Senden«. Ohne zu zögern. Dann schaltete sie ihr Telefon aus, überlegte einen Moment, ging rüber ins Schlafzimmer, um sich umzuziehen. Sie würde zu Carolin fahren und mit ihr ausgehen. Sollte Philipp doch mit seiner Frau nach Hause fahren und sich einen gemütlichen Bratkartoffelabend machen.

Sie würde ihn ab sofort und ein für alle Mal aus ihrem Leben streichen. Und wenn es das Letzte war, was sie tat.

5.
15. Oktober

Haben Sie daran gedacht, Ihr Handy wieder einzuschalten?«, fragte mich der Aufnahmeleiter, als er mich nach der kleinen After-Show-Party hinaus auf die Straße begleitete, wo bereits das Taxi auf mich wartete.

»Gut, dass Sie mich daran erinnern!«

»Dann wünsche ich eine angenehme Nacht!«, sagte er, und an den Chauffeur gerichtet, fügte er hinzu: »Zum Hotel Savoy.«

Während das Taxi startete, schaute ich auf die Uhr. Halb eins. Meine Frau war schon im Hotel, sie hatte Kopfschmerzen gehabt und war nur ein paar Minuten auf der Party geblieben. Wäre ich nur mit ihr gegangen. Jetzt hatte ich auch Kopfschmerzen – der Wein, den der Cateringservice ausgeschenkt hatte, war offenbar eine Marketingmaßnahme zur Nachfrageproduktion von Aspirin. Leverkusen war nicht weit.

»Sie kennen das Hotel?«, fragte ich den Taxifahrer, während ich mein Handy aus der Tasche holte, um es wieder auf Empfang zu stellen.

»Keine Sorge, Chef. Turiner Straße.«

Ich hatte das iPhone noch in der Hand, da brummte eine Nachricht herein. Von Miriam ... Mein Herz machte vor Freude einen kleinen Hüpfer.

Was du mir heute Abend zugemutet hast, ist das Allerletzte. Musste das sein? Musste ich mit ansehen, wie du von deiner Frau schwärmst, während sie auch noch im

Publikum sitzt? Was für ein Mensch bist du eigentlich???
Ich will nie, NIE wieder etwas von dir hören! M.

Ich war verwirrt, entsetzt, wie vor den Kopf geschlagen. Was hatte das zu bedeuten? Ein misslungener Witz? Ich las die Nachricht noch einmal, jeden Satz, jedes Wort, jeden Buchstaben. Aber nein, ich hatte alles richtig verstanden. Das war kein Witz, nicht im Geringsten. Sie meinte es ernst! Vollkommen ernst!

Mit zitternden Fingern tippte ich meine Antwort.

Mirchen, was ist los?

Ich starre auf das Display, als könnte ich sie per Telepathie zu einer Reaktion zwingen. Doch die Statuszeile auf ihrem Whats-App-Account rührte sich nicht: »zul. online gestern 22:34 Uhr«.

Mirchen, bitte – was ist in dich gefahren?

Ich wartete. Wieder keine Antwort.
»Da wären wir, Chef.«
Ich schaute von meinem Handy auf und sah durch die Windschutzscheibe des Taxis die Leuchtreklame meines Hotels.
»Macht siebzehn vierzig.«
»Stimmt so.« Ich drückte dem Fahrer einen Zwanziger in die Hand. »Gibt's hier in der Gegend noch irgendwo was zu trinken?« Die Vorstellung, in dem dunklen Hotelzimmer schlaflos neben meiner Frau zu liegen und auf irgendein Lebenszeichen von Miriam zu warten, war ein Albtraum.
»Höchstens das Extrablatt«, sagte der Fahrer. »Am Eigelstein. Gleich da hinten um die Ecke.«

Wie in Trance stieg ich aus, und ein paar Minuten später war ich in der Kneipe, in der nur noch ein paar vereinzelte Solotrinker abhingen.

»Kölsch oder Pils?«, *fragte die Wirtin hinter dem Tresen.*

»Egal«, *antwortete ich.* »Pils.«

»Ist in Arbeit«, *sagte sie und hielt ein Glas unter den Zapfhahn.* »Übrigens, schicke Hose, die Sie da anhaben. Wenn die mal in Mode kommt, haben Sie wenigstens schon eine.«

Ich verstand zuerst nicht, was sie meinte, doch als ich ihr Grinsen sah, erinnerte ich mich, wie meine Frau mich am Morgen ausgelacht hatte. Ich hatte eine uralte Bundfaltenhose aus dem Schrank gekramt, weil der Redakteur der Talkshow mich im Vorgespräch gebeten hatte, mir für die Sendung irgendwas aus der Zeit anzuziehen, in der ich meinen ersten Roman geschrieben hatte – das gäbe einen super Gesprächsgag. Leider war der Moderator mit keinem Wort auf die Hose zu sprechen gekommen, und ich hatte mich in der Sendung gefühlt wie beim Kölner Karneval – nur in der falschen Jahreszeit.

»Zum Wohle!«

Die Wirtin stellte das Pils auf den Tresen. Ich trank das Glas in einem Zug leer und orderte gleich noch eins. Während sie das nächste zapfte, las ich noch einmal Miriams Nachricht. Ich will nie, NIE wieder etwas von dir hören ... *Ich las die Buchstaben, wieder und wieder und wieder. Und konnte sie nicht begreifen. So musste Ralph Siegel sich gefühlt haben, als Naddel sich per SMS aus seinem Leben verabschiedet hatte. Wahrscheinlich hatte er auch eine Bundfaltenhose getragen, damals, als er die Nachricht bekam. Ich kippte mein zweites Glas, das die Wirtin mir reichte, ohne es auf den Tresen abzusetzen, und bestellte noch eins, zu mehr war mein Gehirn nicht mehr fähig, trank das dritte Glas genauso schnell wie die beiden ersten und bestellte ein viertes, bevor ich mir den Schaum von den Lippen gewischt hatte. Nein, das konnte nicht wahr sein. Miriam und ich hatten uns noch nie wirklich gestritten, und sie wollte jetzt wegen dieser einen gottverdammten Fernsehsendung alles über den Haufen werfen?*

Ich holte mein Handy aus der Tasche und schickte ihr noch eine Nachricht.

Ich kann mir vorstellen, wie schlimm die Sendung für dich gewesen sein muss. Und hätte ich geahnt, wie das Gespräch verläuft, hätte ich dich natürlich gewarnt. Aber darum jetzt alles hinwerfen? Du hast gewusst, dass ich verheiratet bin, auch, dass ich meine Frau liebe, ich habe dir nie etwas vorgemacht. Warum also dieses Drama? Ich verstehe es einfach nicht. Lass uns miteinander sprechen. BITTE! P

Ich legte mein Handy mit dem Display nach oben auf den Tresen, aus Angst, dass ich in den weiten Taschen meiner Schlabberhose das Vibrieren verpasste. Es dauerte eine Ewigkeit. Dann endlich, endlich veränderte sich die Statuszeile in Miriams Account: »online«. Und gleich drauf ein zweites Mal: »schreibt ...« Im nächsten Moment poppte ihre Nachricht auf.

Lass mich in Ruhe!

Das war nicht die Antwort, auf die ich gehofft hatte. Aber immerhin, sie hatte reagiert.
   »He, wohin, junger Mann? Sie haben noch nicht bezahlt!«

»Bin gleich wieder zurück.«

Ich schnappte mein Handy und lief hinaus auf die Straße. Ich wollte Miriam anrufen, solange sie ihr Telefon noch eingeschaltet hatte. Überhastet wählte ich ihre Nummer. Wenn ich erst mit ihr sprach und ihr erklärte, wie die gottverdammte Sendung zustande gekommen war, würde sie begreifen, dass es keinen Grund für ihre Irrsinnsreaktion gab. Im Vorgespräch war nur von meinen Büchern die Rede gewesen. Wie hätte ich da ahnen können, dass der Moderator während des Gesprächs die ganze Zeit nach meiner Frau und meiner Ehe fragen würde?

»Jetzt bin ich leider auch nicht auf Handy zu erreichen ...«, hörte ich Miriams Mailboxstimme.

Verflucht, offenbar hatte sie ihr iPhone schneller ausgeschaltet, als ich wählen konnte. Was sollte ich jetzt tun? Ich wusste, wenn ich die ganze Nacht über ohnmächtig auf mein Handy starrte, würde ich verrückt. Oder ich musste mich bis zur Besinnungslosigkeit betrinken. Obwohl ich mir nicht viel davon versprach, wählte ich ihre Festnetznummer. Wenn sie nicht an ihr Handy ging, dann wohl kaum an ihren Festnetzapparat. Falls sie überhaupt zu Hause war. Was ich sehr bezweifelte.

Zu meiner grenzenlosen Erleichterung hob sie schon beim zweiten Klingeln ab.

»Hallo?«, sagte eine Männerstimme.

»Oh«, stotterte ich. »Ich ... ich wollte Miriam Bach sprechen. Offenbar habe ich mich verwählt.«

»Nein, nein, du bist hier schon richtig«, duzte mich ein wildfremder Kerl. »Sie ist nur gerade – warte mal ... Miriam? Mirchen!«, hörte ich ihn mit lauter Stimme am anderen Ende der Leitung rufen. »MIR-CHEN!«

Bevor er ein weiteres Mal ihren Namen missbrauchen konnte, legte ich auf.

Während ich das Handy in die Tasche meiner albernen Bundfaltenhose fallen ließ, spürte ich, wie mir der Mund austrocknete. Der Mann, mit dem ich gerade gesprochen hatte, war in ihrer Wohnung. Jetzt. In diesem Augenblick. Und seine Stimme hatte geklungen, als wäre er nackt.

6.

Mirchen, Mirchen.« Carolin stand kopfschüttelnd neben der Tür, als sie wieder aus dem Badezimmer gestolpert kam. »Wie kann man sich nur so besaufen?«

»Wer Kummer hat, hat auch Likör«, gab sie mit einem gequälten Lächeln zurück.

»Sorgen!«, erklang die Stimme von Carolins Freund Rafael aus der Küche. »Bei Wilhelm Busch heißt es: ›Wer Sorgen hat, hat auch Likör!‹« Miriam schloss die Augen und lehnte sich seufzend mit dem Rücken gegen die Wand.

»Ist doch egal ...«

»Geht's besser?«, fragte Carolin.

»Ich weiß nicht. Dazu müsste ich erst wieder die Augen aufmachen.«

»Versuch's doch mal.« Miriam blinzelte. Zwar sah noch alles ein wenig verschwommen aus, aber wenigstens drehte sich nicht mehr das Zimmer.

»Einigermaßen.«

»Dann lass uns in die Küche gehen, Rafael hat dir einen

Tee gekocht.« Mit unsicheren Schritten folgte Miriam ihrer Freundin, Rafael stand schon in der Tür und hielt ihr einen dampfenden Becher hin.

»Danke.« Mit zittrigen Händen ergriff sie das Getränk und ließ sich ermattet am Küchentisch nieder.

»Da hat gerade wer angerufen«, sagte Carolins Freund.

»Wer?«

»Keine Ahnung. Hat einfach aufgelegt.«

»Das war Philipp.«

Rafael sah sie fragend an.

»Mein neuer Exfreund«, fügte sie hinzu.

»Verstehe«, sagte Rafael. »Bisher kannte ich den nur als ›das verheiratete Arschloch‹.«

Nachdem Miriam ihre SMS an Philipp abgeschickt hatte, war sie zu Carolin gefahren, die gerade Besuch von ihrem Freund hatte, der irgendwo im Saarland lebte. Zu dritt waren sie über die Reeperbahn gezogen, von Club zu Club, von Getränk zu Getränk, und mit jedem Schluck, den Miriam getrunken hatte, hatte sie lauter und wütender über »das verheiratete Arschloch« geschimpft. So lange, bis ihr schließlich die Knie weggeknickt waren und ihre Freunde sie nach Hause gebracht hatten. Im Taxi, erinnerte sie sich jetzt, hatte sie noch eine WhatsApp von Philipp mit einem eindeutigen »Lass mich in Ruhe!« beantwortet. Dann war sie aus dem Wagen gestolpert und hatte es gerade so eben noch hinauf in ihre Wohnung geschafft, bevor sie sich hatte übergeben müssen.

»Dass der es auch noch wagt, hier mitten in der Nacht anzurufen!«, sagte Carolin.

»Ach«, Miriam machte eine wegwerfende Handbewegung. »Lass ihn doch. Ich muss ja nicht rangehen.« Gleichzeitig machte der Gedanke sie halb wahnsinnig. Was hatte Philipp ihr sagen wollen? Sie um Verzeihung bitten? Gestehen, dass er erkannt hatte, dass es so nicht weiterging? Dass er sich sofort nach der Sendung von seiner Frau getrennt hatte und gerade zu ihr auf dem Weg nach Hamburg war? *Träum weiter,* schalt sie sich innerlich. Philipp Andersen war mit seinem Hintern auf dem Weg nach nirgendwohin, höchstens ins Bett neben die holde Gattin.

»Hier.« Carolin reichte ihr ein Glas Wasser. »Aspirin plus C. Zwei Stück, die solltest du trinken, sonst wird's morgen früh ganz grauenhaft.«

»Grauenhafter, als es schon ist, kann es gar nicht werden«, antwortete Miriam düster, trank das Glas aber trotzdem in einem Zug leer.

»Quatsch.« Caro musterte sie streng. »Ab sofort kann es nur noch besser werden. Du hast das absolut Richtige getan.«

»Meinst du?« Sie merkte selbst, wie weinerlich und mädchenhaft ihre Stimme klang. Ja, sie hatte Philipp geschrieben, dass sie nie wieder etwas von ihm hören wollte, hatte diesen Wunsch sogar noch im Taxi ein weiteres Mal bekräftigt. Aber jetzt kamen ihr Zweifel. Vielleicht hatte sie überreagiert? Er war doch ihr Philipp, ihr Benjamin Button, ihr ...

»Nicht diesen Blick, bitte!«, unterbrach Carolin ihre Gedanken.

»Welcher Blick?«

»Du weißt schon! Du hast schon wieder diesen Ausdruck in den Augen. Weil du kurz davor bist, weich zu werden.«

»Gar nicht wahr!«

»Wohl war!«

Miriam seufzte. »Es ist eben so verdammt schwer. Ich habe Philipp einfach schrecklich lieb.«

»Mit Betonung auf schrecklich«, stellte ihre Freundin unbarmherzig fest.

Rafael mischte sich ein: »Also, wenn das jetzt ein Frauengespräch wird, verzieh ich mich lieber.« Er stand auf.

Carolin sah auf ihre Uhr. »Ich komme mit, ist ja schon nach zwei.« Ein Blick zu Miriam. »Aber du musst mir versprechen, dass du keinen Unsinn machst und jetzt brav ins Bett gehst.«

»Versprochen«, sagte Miriam. Und kreuzte dabei, heimlich, Zeige- und Mittelfinger ihrer rechten Hand.

»Gut.« Carolin stand ebenfalls auf. »Dann ruf mich an, wenn du morgen deinen Rausch ausgeschlafen hast.«

»Mach ich.«

Kaum war sie allein, schnappte sie sich ihr Handy und schaltete es ein. Sie war enttäuscht. Keine weitere Nachricht von Philipp, ihr »Lass mich in Ruhe« war unerwidert geblieben. Wirklich beeindruckend, wie sehr er um sie kämpfte! Doch kaum, dass sie ihr Telefon auf den Tisch legen wollte, gab es den vertrauten Dreiklang einer Nachricht von sich.

»Bist du wach?«, schrieb Philipp.

»Ja«, tippte sie zurück.

»Allein?«

»Geht dich nichts an.«

»Bitte, Mirchen, wenn du allein bist, lass uns sprechen!«

»Worüber?«

»Über alles, was du willst. Hauptsache, ich kann deine Stimme hören.«

Sie zögerte. Eine kleine Ewigkeit schwebte ihr Zeigefinger über dem Display, unschlüssig, auf welches Tastenfeld sie gehen sollte. Nur einmal seine Nummer antippen, die Augen schließen, und Philipp wäre wieder da, mit seiner Stimme, mit seinen Worten, mit seiner Liebe, und alles wäre vergessen.

Aber sie wollte die Augen nicht schließen. Statt in den Telefonmodus zu wechseln, blieb sie im WhatsApp-Account.

»Nein«, tippte sie in das Textfeld. »Ich fahre für ein paar Tage nach Berlin. Ich brauche Abstand, muss zur Besinnung kommen. Ich melde mich. M.«

7.
17. Oktober

Vierundzwanzig Stunden ohne Nachricht von Miriam. Vierundzwanzig Stunden vollkommene Leere.

Berlin. Was wollte mein Mirchen in Berlin?

Den ganzen Tag lang hatte ich Flugpläne und Bahnverbindungen studiert. Am liebsten hätte ich mich in den nächstbesten Flieger oder Zug gesetzt. Wenn ich erst in Berlin war, KONNTE sie mir das Gespräch nicht verweigern. Aber hatte ich ein Recht, ihr hinterherzufahren? Sie hatte geschrieben »Ich melde mich«, und das hieß nichts anderes als »Warte auf mich«, und das auch nur im allerbesten Fall.

Nein, ich konnte nichts anderes tun als warten. Warten, war-

ten, warten – und versuchen, nicht verrückt zu werden. War sie allein in Berlin? Ich wusste, es gab dort einen Verehrer von ihr, der sie immer wieder einlud, irgendein wild tätowierter Kerl, von dem ich bei Facebook mal ein Foto gesehen hatte. Oder war sie zusammen mit dem Mann, den ich in ihrer Wohnung erwischt hatte, in die Hauptstadt gefahren? Wie ein Ohrwurm kreisten die wenigen Worte, die er in der Nacht am Telefon zu mir gesagt hatte, durch den Kopf. »Nein, du bist hier richtig.« Und dann sein Ruf in eine andere Richtung, dieses vertraute eine Wort, das doch nur ich sagen durfte, und nicht dieser wildfremde Mensch: Mirchen. MIRCHEN... Mein Unglück paarte sich mit der Eifersucht, und zusammen zeugten sie eine Verzweiflung, die mich wieder in eine Depression fallen ließ, von der ich ein paar glückliche Monate gedacht hatte, sie für immer überwunden zu haben.

Ich setzte mich an meinen Laptop und rief die Seite von Air Berlin auf. Egal, was Miriam gesagt hatte – ich würde jetzt ein Ticket buchen.

Pling!

Eine Mail. Von ihr.

Mein liebster Philipp,

jetzt bin ich gerade im Hotel angekommen, höre »Still« von Jupiter Jones und muss ganz doll an dich denken. Und nimm es bitte nicht als Katastrophenmail, auch wenn du es vermutlich so empfindest: Ich habe mich entschieden, die kurze Zugreise reichte bereits, um die nötige Klarheit zu gewinnen. Ich trenne mich jetzt von dir. Nicht, weil ich dich nicht liebe, sondern, weil genau das Gegenteil der Fall ist. Ich liebe dich so sehr, dass ich es

einfach nicht mehr aushalte, wie es momentan ist. So bin ich nicht frei, und es gibt doch nichts, was mir wichtiger ist, als frei zu sein. Ich will dich ganz – oder gar nicht. Egal, wie groß meine Angst ist oder mein schlechtes Gewissen gegenüber Deiner Frau, weil ich etwas kaputt machen würde. Ich habe, wie wir alle, doch nur dieses eine Leben. Und ich habe noch so viele Träume: eine glückliche Partnerschaft, Kinder, vielleicht ein Haus in Irland ... Niemals nie will ich an dir zerren – aber ich will auch nicht an mir selbst zerren oder mich verbiegen. Ich will dich, mit Haut und Haaren, das weißt du. Solltest du frei sein und dich voll und ganz für mich entscheiden wollen, freue ich mich, wenn du zu mir kommst. Aber ich kann's, ich will's so, wie es jetzt ist, nicht mehr. Heute, während ich hier durch Berlin gestromert bin, wurde mir mal wieder bewusst, wie wahnsinnig einsam ich eigentlich bin. Das ist nicht fair. Keinem gegenüber. Ich kann dich so verdammt gut verstehen – aber versteh du mich bitte auch ein bisschen, ja? Das ist kein Anfall, das ist die Wahrheit, also ruf mich bitte nicht an, und schick mir auch keine Mail, um mich umzustimmen. Ich will dich gern als Freund behalten, wenn alles irgendwann verheilt ist, natürlich! Aber nicht so wie jetzt. Wenn du mich als dein Mirchen willst, musst du dich von Deiner Frau trennen, sonst müsste ich für dich alles verraten, was mir wichtig ist und was ich mir wünsche. Und das will ich nicht.
Es tut mir leid. Sehr. Weil ich dich wirklich liebe. Aber mich selbst liebe ich auch noch ein bisschen.
Miriam

8.

Neunzig Minuten. Länger dauerte es nicht, um mit dem ICE von Hamburg nach Berlin zu fahren. Und trotzdem fühlte sie sich wie in einer vollkommen anderen Welt, als sie die Friedrichstraße von ihrem Hotel im Westteil der Stadt Richtung Osten hinunterlief, wo sie in ihrer Agentur eine Besprechung haben würde. Sie hätte die Angelegenheit auch leicht telefonisch klären können, eine Fahrt in die Hauptstadt wäre dazu nicht nötig gewesen. Aber sie hatte einfach das Bedürfnis gehabt, von zu Hause zu flüchten. Raus aus ihrer Wohnung, raus aus Hamburg, wo sie überall an Philipp erinnert wurde. *Emotional kontaminiertes Gebiet.* Sie musste lächeln bei der Erinnerung an diesen Begriff, den sie irgendwann erfunden und in einem ihrer Romane verwendet hatte. Gedankenverloren summte sie einen Song von »Element of Crime«, den sie früher oft bei Liebeskummer gehört hatte. »Weißes Papier«. Und nie war der Text so wahr gewesen wie jetzt.

Am liebsten wär ich ein Astronaut
Und flöge auf Sterne, wo gar nichts vertraut
Und versaut ist durch eine Berührung von dir
Ich werd nie mehr so rein und so dumm sein wie weißes Papier

Nein, weißes Papier, das würde sie nun nie wieder sein, dafür war ihr die Begegnung mit Philipp viel zu nahegegangen. So nahe, dass sie selbst jetzt, während sie versuchte, sich gedanklich auf ihr Agenturgespräch vorzubereiten, wieder weinen musste.

Aber es nützte nichts, er würde vorbeigehen, dieser Schmerz. Und die Erinnerungen an Philipp, sie würden verblassen. Vielleicht nicht so schnell wie die Erinnerung an Thomas und all die anderen nutzlosen Kerle, die bisher ihren Lebensweg gekreuzt hatten. Doch irgendwann, das wusste sie selbst in ihrem nahezu unerträglichen Kummer, wäre es vorbei. Es musste so sein, es musste ganz einfach so sein. Denn wenn sie jetzt nicht den Absprung schaffte; wenn es ihr jetzt nicht gelang, sich endgültig von Philipp zu lösen, würde sie eines Tages umso bitterer draufzahlen. Draufzahlen für ein paar Momente des Glücks, für ein paar wunderbare Begegnungen, die am Ende nichts weiter waren als eine Illusion. Nein, das wollte sie nicht! Sie wollte nicht irgendwann allein dastehen und gar nichts haben. Weder einen Partner, mit dem zusammen sie alt werden konnte, noch ein Kind, das sie sich doch immer noch so sehnlich wünschte. Und da durfte sie sich nichts vormachen: Sie würde in einem halben Jahr vierzig werden, und wenn sie noch den ein oder anderen ihrer Lebensträume verwirklichen wollte, dann wäre sie gut beraten, Philipp Andersen ein für alle Mal aus ihrem Leben zu verbannen.

Und deshalb, so fasste sie erneut den Entschluss, als sie das prachtvolle Gebäude direkt gegenüber vom Friedrichstadtpalast erreichte, in dem sich die Räume ihre Agentur befanden, würde sie es jetzt gut sein lassen. Sie hatte Philipp ihre Entscheidung mitgeteilt – mehr würde er von ihr nicht mehr hören. Weißes Papier. Weiß, weiß, weiß! Und wenn ihr das nicht gelang – dann doch zumindest ein helles Grau.

Kapitel 10

I.
18. Oktober

Nach Miriams Mail war ich einen Tag lang unfähig, mein Handy in die Hand zu nehmen oder meine E-Mails aufzurufen, vor lauter Angst, keine Nachricht von ihr vorzufinden. Solange das Handy schwieg und der Laptop ausgeschaltet war, durfte ich hoffen. Wenigstens das.

Miriam *hatte sie geschrieben.* Miriam, *nicht* Mirchen. *Deutlicher konnte sie mir nicht klarmachen, dass es kein Zurück für sie gab.*

Um irgendetwas zu tun, damit die Zeit bis zum Abend verging und ich mir erlauben durfte, Alkohol zu trinken, erledigte ich stundenlang all die Dinge, die ich seit Wochen vor mir hergeschoben hatte. Ich räumte meinen Schreibtisch auf, ordnete die Unterlagen für meinen Steuerberater, beantwortete vergilbte Briefe von unbekannten, namenlosen Lesern, die irgendwas zu meinen Büchern wissen wollten – ja, ich bündelte sogar das Altpapier im Keller, obwohl die nächste Sammlung erst in zwei Wochen stattfinden würde, wie mir meine verwunderte Frau mitteilte. Doch was ich auch tat, die Zeit kroch so langsam voran wie eine Schnecke, und die Dämmerung war noch nicht hereingebrochen, da waren sämtliche Arbeiten erledigt, und ich spürte, wie die Ver-

zweiflung sich allmählich in ein schwarzes Gespenst verwandelte.

Ich würde mein Mirchen nie wieder küssen. Nie wieder nackt im Arm halten. Nie wieder neben ihr im Bett aufwachen. Nie wieder in ihre Huskyaugen schauen. Nie wieder sehen, welcher Monat gerade in ihr war.

Ich musste an meinen ersten Besuch in Hamburg denken. An den einen kleinen Augenblick in der U-Bahn-Station. Als ich plötzlich dachte, sie wolle mich auf das Bahngleis stoßen. Jetzt hatte sie es getan.

Um nicht den Verstand zu verlieren, beschloss ich, alle virtuellen Spuren von ihr im Netz zu löschen. Ihre WhatsApp-Nachrichten, ihr Skype-Konto. Zum Glück war sie weder hier noch dort online. Doch als ich meine Facebook-Seite aufrief, sah ich ihr Pünktchen. Und einen Song, den sie für mich gepostet hatte.
Weißes Papier.
Obwohl ich wusste, dass es ein Fehler war, klickte ich auf das Youtube-Video. Während Sven Regener den letzten Gruß von ihr für mich sang, klickte ich mich durch meine Freundesliste, um sie daraus zu löschen. Als ihr Pünktchen verschwand, war es, als würde mein Leben, das durch ihre Gegenwart ein so wunderbarer, bunter Farbfilm geworden war, sich plötzlich für immer in einen Schwarz-Weiß-Film verwandeln, in ein tristes, ödes Grau in Grau, die einzige Farbe meiner künftigen Jahre.

Obwohl es in Strömen regnete, ging ich hinaus, um einen Spaziergang zu machen. Ich musste allein sein. Ohne meine Frau, die im Wohnzimmer gerade zu Salsaklängen den Teppich saugte. Ohne irgendwelche Anrufe, von Martin oder meinem Verleger oder meiner Mutter oder wem auch immer, bei denen die erste Frage unweigerlich lauten würde, wie es mir ging.

Ohne auf den Regen zu achten, lief ich durch das menschenleere Wohnviertel hinunter ins Tal, das bereits in der Dämmerung lag. An der Dreisam, irgendwo zwischen dem Kajak-Club und den Tennisplätzen, setzte ich mich auf eine Parkbank und holte mein iPhone aus der Tasche. Ich wollte Miriam schreiben. Nicht um sie umzustimmen, nur um ihr zu erklären, warum ich auf ihre Mail nicht sofort nicht reagiert hatte.

Kaum hatte ich das Handy eingeschaltet, brummte es in meiner Hand.

Es war, als hätte mich jemand aus dem Jenseits berührt. Miriam. Sie hatte mir noch einmal geschrieben. Weil sie es genauso wenig aushielt wie ich.

Mein Liebster,
ich muss dir doch noch einmal mailen, weil es noch so vieles gibt, was ich sagen möchte. Vielleicht fühlst du dich von mir jetzt ganz grauenhaft im Stich gelassen, was ich wirklich nicht will. Es zerreißt mir das Herz, wenn ich an dich denke und daran, dass du nun vielleicht ganz furchtbaren Kummer hast. Ich weiß ja, dass du vermutlich gerade wieder in deinem Schwarzen Loch hockst, und dann tue ich dir auch noch das an. Aber ich tue es ja auch mir selbst an, laufe hier mit grauenhaftem Liebeskummer durch Berlin und muss mich schwer zusammenreißen, um nicht permanent in Tränen auszubrechen. Nur glaube ich, dass unsere Situation ganz sicher nicht dazu beiträgt, dass wir uns besser fühlen – sondern, dass wir mit der Zeit beide wieder tiefer und tiefer in unsere Depressionen schlittern werden. Diese ständige innere Zerrissenheit, das Auf und Ab zwischen Hochgefühl und scheußlich-

trauriger Sehnsucht mit gleichzeitig schlechtem Gewissen, das ist ja schon für »gesunde« Menschen nur schwer auszuhalten, wie sollen zwei wie wir damit umgehen? So, wie es jetzt ist, tut es dir nicht gut, tut es mir nicht gut, tut es uns nicht gut.

Es geht so nicht mehr, es geht einfach nicht, wir machen uns kaputt und reiben uns auf, bis irgendwann nichts mehr übrig ist von den schönen Gefühlen und von uns. Gestern Nacht war da plötzlich wieder diese riesige Angst: Wie geht es weiter? Jetzt kommt erst München, dann Leipzig, dann noch einmal München. Dann kommen schon bald die Feiertage, die du mit deiner Frau verbringst, ich flüchte mit Carolin oder irgendeiner anderen Freundin nach sonstwohin – und danach geht es weiter, weiter, weiter ...

Die Schlinge um meinen Hals, sie zieht sich gefühlt immer enger zu, sie hat in mir Panik ausgelöst, die Angst, dass ich irgendwann alleine dastehen werde, Jahre als Geliebte vergeudet, Jahre bis auf wenige Tage allein gewesen, all meine Wünsche und Träume verraten.

Ich werde nicht aufhören, dich zu lieben, wenn wir uns öfter sehen. Im Gegenteil, es wird schlimmer und schlimmer werden, das weiß ich. Es ist ja mit jedem Treffen nicht nur schöner, sondern auch schlimmer geworden.

Ich *will* das nicht mehr.

Du blockierst mich. Ich kann keine einzige Entscheidung mehr aus freien Stücken treffen. Soll ich im November vielleicht noch mal wegfahren? Hm, nein, ich bleibe lieber hier, vielleicht gibt es ja spontan die Möglichkeit, Philipp zu treffen, und wenn ich dann weg bin, ist es blöd. Wäre es eine gute Idee, nach Irland zu ziehen? Hm, ich weiß nicht, wie geht es dann mit Philipp weiter? Das ist es, was ich mit »nicht frei« meine. Wenn es jemandem in meinem Leben gibt, gebe ich diese Freiheit gern auf bzw. dann treffe ich mit ihm zusammen gemeinsame Entscheidungen. Aber sich gebunden fühlen, ohne es zu sein, ist mehr als bescheuert. Was, wenn ich morgen einen Unfall habe, wer sitzt dann neben mir am Krankenhausbett? Schlimmer noch: Was, wenn DU morgen einen Unfall hast? Dann KANN ich da nicht mal sitzen. Ich kann nicht bei dir sein und dich trösten, wenn du traurig bist, kann dich nicht sofort jubelnd umarmen, wenn du dich über etwas freust, kann nicht immer neben dir liegen und dich streicheln, dir sagen, dass alles nicht so schlimm ist und wir es zusammen schon schaffen werden, genauso wenig, wie du das bei mir tun kannst. Und ich kann nicht stolz sein und jedem sagen: »Seht her, das ist mein Mann, der tollste und feinste Kerl auf der ganzen Welt, und zusammen sind wir wie ein Bollwerk gegen die Erschütterungen des Lebens!« Dabei würde ich es so gern, auch in mir schreit alles nach einem Bekenntnis. Das ist nicht möglich. Und das ist unerträglich.

Dafür empfinde ich meine Liebe zu dir als viel zu groß, du bist eben so, so, so VIEL mehr als nur eine Affäre. Hörst du, ich liebe dich mit allem, was ich bin und habe (Plagiat, ich weiß, du hast es als Erster gesagt) – und diese Liebe bringt mich fast ein kleines bisschen um.

Glaub mir, ich bin todunglücklich. Aber letztlich bleibt nur die totale Konsequenz, in die eine oder eben die andere Richtung. Ich muss jetzt in die Richtung gehen, die von dir wegführt, anders schaffe ich das nicht mehr. Wenn du irgendwann nachkommen willst, dann tu es, diese Entscheidung kannst nur du treffen.

Ich liebe dich, und es tut mir leid. Mehr, als ich sagen kann! Es gibt nichts, wirklich NICHTS, was ich weniger will, als dich zu verletzen! Und es tut mir leid, dass ich nicht fähig bin, nur die »Himmelsfahrten« mit dir zu genießen und ansonsten fröhlich mein Leben zu führen.

Ich kann's einfach nicht, es macht mich unglücklich.

Miriam

P.S.: Ich sehe, du hast uns auf Facebook entfreundet. Wohl ein guter und richtiger Schritt, denn anders tut es noch viel mehr weh. Wenn das überhaupt möglich ist.

»Ist Ihnen nicht gut?«

Ich blickte von meinem Handy auf und schaute in das besorgte Gesicht einer älteren Frau, die trotz des Regens ihren Hund ausführte.

»Danke«, erwiderte ich mechanisch, »alles in Ordnung.«

»Sicher?«

»Bitte lassen Sie mich in Ruhe.«

Die Frau nahm ihren Hund bei Fuß und verschwand in Richtung Tennisheim. Ich aber saß da im strömenden Regen und weinte, durchnässt bis auf die Haut, weinte und weinte und weinte, während die Tränen mir die Wangen hinabströmten, zusammen mit den Regentropfen, und hin und wieder schirmbewehrte Passanten sich stirnrunzelnd nach mir umdrehten oder die Köpfe schüttelten.

2.

Mein Mirchen (lass es mich noch einmal sagen), nach einem Tag, der einer der schlimmsten in meinem Leben war, habe ich erstmals wieder mein Handy eingeschaltet, um dir mein Schweigen zu erklären. Dass ich weder böse noch beleidigt bin, nicht mal verletzt, sondern nur unendlich traurig. Doch dann, als mein Handy auf Empfang ging, kam genau und pünktlich deine Mail, und jetzt sitze ich hier auf einer Parkbank und kann nur noch weinen.
Ach Miriam, was soll ich dir denn sagen? Du hast ja in allem recht, und ich verstehe jeden deiner Gründe nur zu gut. Es bleibt mir darum nichts anderes übrig, als deine Entscheidung zu akzeptieren, so weh sie mir auch tut.
Ich danke dir, du wunderbares Menschenkind, für jeden Augenblick. Du hast mich in dein Herz gelassen. Du wirst immer in meinem sein. Ich wünsche dir, dass alles in Erfüllung geht, was du dir so sehr ersehnst.
Noch einmal in Liebe
Philipp

P. S. Bis die Wunde verheilt ist, werde ich mich nicht mehr bei dir melden. Damit ich das schaffe, bitte ich auch dich, mich vorläufig nicht mehr zu kontaktieren. Weil doch bei jeder noch so kleinen, fernen Berührung alles in mir wieder losbricht. Und ich langsam Angst habe durchzudrehen.

Sie hatte seine Mail auf ihrem iPhone gelesen. Während die Stille ihrer Wohnung ihr in den Ohren dröhnte, wechselte sie von ihrem E-Mail-Account in den Telefonmodus. Unschlüssig betrachtete sie das leuchtende Textfeld mit seinem Namen, drückte auf »Anruf« und sofort wieder auf »Beenden«. Er hatte sie darum gebeten, keinen Kontakt mehr zu ihm aufzunehmen. Das musste sie respektieren. Egal, wie schwer es ihr auch fiel. Und es fiel ihr schwer, es war die schwerste Aufgabe, der sie sich jemals gestellt hatte. Ihr Handy klingelte.

Philipp ...

Sie ging ran.

»Mirchen!«, rief er. »Du hast mich angerufen?«

»Ja«, gab sie zu. »Aber sofort wieder aufgelegt.«

»Du musst dich nicht entschuldigen. Ich bin so erleichtert, dass du es versucht hast.« Er seufzte, im Hintergrund hörte sie Stimmen.

»Bist du in Gesellschaft?«, fragte sie. »Ich dachte, du sitzt auf einer Parkbank.«

»Nein. Ich sitze in einer Kneipe.«

»Betrinkst du dich?«

»Ja, aber ohne Erfolg.« Er seufzte. »Und – wo bist du? Noch in Berlin?«

»Nein, ich bin wieder zu Hause.«

»Bist du ... bist du allein?«

Sie antwortete nicht.

»Mirchen, ich weiß, was ich dir angetan habe. Und es tut mir fürchterlich leid. Ich hätte wissen müssen, wie sehr die Sendung dich verletzten würde ...«

»Gar nichts weißt du!«, unterbrach sie ihn. Von jetzt auf gleich war die Wut wieder da, diese riesige Wut, die sie bei seinem TV-Auftritt übermannt hatte. »Überhaupt rein gar nichts! Du hast keine Ahnung, wie es ist, den Menschen, den du am meisten liebst, mit einem anderen teilen zu müssen! Du musst das nicht mitmachen, du nicht! Du weißt nicht, wie es sich anfühlt, allein im Bett zu liegen, während du dich nach jemandem sehnst, der gerade mit einem anderen zusammen ist! Wie weh das tut, wie verdammt und sauweh! Und was für eine Demütigung es ist, wenn du verheimlicht wirst! Wenn dir jemand sagt, dass er dich liebt, mehr als alles andere auf der Welt. Aber so sehr, dass er auch nach außen und vor aller Welt zu dir steht – so sehr dann auch wieder nicht!«

»Mirchen ...«

»Lass mich ausreden!« Sie holte tief Luft, schon wieder spürte sie leichten Schwindel in sich aufsteigen. »Ich hätte an dem Abend vor dem Fernseher schreien können! Und weinen! Und kotzen! Und brüllen! Alles zur gleichen Zeit!« Beinahe musste sie lachen. »Na ja, gekotzt hab ich immerhin.«

»Was hast du?«

»Ist jetzt nicht so wichtig.« Sie wollte weitersprechen. Aber mit einem Mal war ihr Kopf wie leer gefegt.

»Mirchen, bist du noch da?«, fragte er nach einer Weile.

»Ja. Leider.«

»Was kann ich denn sagen, damit du mir verzeihst?«

»Nichts.« Und während sie das sagte, merkte sie innerlich, wie sie es bereits tat. Ihm verzeihen. Weil sie ihn liebte, verdammt, weil sie ihn so sehr liebte, dass sie sogar bereit war, sich selbst zu verleugnen für diesen Idioten in seiner idiotischen Bundfaltenhose. »Du sahst in der Sendung ganz schön scheiße aus.«

»Ich weiß.«

»Und ich habe mich dabei ganz schön scheiße gefühlt.«

»Ich weiß.«

»Die Sendung hat mich unglaublich verletzt.«

»Ich weiß.«

»Wenn du noch einmal ›Ich weiß‹ sagst, bringe ich dich um.«

Er seufzte. »Ich liebe dich.«

»Damit ist auch nicht wieder alles gut.«

»Ich w ... Es ist aber so, ich liebe dich.«

»Und wie findet deine Frau das?«

Pause. Dann: »Soll ich mit ihr reden?«

»Bitte?«

»Ob ich mit meiner Frau reden soll.«

»Bist du verrückt?«

»Ja.« Wieder ein Seufzen. »Mirchen, ich kann einfach nicht ohne dich leben, die letzten Tage, ohne dich, haben mich wahnsinnig gemacht. Und als an dem Abend nach meinem TV-Auftritt noch ...« Er unterbrach sich.

»Als dann noch, was?«

»Na ja, ich weiß, ich habe kein Recht dazu, aber als da dieser Mann an dein Telefon ging – da wäre ich beinahe durchgedreht vor Eifersucht.«

Wieder musste sie fast lachen. »Stimmt. Dazu hast du kein Recht.«

»Nein, das habe ich nicht. Und es ist auch vollkommen in Ordnung, wenn du neben mir noch irgendwelche Liebhaber hast. Aber bitte, ich flehe dich an, verlass mich nicht.«

»Ich darf also andere Liebhaber haben?«

»Natürlich. Auch, wenn es mich umbringt.«

Sie schwieg.

»War es denn einer? Der Mann, der ans Telefon gegangen ist, meine ich?«

Sie zögerte. »Nein. Das war Carolins Freund.«
»WAS? Carolins Freund???«
Sie konnte seine Erleichterung durchs Telefon hören. Prima, Miriam, sagte sie sich, so machst du ihn bestimmt ganz wahnsinnig, indem du ihm auch noch die Wahrheit sagst. Dass du tatsächlich immer nur brav zu Hause sitzt und auf ihn wartest. Von dem einen Ausrutscher abgesehen, aber der hatte ihr selbst und ihren Gefühlen mehr geschadet als irgendjemandem sonst.
»Du würdest also mit deiner Frau reden?«, fragte sie.
»Wenn du das möchtest, tue ich es.«
»Möchtest *du* es denn?«
»Nein. Und auch ja. Ich weiß es nicht.«
»Scheinbar weißt du nicht sonderlich viel.«
»Das stimmt.«
»Was würde das denn bringen?«
»Keine Ahnung. Es würde sie mit Sicherheit sehr verletzen. Aber ich merke ja auch, wie sehr es dich verletzt, wenn ich dich verheimliche. Und das will ich auf gar keinen Fall, ich will doch zu meinem Mirchen stehen.«
»Ein bisschen schwierig, wenn man schon verheiratet ist.«
»Aber das hast du doch von Anfang an gewusst.«
»Ja«, gab sie zu. »Aber ich wusste nicht, wie weit es mit uns beiden gehen würde.«
»Denkst du denn, ich hätte das gewusst? Denkst du, ich hätte das auch nur im Ansatz für möglich gehalten?«
»Was hast du denn gedacht? Dass wir eine kurze, unbedeutende Affäre haben und gut? Ein bisschen Spaß und dann auf Wiedersehen?«
Er schwieg.

»Also, hast du das gedacht?«

»Nein. Das habe ich nie gedacht, keinen einzigen Moment. Schon als ich dich zum ersten Mal sah, habe ich ...«

»Hast du was?«

»Ich glaube, ich habe gar nichts gedacht. Ich habe einfach nur gefühlt.«

Sie schwiegen. Schwiegen lange und miteinander, schwiegen und warteten, während ihre Gedanken, ihre Herzen miteinander sprachen.

»Mirchen«, sagte Philipp irgendwann. »Soll ich mit meiner Frau reden?«

»Heißt das, dass du dich dann von ihr trennst?«

»Nein. Das kann ich nicht.«

»Nicht können heißt nicht wollen.«

»Das stimmt, nein, ich will nicht.«

»Ich hasse deine Ehrlichkeit!«

»Ich weiß.«

»Philipp!«

»Tut mir leid.«

»Aber was bringt es dann, mit deiner Frau zu reden?«

»Das weiß ich auch nicht, aber vielleicht versteht sie ja, dass ich dich so sehr liebe, dass es nicht anders geht.«

»Das glaubst du doch selbst nicht.«

»Sie ist eine außergewöhnliche Frau.«

»Vielen Dank! Das habe ich schon im Fernsehen erfahren.« Wieder einmal war sie kurz davor, das Gespräch zu beenden, zwang sich aber, den Hörer weiter ans Ohr zu halten. Sie würde das alles nun mit Philipp klären, so oder so, ein und für alle Mal. So, wie es war, konnte es ja nicht weitergehen, das würde sie kaputt machen. Sie und auch ihn.

»Und was machen wir jetzt?«, fragte er.

»Keine Ahnung.«

»Willst du mich wiedersehen?«

»Keine Ahnung.«

»Liebst du mich noch?«

»Ja.«

Sie hoffte, dass er ihr Bekenntnis mit einem ähnlichen Bekenntnis erwidern würde. Doch er schwieg. Eine Minute, zwei Minuten, fünf Minuten.

»Warum hast du mir das angetan?«, fragte er schließlich. Er sprach so leise, dass sie seine Stimme kaum verstand.

»Was habe ich dir angetan?«

»Mir zu schreiben, dass du nie wieder etwas von mir hören willst. Als ich das las, war es, als hätte man mich lebendig begraben. Plötzlich war mein Leben vorbei. Aus. Schluss. Von jetzt an nur noch warten, dass es nicht mehr wehtut. Oder wirklich zu Ende geht.«

Sie musste schlucken, so sehr berührten sie seine Worte.

»Bedeute ich dir wirklich so viel?«

»Noch viel mehr, mein Mirchen«, sagte er. »Noch viel, viel mehr.«

Wieder schwiegen sie beide. Und während sie schwiegen, schrie eine Stimme in ihr, eine laute, verzweifelte Stimme, los, lass ihn endlich wieder zu dir, er liebt dich genauso wie du ihn! Doch eine andere Stimme, eine ganz leise, ganz ruhige, ganz vernünftige Stimme, widersprach. Auf gar keinen Fall. AUF GAR KEINEN FALL!

»Pass auf«, sagte er plötzlich. »Ich habe eine Idee.«

»Nämlich?«

»Wir lassen das Schicksal entscheiden. Wir zählen jetzt

zusammen bis drei, und dann sagen wir beide das erste Wort, das uns in den Sinn kommt. Wenn es das gleiche ist, sehen wir uns wieder. Wenn nicht, gehen wir für immer auseinander.«

»Was ist denn das für ein blödes Spiel?«

»Das Spiel der Verzweifelten. Ein Wort gegen Millionen anderer Wörter.«

»Also so unwahrscheinlich wie wir beide. Na gut, das passt, dann machen wir es so.« Sie hielt eine Sekunde inne, dann fing sie an, gemeinsam mit Philipp am Telefon zu zählen: »Eins, zwei …«

Sie wusste, auch wenn die Chancen eins zu vielen Millionen standen – tatsächlich gab es nur ein einziges Wort, das infrage kam. Philipp war Schriftsteller, er wusste wie sie, dass sie beide es wussten, darum hatte er das Spiel vorgeschlagen.

»… drei …«

Sie schloss die Augen. Und während sie ein Stoßgebet zum Himmel schickte, holte sie einmal tief Luft und sagte: »München.«

3.
18. Oktober

München.«

Während ich das Wort sagte, hörte ich, wie Miriam am anderen Ende der Leitung dieselben Laute aussprach wie ich. Dieselben Laute im selben Moment. Ohne eine Sekunde Verzögerung.

»München!«, jubelte ich. »München! München! München!«

Ich hatte gewusst, dass sie das richtige Wort finden würde, das eine, kleine, unscheinbare, doch alles entscheidende Wort, das mich aus meiner Verzweiflung erlösen, mich von dem schwarzen Gespenst befreien würde. Ich hatte das Spiel schon als Kind mit meiner Schwester gespielt, wenn wir beide das Schicksal herausfordern und Dinge tun wollten, die eigentlich verboten waren, und auch damals hatte es fast immer funktioniert. Weil man ein solches Spiel nur spielt, wenn man ganz sicher ist, dass es klappt. Miriam dachte genauso wie ich, und ich wie sie. »München« war das einzige Wort, das infrage gekommen war.

»Das war gemogelt!«, sagte Miriam.

»Ja«, bestätigte ich. »Aber spielt das eine Rolle?«

»Natürlich nicht!«

Sie klang genauso erleichtert wie ich. Es war so schön, wieder ihre Stimme zu hören. So schön, sie bald wiederzusehen. So schön, sie wieder im Arm zu halten. So schön, sie wieder zu küssen. So schön, wieder die Monate in ihrer Seele zu raten.

So schön! So schön! So schön!

»Soll ich das Annerl *für uns buchen?«, fragte ich. »Du weißt schon, Kühlschrank 2.0?«*

»Okay, das Annerl. Aber eins sage ich dir schon jetzt: Wir müssen irgendetwas ändern. So wie bisher geht es nicht weiter.«

Kapitel 11

I.

München. Nun also wieder München. Bisher hatte diese Stadt noch nie eine sonderlich große Rolle in ihrem Leben gespielt, sie kannte sie nur von beruflichen Stippvisiten; aber nun war München nicht nur die Stadt, in der sie Philipp kennengelernt hatte, sondern auch der Ort, an dem sie ihn wiederfinden würde. Hoffentlich. Am Vorabend hatte sie noch bis spät in die Nacht mit Carolin zusammengesessen, hatte mit ihr das Für (Miriam) und Wider (Caro) des bevorstehenden Treffens erläutert, hatte ihrer besten Freundin ein Dutzend Mal erklärt, warum es gut und richtig war, nach München zu fliegen, und ihr haarklein auseinandergesetzt, was sie alles mit Philipp besprechen wollte. »Du bist vollkommen verrückt«, hatte Carolin Miriams Vorhaben kommentiert und sich zur Bekräftigung mit dem Zeigefinger an die Stirn getippt. »Komplett durchgeknallt.«

Durchgeknallt. Gedankenverloren sah sie aus dem runden Flugzeugfenster, während die Maschine auf regennasser Landebahn aufsetzte, abbremste und schließlich langsam auf das Terminal zurollte. Draußen war es nebelig und trüb, aber in Miriams Innern brach mit jedem Meter, den sie sich dem Flughafengebäude näherte, mehr und mehr die Sonne durch. Philipp würde sie abholen, und schon jetzt stellte sie sich vor, wie sie durch die Schiebetür auf ihn zurennen und ihm in die Arme fallen würde. War sie tatsächlich komplett durchgeknallt? Dass sie es wieder tat, dass sie sich über jede Vernunft hinwegsetzte und sich auf ein weiteres Treffen mit ihm einließ, obwohl doch beiden nur allzu klar war, dass es aus ihrer verfahrenen Situation keinen Ausweg gab? Sie zog ihre Handtasche unter dem Sitz ihres Vordermanns hervor, stand auf und wartete darauf, dass sich die Schlange der anderen Passagiere im Gang in Bewegung setzte. Es wäre ein letzter Versuch. Sie hatte sich alles ganz genau überlegt, und nun würde sich entscheiden, ob sie und Philipp vielleicht doch so etwas wie eine Zukunft miteinander haben könnten oder ob München den Schlusspunkt ihrer gemeinsamen Zeit bedeuten würde. Ihr Herz klopfte laut. Sie hoffte, dass ...

Ihr Handy piepte, sie kramte es aus ihrer Tasche hervor.

Bist du gelandet, mein Mirchen? Ich stehe mit klopfendem Herzen am Ausgang. P

Sie lächelte. Sein Herz, es klopfte also auch.

»Mirchen! Mein Mirchen!«

Eine Viertelstunde später riss Philipp sie genau so in seine Arme, wie sie es sich noch im Flugzeug vorgestellt hatte. Lachend erwiderte sie seine Umarmung und ließ dabei ihre Handtasche fallen, Lippenstift, Wohnungsschlüssel und ein Feuerzeug kullerten dabei heraus, aber sie ließ alles einfach achtlos liegen. Erst nach einem langen und innigen Kuss, so lang und innig, als hätten sie sich seit Monaten nicht gesehen, bückte sie sich nach ihren Sachen und sammelte sie ein.

»Komm!« Philipp nahm ihre Hand und zog sie hinter sich her. »Lass uns keine Zeit verlieren!«

Philipp fuhr so schnell über die Autobahn Richtung Innenstadt, als gäbe es einen Preis zu gewinnen, während sie gemeinsamen laut den Rooney-Song mitsangen, der aus den Lautsprechern dröhnte. Sie hielt seine Hand, und er hielt ihre, wieder hatten ihre Finger es nicht erwarten können, mit dem Liebesspiel zu beginnen, streichelten und ertasteten sich gegenseitig, während Philipp und Miriam sich immer wieder glückliche Blicke zuwarfen. War sie auf dem Flug nach München noch ein wenig unsicher gewesen, ob sie auch wirklich die richtige Entscheidung getroffen hatte, war sie nun mehr als sicher, es getan zu haben. Philipp war ihr Mann, da konnten Caro und die ganze Welt sagen, was sie wollten, es war einfach so. Sie seufzte. Und betete, dass es vielleicht tatsächlich so bleiben würde.

»Tadaaaa!« Mit großer Geste ließ Philipp die Tür zu »ihrem« Zimmer im *Annerl* aufschwingen. Miriam blieb für einen Moment die Spucke weg. Offenbar war er schon einmal kurz im Hotel gewesen, bevor er sie vom Flughafen abgeholt hatte, denn überall im Zimmer standen brennende Kerzen, das Bett war über und über mit roten Rosenblüten bedeckt. Und direkt daneben auf dem Boden stand ein blauer Plastikeimer mit Crushed Ice, zwei Pullen Bier und einer Flasche Weißwein. Sie ließ sich von ihm ins Zimmer führen und aufs Bett schubsen, eine Sekunde später lag er neben ihr und nahm ihr Gesicht in beide Hände. »Mein Süßkind«, flüsterte er und küsste sie. »Ich kann dir gar nicht sagen, wie froh ich bin, dass du wieder bei mir bist.«

»Ich seh's.« Mit einer Hand wischte sie ein paar Blüten

von der Decke. »Wusste gar nicht, dass du so romantisch bist.« Er grinste. »Bin ich auch nicht. Das hat Martin für mich vorbereitet.«

Sie stieß ihm einen Ellbogen in die Seite. »Ich hasse deine Ehrlichkeit!«

»Ich weiß. Und jetzt komm endlich her zu mir.« Noch während er sprach, zog er sie an sich, so fest, dass sie kaum Luft bekam, um sie einen Moment später wieder von sich wegzuschieben und mit zitternden Händen den Reißverschluss ihrer Sweatshirtjacke zu öffnen.

»Eigentlich dachte ich, dass wir zuerst ein bisschen reden«, protestierte sie, während sie gleichzeitig an seinem Gürtel nestelte.

»Machen wir ja auch. Aber du kannst wirklich nicht von mir verlangen, dass ich angezogen mir dir rede.«

»Nein.« Sie schloss die Augen und erwiderte Philipps nächsten zärtlichen Kuss. »Das kann ich nicht.«

2.
18. November

Unser Wiedersehen in München war so schön, als hätte Miriam mir nie eine Mail aus Berlin geschickt.
War es also doch möglich, das leichte, unbeschwerte Glück?
Seit ich sie am Flughafen abgeholt hatte, waren wir im Himmel gewesen. Wir hatten miteinander gesprochen, Stunden und Stunden und Stunden, doch nicht mit Worten, sondern in der Sprache des Paradieses. Mit unseren Küssen, mit unseren Hän-

den, mit unseren Körpern. Sie kannten uns besser als wir uns selbst, wussten, wonach wir uns sehnten, wussten die Antwort auf jede unserer Fragen. Darum hatten wir sie für uns reden lassen. Aus Angst, mit unseren eigenen Worten, den Worten des Alltags, unser Glück zu zerstören.

»Wir müssen in einer Stunde los«, sagte ich, nachdem wir aufgewacht waren, und wollte aufstehen.

»Nein.« Sie hielt mich fest. »Noch nicht, bitte.«

»Möchtest du noch einmal mit mir schlafen?«, fragte ich.

Ich wollte sie umarmen, doch statt mich zu empfangen, erwiderte sie nur stumm meinen Blick. Ich wusste, was sie meinte. Das Gespräch, vor dem wir beide solche Angst hatten. Das Gespräch mit Worten.

»Vielleicht hätten wir doch reden sollen, bevor *wir uns ausgezogen haben«, sagte sie, als hätte sie meine Gedanken erraten. »Jetzt sind wir wieder da, wo wir schon so oft waren. Wir müssen Abschied nehmen.«*

Ich nickte. Und sagte nichts.

»Ich bin traurig.« Sie drehte den Kopf zur Seite, weg von mir, damit ich nicht sah, dass sie weinte. Obwohl ich nicht wusste, womit ich sie trösten konnte, umfasste ich ihr Kinn mit einer Hand und zwang sie so, mich wieder anzusehen.

In ihren Augen war November. Die Erde hatte uns wieder.

»Nicht weinen.« Ich versuchte zu lächeln und küsste ihr eine Träne von der Wange. »Dafür gibt es doch keinen Grund!«

»Keinen Grund?«

Sie wollte sich aufsetzen. In meiner Hilflosigkeit zog ich sie so fest an mich, dass sie sich nicht bewegen konnte.

»Nein«, sagte ich und wunderte mich gleichzeitig, wie ruhig und sicher meine Stimme plötzlich klang. Als hätte meine Um-

armung mir selber die Ruhe und Sicherheit gegeben, die ich ihr hatte geben wollen. »Wir sollten uns freuen. Darüber, dass wir uns überhaupt gefunden haben.«

»Leider haben wir uns ein bisschen zu spät gefunden. Wenn du nicht verheiratet wärst ...«

»Mein Süßkind. Da hättest du über dreißig Jahre früher kommen müssen.« *Ich platzierte einen Kuss auf ihre Nase.* »Aber ich bezweifele, dass ich an einem zehnjährigen Mädchen Interesse gehabt hätte. Außerdem wäre ich dann im Knast gelandet.«

»Bitte, Philipp. Jetzt keine Witzchen.«

»Du hast recht. Jetzt keine Witzchen.«

Wir rückten noch ein Stückchen näher aneinander, umarmten uns so innig, dass unsere Körper wieder zu einem einzigen wurden. Ihr Atem ging im gleichen Rhythmus, ich hörte ihr Herz, das genauso langsam schlug wie meins.

»Und jetzt?«, *fragte sie nach einer Weile in die Stille hinein.*

»Jetzt ziehen wir uns an, und ich fahre dich zum Flughafen.«

Sie schüttelte den Kopf. »Du weißt genau, was ich meine. Wie geht es nun mit uns weiter?«

Ich ließ meinen Blick durch das Zimmer schweifen. Die Kerzen waren bis auf die Stümpfe heruntergebrannt, das Eis im Kühlschrank 2.0 war längst geschmolzen, und die Blütenblätter, die überall auf dem Bett und auf dem Boden verstreut lagen, begannen bereits zu welken.

»Soll es denn weitergehen?«, *fragte ich.*

»Nein«, *antwortete sie.* »Ich will nicht, dass es weitergeht. Jedenfalls nicht, dass es so weitergeht. Das habe ich dir schon am Telefon gesagt.«

Ich musste schlucken. Ihr Gesicht war ganz nah vor meinem, ich sah in ihre hellblauen Augen, die dunklen, fast schwarzen Ringe um die Iris, und versuchte, ihren Blick zu erwidern, ohne zu blinzeln.

»Sondern? Was möchtest du? Was soll sich ändern?«

Sie nahm meine Hand, küsste jeden einzelnen meiner Finger, auch den, an dem ein schmaler weißer Streifen verriet, weshalb es mit uns nicht einfach so weitergehen konnte.

»Ich weiß es nicht«, sagte sie und seufzte. »Alles, was ich weiß, ist, dass ich schrecklich verliebt in dich bin.«

Das eine Sätzchen genügte mir, um wieder Hoffnung zu schöpfen. »Das ist doch schon eine ganze Menge!«

»Ja. Eine ganze Menge Mist!«

»Ach, Mirchen.« Wieder musste ich schlucken. Doch diesmal nicht vor Angst, sondern weil dieses verdammte Glücksgefühl schon wieder in mir aufstieg. »Ich bin doch genauso verliebt in dich, das ist nicht zu ändern.«

»Aber wenn es nicht zu ändern ist, was machen wir dann?«

»Das hängt von dir ab.«

»Von mir?«

Ich nickte. »Ich kann dir nicht das geben, was du dir wünschst, nicht mal ansatzweise. Mit mir kann es keine Zukunft geben. Keine Pläne, keine Träume – nur den Augenblick. Das ist alles, was du von mir haben kannst.«

Miriam schloss die Augen. »Nur den Augenblick«, flüsterte sie. Obwohl sie die Augen geschlossen hielt, wusste ich, wie weh ihr meine Worte tun mussten. Wie sehr wünschte ich mir, ihr etwas anderes sagen zu können. Aber ich konnte es nicht. Selbst jetzt nicht, in diesem innigen Moment. Ich konnte ihr nicht versprechen, was ich nicht würde halten können, konnte ihr nicht versprechen, meine Frau zu verlassen und mich ganz für sie zu entscheiden. Weil ich wusste, dass ich es nicht tun würde.

»Du weißt, ich bin dir immer dankbar für deine Ehrlichkeit gewesen.« Sie öffnete die Augen und sah mich wieder an. In ihrem Gesicht spiegelten sich die unterschiedlichsten Gefühle. Enttäuschung, Hoffnung, Wut, Liebe, Verzweiflung, Zuneigung, Abneigung. »Aber wie kannst du hier mit mir in diesem Bett liegen und nach allem, was wir miteinander erlebt haben, wie kannst du dann …« Sie sprach den Satz nicht zu Ende.

»Es ist nicht nur meine Ehe«, sagte ich leise. »Ich bin auch viel zu alt für dich. Siebzehn Jahre sind kein Pappenstiel!«

»Das ist mir egal.«

»Das sagst du jetzt. Aber was ist in zehn Jahren, wenn ich langsam klapprig werde?«

»Ist mir auch egal.«

»Mirchen, mein Süßkind.« Ich streichelte ihr übers Haar, beugte mich zur ihr und küsste sie. »Ich weiß, dass du das wirklich glaubst. Aber die Realität sieht leider anders aus, irgendwann wird dir der alte Mann an deiner Seite schrecklich auf die Nerven gehen.«

»Nein«, widersprach sie. »Ich habe es dir schon in Nürnberg gesagt: Ich würde dich auch noch im Rollstuhl durch den Park schieben!«

Ich lachte. »Das kommt vielleicht schneller, als du denkst.«

»Na und? Nach so etwas fragt die Liebe nicht!«

»Doch, das tut sie. Irgendwann tut sie das. Und ich kann nicht zulassen, dass ich dir im Weg stehe. Dass ich dir die Zeit stehle und dich daran hindere, das Leben zuführen, das du dir wünschst.« »Ich wünsche mir ein Leben mit dir.«

»Aber das geht nicht.«

»*Warum stehst du mir dann trotzdem im Weg?*« Sie setzte sich im Bett auf, fuhr so schnell hoch, dass ich sie nicht zurückhalten konnte, lehnte sich gegen die Wand, verschränkte die Arme vor ihrer nackten Brust und sah mich böse an. »*Warum sind wir dann hier? Warum hast du mich überhaupt dazu gebracht, mich auf dich einzulassen, wenn für dich von Anfang an klar war, dass es nie mehr als eine Affäre werden wird? Warum hast du einfach nicht lockergelassen? Ich habe dich doch oft genug abgewiesen.*« Ich setzte mich ebenfalls auf, zuckte hilflos mit den Schultern. »*Weil ich nicht anders konnte.*«

»*Ach?*« Jetzt war sie richtig wütend. »*Du konntest also nicht anders? Obwohl ich dir wieder und wiedergesagt habe, dass ich so etwas nicht möchte und auch nicht kann, dass ich nicht noch einmal verletzt werden will, dass ich auf mich und mein Herz aufpassen muss? Dabei hättest du doch der Vernünftige von uns beiden sein müssen, du betonst doch sonst immer so gern, wie viel älter du bist!*«

»*Lass uns bitte nicht streiten.*« Ich legte eine Hand auf ihre Schulter, aber sie schob sie unwillig weg.

»*Ich will mich aber streiten!*« Ja, das wollte sie, das wollte sie wirklich. Ihre Miene ließ daran keinen Zweifel. Sie wollte mir die Wahrheit sagen, die Wahrheit, die wir beide so lange ignoriert hatten. »*Wenn du in deiner Ehe ach so glücklich bist und deine Frau ach so sehr liebst – was willst du dann von mir? Ein bisschen Spaß haben und gut? Etwas Abwechslung und Aufregung, bevor du wieder in dein ach so perfektes Leben zurückkehrst?*«

»*Miriam*«, sagte ich. »*Du weißt, dass das nicht stimmt.*«
»*Woher weiß ich das?*«
»*Ich dachte, das hättest du gespürt.*« Wieder legte ich eine

Hand auf ihre Schulter, diesmal ließ sie es geschehen. »Du hast recht mit allem, was du sagst, das weiß ich. Und ich hätte wirklich der Vernünftigere von uns beiden sein müssen, ja, das hätte ich. Aber alles, was ich dir sagen kann, ist, dass ich es schlicht nicht konnte.« Sie senkte den Blick, murmelte: »Ich ja auch nicht.«

»Komm her, bitte.« Ich streckte beide Arme nach ihr aus, und obwohl ihre Augen immer noch blitzten, rückte sie an mich heran, rollte sich in meiner Umarmung zusammen wie eine Katze. Nein, wie ein schutzbedürftiges Kind. Es war ja nicht nur meine Wahrheit, auch ihre. Wir hatten beide schlicht nicht anders gekonnt.

»Also, was nun?«, wiederholte sie nach einer Weile ihre Frage.

»Glaubst du, wir schaffen es, voneinander zu lassen?«, fragte ich zurück.

»Nein«, sagte sie. »Jedenfalls noch nicht.«

»Sollen wir dann weitermachen? So lange, bis wir es vielleicht hinkriegen, uns zu trennen?« Ich legte eine Hand unter ihr Kinn, hob ihren Kopf an, sodass wir uns wieder direkt ansahen.

»Du meinst noch ein paar Himmelfahrten mehr?«

Ich nickte.

»Und dann haben wir vielleicht irgendwann genug voneinander?« »Ja, vielleicht. Das wäre mein Plan. Entlieben durch zu viel des Guten.« Obwohl ich selber nicht daran glaubte, fügte ich hinzu: »Das könnte doch funktionieren. Weil, wenn wir uns jetzt trennen, werden wir das, was wir miteinander erlebt haben, für immer glorifizieren. Die Sehnsucht wird uns auffressen, und wir werden nie die Chance haben, uns gegenseitig in einem normalen Licht zu sehen, sondern alles romantisch verklären.«

»Aber das werden wir auch so tun. Wenn wir nie einen Alltag miteinander erleben, wenn wir uns immer nur von Himmelfahrt zu Himmelfahrt treffen – dann wird es nie aufhören, schön zu sein.«

»Ach, Mirchen«, ich drückte sie fest an mich, so fest ich konnte. »Und wie schön, wie wunderwunderschön ist so eine Vorstellung? Dass es nie aufhören wird, so wie jetzt zu sein?«

Erneut schloss sie die Augen. »Ja, Philipp«, flüsterte sie. »Das ist wirklich eine wunderschöne Vorstellung. Und gleichzeitig ist sie grauenhaft, denn so werde ich nie von dir loskommen, so nicht, auf gar keinen Fall. Und dann tust du genau das, was du angeblich nicht willst: mir im Weg stehen, mir die Freiheit nehmen, irgendwann doch noch das ganz große Glück zu finden, mich an dich binden, mich festhalten, ohne mir aber das geben zu können oder zu wollen, was ich mir doch so sehr wünsche. Sicherheit. Beständigkeit. Eine Familie, eine gemeinsame Zukunft, ein ganz normales Leben.«

Ich blickte auf die leere Weinflasche, die in dem blauen Plastikkübel im geschmolzenen Eiswasser schwamm. »Was es ist«, sagte ich. »Weißt du noch, wie wir uns das am Ebnisee versprochen haben?«

»Natürlich erinnere ich mich«, sagte sie. »Es ist, was es ist ... Aber ...«

»Aber was?«

Sie schlug die Augen auf und sah mich fest an. »Wenn du willst, dass es mit uns weitergeht, habe ich eine Bedingung.«

»Welche?«, fragte ich.

»Ich habe lange darüber nachgedacht«, sagte sie, »und sogar jetzt bin ich mir unsicher, ob ich es aussprechen soll. Aber, wenn du wirklich willst, dass wir weitermachen, dann will ich nicht

nur diese Augenblicke. Dann will ich etwas, das bleibt. Von diesen Augenblicken und von uns.« Sie machte eine Pause, senkte wieder den Blick, und während sie mit ein paar welken Rosenblättern zwischen ihren Fingern spielte, fügte sie hinzu: *»Es gibt nur eins, wofür ich bereit wäre, auf alles andere, wovon ich bis jetzt geträumt habe, zu verzichten. Einen Wunsch, der größer ist als alle anderen Wünsche, die ich je hatte.«*

Ich spürte, wie mir der Mund austrocknete. Denn ich ahnte, was dieser Wunsch war.

»Du ... du möchtest ein Kind, nicht wahr?«, fragte ich. »Einen kleinen Jimmy. Wie damals an der Elbe.«

»Oder eine Jenny.« Sie nickte. *»Ja, Philipp. Ich möchte, dass wir nicht mehr aufpassen. Es kommt mir so falsch vor, so vollkommen verkehrt. Weil ich mir nichts Schöneres vorstellen kann, als ein Baby zu bekommen. Von dir.«*

Ich wusste, ihre Worte waren das größte Kompliment, das eine Frau einem Mann nur machen kann. Und gleichzeitig bereiteten sie mir fürchterliche Angst. Denn ich hatte mich geirrt. Ob wir zusammenbleiben konnten, hing nicht von ihr ab. Sondern von mir.

»Ich weiß nicht«, setzte ich an, »ich ...«

»Philipp«, unterbrach sie mich. *»Du sagst, dass es mit dir keine Zukunft geben kann. Keine Familie, keine Pläne, keine gemeinsamen Träume. Aber ich habe doch noch so viele Träume, so viele Wünsche! Soll ich auf all das verzichten für eine Zukunft, die mehr als ungewiss ist?«*

»Nein, ich ...«

Wieder ging sie dazwischen. »Wenn ich fünfundzwanzig wäre, wenn ich nicht schon all das erlebt hätte, was ich erlebt habe, würde ich es einfach riskieren. Würde mit dir von Augen-

blick zu Augenblick leben und nicht danach fragen, was morgen ist. Aber so ...« Sie schwieg.

»Du glaubst, dass du keine Zeit mehr hast.«

Sie nickte. »Die habe ich ja auch nicht. Ich bin fast vierzig, wenn ich es noch einmal mit einem Kind versuchen will, dann jetzt. Die Ärzte haben mir ohnehin schon gesagt, dass die Chancen, noch einmal schwanger zu werden, mehr als schlecht stehen. Und ich will diese eine kleine Chance, die ich vielleicht noch habe, nicht vertun. Ich will nicht, dass es in drei oder vier Jahren vielleicht wirklich zu spät ist.« Sie senkte den Blick, dann flüsterte sie fast: »Das würde ich mir nie verzeihen. Mir nicht und dir nicht.« Als sie mich wieder ansah, hatte sie Tränen in den Augen. »Ich kann nicht mehr warten, Philipp. Und wenn du weiter mit mir zusammen sein willst, musst du bereit sein, es zu riskieren.« Ich schluckte schwer. Ein Kind. Ein Baby. Von mir ... Das war mehr, als ich verkraften konnte.

»Darüber muss ich nachdenken«, sagte ich und stand auf.

Ich ging ins Badezimmer und wusch mein Gesicht mit kaltem Wasser. Ich hatte mir immer mehrere Kinder gewünscht, und bis vor zehn Jahren hatte ich meine Frau bedrängt, es noch einmal zu versuchen. Doch jetzt, in meinem Alter? Mit einer anderen Frau? Ich schaute in mein Spiegelbild. Du kannst alles machen, hatte Martin mir bei einem unserer vielen Telefonate einmal gesagt, nur eins ist absolut verboten, Tabu – kein Kind, kein Baby ... Solche Geschichten gehören zwischen zwei Buchdeckel, da sind sie ja vielleicht ganz schön und romantisch, aber nicht im wirklichen Leben, da sind sie abgeschmackt ... Und verdammt, Martin hatte recht! Tausendmal recht! Ich würde im besten Fall sechsundfünfzig Jahre alt sein, wenn unser Kind zur

Welt käme. Zweiundsechzig bei seiner Einschulung. Ein Greis, wenn die Pubertät begann. Und vielleicht schon tot, bevor es mit der Schule fertig war und anfangen würde, zu studieren oder einen Beruf zu erlernen. Außerdem war ich ein gottverdammter Depri, der sich immer, wenn das schwarze Loch sich in ihm auftat, nur noch danach sehnte, dass es mit ihm zu Ende ging, weil er es in sich selber nicht mehr aushielt. Und so einer sollte ein Kind zeugen und in eine Welt setzen, aus der er selber am liebsten verschwinden würde? Das war doch Wahnsinn, vollkommener Wahnsinn! Und überhaupt, wie sollte das gehen? Mit meiner Frau? Heimlich und hinter ihrem Rücken? Das konnte ich doch nicht tun, nicht ohne ihre Einwilligung, eine solche Entscheidung betraf doch ihr Leben genauso wie meins! Wenn da wirklich auf einmal ein Kind war, wie würde dann meine Rolle aussehen? Als Ab-und-zu-Papa? Wie sollte das funktionieren?

Natürlich verstand ich Miriam, und sie hatte ja auch recht. Wenn sie mit mir zusammenblieb, würde ihr tatsächlich die Zeit weglaufen, schon bald wäre es zu spät für sie. Konnte ich das verantworten? Ich würde sie gehen lassen müssen, um ihr die Chance zu geben, vielleicht doch noch einen geeigneten Partner zu finden, mit dem eine Familie möglich wäre.

Sie gehen lassen ...

Ich trocknete mir das Gesicht ab und kehrte zu Miriam zurück. »Und?«, fragte sie. »Hast du nachgedacht?«

»Ja«, sagte ich.

»Dann spann mich nicht auf die Folter. Wie ist die Antwort?«

Ich holte tief Luft. »Ich versuche mir gerade vorzustellen, wie ich mich als Autor für meinen Helden entscheiden würde, wenn dies ein Kapitel in einem meiner Romane wäre.«

»In einem deiner Romane?«

Ich nickte. »Ich glaube, ich würde denken, dass jede gute Geschichte auch ein richtiges Schicksalselement braucht. Irgendeine Fügung oder Wendung, die nicht in der Hand der Protagonisten liegt. Etwas Schicksalhaftes eben.«

»Spinnst du jetzt endgültig?« Miriam hob den Blick und sah mich an. »Was willst du damit sagen?«

»Jetzt tu nicht dümmer, als du bist«, erwiderte ich mit einem Grinsen. »Ich will damit sagen: Lassen wir es darauf ankommen. Oder, um mit Franz Beckenbauer zu sprechen: Der liebe Gott freut sich über jedes Kind. Beziehungsweise, wenn er sich nicht freut, dann gibt es eben keins.«

Es war, als würde in Miriams Augen ein neuer Tag anbrechen. Nackt sprang sie vom Bett auf und schlang ihre Arme um meinen Hals.

»Soll das heißen – du ... du bist wirklich dazu bereit?«

»Ach Mirchen«, sagte ich und gab ihr einen Kuss. »Ich kann doch nur glücklich sein, wenn ich mit dir zusammen bin. Anders schaffe ich es einfach nicht mehr – mein Pech! Allerdings«, fügte ich hinzu und fasste nach ihren Handgelenken, »habe auch ich eine Bedingung.«

Miriam trat einen Schritt zurück und runzelte die Stirn. »Welche?«

»Dass wir noch einmal Outdoor-Sex probieren, du süße kleine Spießerin.«

3.

Seit München war alles anders. Hatte sie vorher noch befürchtet, dass es vielleicht Philipps und ihr letztes Treffen sein würde, war sie nun voller Zuversicht, dass es für sie doch so etwas wie eine Zukunft geben könnte. Wenn auch eine ziemlich ungewöhnliche. Eine, über die Außenstehende verständnislos den Kopf schütteln würden. Aber das war ihr egal, überhaupt gab sie schon länger nichts mehr darauf, was Hinz und Kunz dachten. Viele Jahre hatte sie versucht, vermeintliche Konventionen zu erfüllen, hatte sich selbst verbogen und verleugnet, um in ein gesellschaftlich anerkanntes Raster zu passen, in ein »Puppenheim«, in das sie nicht gehörte: ihre Ehe mit einem »anständigen« Mann im »richtigen« Alter, die schicke Hamburger Altbauwohnung mit dem Volvo-Kombi vor der Tür – das alles hatte in einer Katastrophe geendet, nach der dritten Fehlgeburt war sie fast so weit gewesen, ihrem Leben freiwillig ein Ende zu setzen. Dann Trennung, Scheidung, Kapitulation auf allen Ebenen, Einsamkeit, Verzweiflung, Depression, die quälende Frage danach, warum es ausgerechnet ihr nicht vergönnt sein sollte, glücklich zu sein. Wer sollte da das Recht haben, ihr vorzuschreiben, was sie zu tun und zu lassen hatte? Niemand hatte das, niemand! Denn niemand außer ihr musste schließlich mit den Konsequenzen ihres Handelns oder auch Nichthandelns leben, das war allein ihre Sache. Ihre und die von Philipp.

Sie saß zu Hause an ihrem Computer und versuchte sich auf ihren neuen Roman zu konzentrieren. Ein düsteres Drama, mit dem sie sich auf vollkommen unbekanntes Terrain wagte, denn bisher hatte sie meist lustige Geschichten geschrieben. Jeder Satz, jedes einzelne Wort fiel ihr schwer, nicht nur, weil das Genre für sie ein ungewohntes war, sondern auch, weil sie ununterbrochen an Philipp denken musste. Sie sah ihn vor sich, wie er im *Annerl* neben ihr auf dem Bett lag, sie anlächelte und ihr Gesicht streichelte, wie er sie in seine Arme schloss, sie ganz dicht an sich zog und ihr dabei wieder und wieder ins Ohr flüsterte, dass sie für immer sein Mädchen sein würde und dass es ihn glücklich machen würde, ihr ihren größten und sehnlichsten Wunsch zu erfüllen. Auch, wenn er gleichzeitig große Angst davor hätte, wäre es gleichzeitig das Schönste, was er sich nur vorstellen könnte.

Sie konnte noch gar nicht fassen, dass er sich dazu bereit erklärt hatte, es zu versuchen. Auch wenn die Chancen noch so gering standen, dass es überhaupt klappen würde, wusste sie, dass es für ihn eine riesige Entscheidung war, die sein Leben komplett auf den Kopf stellen könnte. Noch einmal ein Baby, zusammen mit ihr, konnte es einen größeren Liebesbeweis geben?

Im nächsten Moment spürte sie eine Art schlechtes Gewissen in sich aufsteigen: Hatte sie Philipp zu dieser Entscheidung gezwungen? Sie hatte ihm ja in der Tat die Pistole auf die Brust gesetzt und ihn vor ein Entweder- oder gestellt. Aber was hätte sie sonst tun sollen? Würde sie einfach so weitermachen wie bisher, mit ihm einen Augenblick nach dem nächsten genießen und dabei zusehen, wie mehr und mehr Zeit zerrann – mit Sicherheit käme dann irgendwann der Tag, an dem sie sich selbst nicht mehr verzeihen könnte. Und damit auch ihm nicht, sie würde ihm – bewusst oder unbewusst – die Schuld daran geben, ihre letzte Chance verpasst zu haben.

Carolin hatte das ähnlich gesehen. Als sie sie heute Mittag vom Flieger aus München abgeholt hatte, hatte sie Miriam zu ihrer ersten vernünftigen Entscheidung seit Langem gratuliert.

»Sehr gut«, hatte sie gesagt, »wenigstens denkst du jetzt auch mal an dich und *dein* Leben. Ich hatte schon Angst, dass dieser Kerl dich komplett um den Verstand gebracht hat.«

»Dann kannst du es also verstehen?«, hatte sie erstaunt gefragt. »Dass ich wenigstens ein Kind von ihm möchte, wenn ich schon nicht ganz mit ihm zusammen sein kann?« »Klar kann ich das verstehen! Robuste Gene scheint er ja zu haben.« Sie hatte Miriam angegrinst. »Und was den Charakter betrifft – das ist ja im Wesentlichen Erziehungssache.«

»Wie meinst du das denn schon wieder?«

Carolin hatte gelacht und den Kopf geschüttelt. »Du weißt, was ich von Philipp Andersen halte. Aber wenn er wenigstens bereit ist, dir bei deinem Kinderwunsch zu helfen, mache ich jetzt meinen Frieden mit ihm.« Sie hatte im Auto nach Miriams Hand gegriffen und sie gedrückt. »Ich weiß doch, wie sehr und wie lange du dir das schon wünschst. Und wenn es mit Philipp sein soll, dann eben so.« »Wir werden aber nie die typische Vater-Mutter-Kind-Familie sein«, hatte Miriam zu bedenken zu geben. »Wahrscheinlich bin ich alleinerziehend, bevor das Baby überhaupt auf der Welt ist. Ist das einem Kind gegenüber eigentlich fair?«

»Fair? So ein Quatsch!« Carolin hatte nur mit den Schultern gezuckt. »Wo gibt es das heutzutage noch, dass Eltern zusammenbleiben, bis die Kinder erwachsen sind? So gut wie nirgends! Hauptsache, ein Kind wächst mit Liebe auf.« Wieder hatte sie Miriams Hand gedrückt. »Und ich weiß, dass du es mit Liebe überschütten würdest.«

»Danke. Sehr lieb von dir, dass du das sagst.«

»Das ist nicht lieb, das ist die Wahrheit.«

Miriam hatte geseufzt. »Ich hoffe jedenfalls, dass ich diese Entscheidung nicht irgendwann bereue.«

»Das wirst du nicht. Du weißt doch: Am Ende des Lebens bereuen wir nicht die Dinge, die wir getan haben – sondern die, die wir *nicht* getan haben. Wer weiß schon, was in zehn Jahren ist?«

»Jetzt klingst du wie Philipp!«

Carolin hatte sie entsetzt angesehen. »Echt? Auweia, die Ohrfeige sitzt!«

Tatsächlich hätte so ein Satz von Philipp stammen können, hundert Prozent. Sie dachte an seine Worte, die er ihr ganz am Anfang ihrer Beziehung mal geschrieben hatte.

Wie sollen wir denn leben, Mirchen? Indem wir nichts anderes probieren, als mögliches Leid zu verhindern? Oder indem wir versuchen, ein bisschen glücklich zu sein, auch, wenn das Scheitern dann vorprogrammiert ist? Lieber Reading Gaol als Puppenheim!

Scheitern. Ja, es war möglich, dass sie und Philipp irgendwann scheiterten, dass sie sich eines Tages endgültig trennen mussten. Es war nicht nur möglich, es war sogar wahrscheinlich. Denn er hatte recht, neben seiner Ehe gab es da noch den großen Altersunterschied, und der würde vermutlich irgendwann wirklich zum Problem werden.

Sie dachte daran, dass Philipp morgen seinen sechsundfünfzigsten Geburtstag feiern würde. Ohne sie, dafür zusammen mit seiner Frau und im kleinen Kreis. Nur ein paar enge Freunde würden zu Besuch kommen, hatte er ihr erzählt, denn schließlich sei er mittlerweile in einem Alter, in dem einen der eigene Ehrentag nur daran erinnerte, dass das Ende immer näher kam. Sie hatte lachen müssen, als er das gesagt hatte, denn ihr ging es ja mit ihm genau umgekehrt: Je länger sie ihn kannte, desto jünger wurde er in ihren Augen.

Sein Geburtstag wäre auch gleichzeitig ihr Monatstag, schon der achte, die Zeit war einfach so dahingerast. Natürlich wünschte sie sich nichts mehr, als am nächsten Tag bei ihm zu sein. Ihn zu umarmen und zu küssen, ihm zu sagen, dass er in ihren Augen auch mit achtzig noch ihr Benjamin Button wäre. Aber das ging nun einmal nicht, sie würden den Geburtstag und Monatstag irgendwann im Dezember nachfeiern müssen. Sie war nicht traurig bei dem Gedanken, überhaupt hatte sie das Gefühl, seit München nie wieder traurig sein zu müssen, denn obwohl es ja Philipp war, der Geburtstag hatte, hatte er ihr im *Annerl* das größte nur vorstellbare Geschenk gemacht.

Was sie ihm nun schenken könnte? Natürlich hatte sie schon seit Tagen darüber nachgedacht, aber jeden ihrer Einfälle verworfen, weil sie allesamt banal gewesen waren. Ohnehin war es jetzt zu spät, um ihm noch etwas zu schicken, er würde es nicht mehr rechtzeitig erhalten. Sie griff nach der Computermaus, schob den Zeiger über den Bildschirm ihres PCs, um erst ihren Roman, auf den sie sich ohnehin nicht konzentrieren konnte, zu schließen und dann ein neues Dokument zu öffnen.

Worte. Sie wollte Philipp Worte schenken. Die schönsten Worte, die sie überhaupt ersinnen konnte. Die besten Sätze. Am liebsten hätte sie ihm ihren größten Roman geschrieben.

4.
22. November

Seit langer Zeit zum ersten Mal hatte ich beschlossen, wieder meinen Geburtstag zu feiern. Ja, obwohl ich sechsundfünfzig Jahre alt wurde, wollte ich feiern – weil mir nach Feiern zumute war! Die Jahre zuvor hatte ich stets versucht, den Tag meiner Ankunft auf Erden so gründlich wie möglich zu ignorieren. Ich war längst Zellmüll, so fühlte ich mich zumindest, und wenn Freunde anriefen, um mir zu gratulieren, hebelte ich ihre Versuche, mich zu einer Party zu animieren, in der Regel mit der dringenden Bitte aus, von Beileidsbekundungen auf dem Weg zum Grabe Abstand zu nehmen. Doch dieses Jahr freute ich mich, auf der Welt zu sein. Freute mich, dass es mich gab. Freute mich, dass ich mit meinem Mirchen wieder eins war.

Weil sie aber in Hamburg, ich jedoch in Freiburg war, ging ich nach dem Frühstück in mein Arbeitszimmer, um den Tag über am PC zu feiern, bevor am Abend ein paar Freunde ins Haus kommen würden. Als ich mein Facebook-Konto aufrief, um nachzuschauen, ob Miriam vielleicht schon einen Glück-

wunsch oder einen Song für mich gepostet hatte, liefen mir die Augen über: Unzählige Facebook-Freunde, also Menschen, von denen ich die meisten gar nicht kannte, hatten mir gratuliert. Mit Sprüchen, mit Bildchen, mit Videos – mit allem, was das Internet hergab. Es war bekloppt, doch auch darüber freute ich mich. Eine virtuelle Party, in meinem Alter – dass ich so was noch erleben durfte ...

Während ich auf Youtube einem Ständchen lauschte, bei dem ein halbes Dutzend Zeichentrick-Pinguine »Happy Birthday« für mich furzte, holte ich mein Handy aus der Tasche, um Miriam eine kleine Nachricht zu schreiben. Schließlich war heute nicht nur mein Geburtstag, es war auch der achte Monatstag meiner Wiedergeburt.

Weißt du noch, heute vor zweihundertfünfundvierzig Tagen? Am 22. März in München? Dir einen ganz innigen Kuss. Du bist das Schönste, was mir in diesem Jahr passiert ist. Ich liebe dich, dein Philipp

Voller Erwartung schaute ich auf mein Handy. Miriam hatte mir zwar gesagt, dass Geburtstagsgeschenke nicht ihr Ding seien, aber auf einen kleinen Glückwunsch hoffte ich schon. Es dauerte keine Sekunde, da veränderte sich ihre Statuszeile: »online«. Dann: »schreibt«.

He, du Spielverderber! Ich schreibe gerade noch an meinen Glückwünschen für dich rum, heute ist DEIN Geburtstag, also halt gefälligst die Flossen still, bis du was von mir bekommen hast!

Damit verschwand sie: »zul. heute, 09:23 Uhr«. Trotzdem brachte ich es nicht fertig, mein Handy wegzustecken. Liebe macht nicht nur blind, sondern auch süchtig. Und sehr, sehr ungeduldig.
Eine halbe Stunde lang rührte sich nichts. Dann endlich machte es »pling«. Aber nicht in meinem iPhone, sondern an meinem PC.

Betreff: Heute kann es regnen, stürmen oder schnei'n ...

Mit einem Doppelklick öffnete ich ihre Mail und las.

Mein Liebster,
ich drücke und knutsche und umarme dich zu deinem Geburtstag!!! Und zu acht Monaten Mirchen-Kennen und fast auch so lange schon lieben, eine respektable Leistung! Und ich weiß: Einfach war das für dich nicht immer;-)
Also, mein Süßer, ich habe gelogen. Ich bin nämlich eigentlich ganz gut darin, Geschenke zu machen, und schenke auch total gern. Darüber, was ich dir schenken könnte, habe ich auch eine lange Weile nachgedacht. Und das war schwierig. Zum Beispiel hätte ich dir gern Karten für das Konzert von Jupiter Jones in Hamburg am 19.12. gekauft. Aber kannst du da nach HH kommen? Ich weiß ja nicht, wie deine Terminplanung aussieht. Wie ist im Dezember, so kurz vor Weihnachten (emotional kontaminierte Tage) außerdem die Lage zwischen uns? Hm, doof, also keine Karten ... Einen schönen Pulli, ein Hemd, Unterhosen??? Auch blöd, das kannst du ja gar nicht an-

ziehen. Hm, hm, hm ... Etwas, was dich an mich erinnert, ein Fotoalbum mit Schnappschüssen von unseren Himmelfahrten? Aber wo bewahrst du das denn auf? Klar, ein Buch geht immer, aber das ist irgendwie unpersönlich, das finde ich nicht gut. Aha! Unser Buch! Ich wollte über uns schreiben, unsere Geschichte, wie du es ganz am Anfang mal vorgeschlagen hast. Die ersten Seiten unseres Romans, mit dir und mir als Liebespaar, dir diese Seiten heute mailen und dich damit überraschen. Aber kein Wort und kein Satz schien mir schön genug für unseren Roman. Ich glaube, den können wir wirklich nur zusammen schreiben. Dann wollte ich dir eine CD brennen mit »unseren« Liedern und anderer Mirchen-Musik, damit du im Auto an mich
und an uns denkst .... Tja, und als ich das am letzten Wochenende machen wollte, hat erst mein Computer gesponnen, dann ist das Internet ausgefallen, und irgendwann war ich einfach nur noch genervt.

Mein Philipp, wir haben mit Worten angefangen (okay, und mit Händen, aber dafür bist du jetzt gerade zu weit weg von mir), und deshalb will ich dir zu deinem Geburtstag und zum 8. Monatstag (erinnerst du dich noch daran, wie du mir zu einer Woche Nichtbeziehung gratuliert hast?) wenigstens ein paar Worte schenken. Ein paar Worte darüber, warum ich dich liebe. Vermutlich wird's jetzt ein bisschen Kraut und Rüben und durcheinander, aber du wirst mich schon verstehen ...

Ich liebe dich, weil

- du mir gerade eine WhatsApp geschickt hast, obwohl doch heute ICH zuerst etwas an DICH schreiben muss, denn schließlich hast du Geburtstag!!!! Ich liebe dich, weil du genauso ungeduldig bist wie ich und ich es an dir überhaupt nicht schlimm finde.
- Stichwort »Genau wie ich«: Ich erkenne mich in dir und dich in mir. Du machst es mir so leicht, mich selbst ein bisschen mehr zu mögen und lieb zu haben, mit allen Macken und Unzulänglichkeiten, die da sind – denn genau für die liebe ich dich ja auch!
- Ich liebe dich dafür, dass du der einzige Mensch bist, mit dem ich essen gehen kann, ohne mich zu schämen, und der meine Essgewohnheiten versteht und sie in großen Teilen sogar selbst auch so pflegt!
- Manchmal kann ich mich gar nicht sattsehen an dir, so hübsch finde ich dich! Deine sinnlichen Lippen, deine wunderschönen blauen Augen, dein niedliches Grübchen, deine verstrubbelten Haare, dein (Achtung: vom Aussterben bedrohtes Wort) verschmitztes Lachen, bei dem du die Zunge vorne zwischen die Zähne steckst ... Ist dir schon mal aufgefallen, dass wir ziemlich ähnliche Nasen haben?
- Ich liebe dich, weil du so unglaublich SCHLAU und SCHNELL bist! Ich liebe dein Tempo, ich liebe es, mit dir Kopf-Pingpong zu spielen, du forderst mich manchmal bis an meine Grenzen, und auch das liebe ich.
- Weil ich mit niemandem so schön Musik hören kann wie mit dir; weil ich schon so viele Bilder im Herzen

habe, die mich mit Liebe zu dir erfüllen, von Jimmy an der Elbe über die leere Badewanne in Dresden mit uns beiden mittendrin bis hin zu unserem letzten Treffen in München.
- Weil es aufregend ist, sich mit dir kreuz und quer in Deutschland zu treffen; immer wieder schaue ich zu Hause auf meine große Karte mit den vielen Stecknadeln, wo wir schon überall waren, und kann es kaum fassen, dass die allermeisten Nadelköpfe rot sind.
- Du bist oft mehr für mich da als jemand, der »nur« mich hatte ... Okay, das war jetzt ein Zugeständnis, das ich bei der nächsten Laune sofort wieder zurücknehme!
- Ganz ehrlich: weil du schreibst. Was kann ich mir mehr wünschen als einen Partner, der genau das Gleiche macht wie ich und der mich deshalb so gut versteht?
- Ich liebe dich, weil ich mich mit dir zusammen so sehr als Frau fühlen kann, einfach, weil du so ein wunderbarer MANN bist.
- Weil du so ein Quatschkopf bist, der sich nicht um Konventionen schert oder darum, ob er irgendwie aus der Reihe fällt oder was andere Leute denken könnten – und weil ich das von dir lernen kann; und weil du mir manchmal so UNGLAUBLICH auf die Nerven gehst!
- Weil ich mir nichts Schöneres vorstellen kann, als dass du ein Teil von meinem Leben bist und ich von deinem – und weil ich mir von dir und mit dir und von uns ein Kind wünsche, das genauso bekloppt wird wie wir ...
- Und: Ich liebe dich, weil es SENSATIONELL ist, mit dir zu .... Höm ☺

Bestimmt gibt es noch 80 000 000 mehr Punkte, weshalb ich dich so verteufelt lieb habe. Aber jetzt muss ich erst einmal das tun, was du wahrscheinlich schon hinter dir hast: ab unter die Dusche und dann frühstücken, ich hab nämlich HUNGER. Ich küsse dich, ich umarme dich, ich schenke dir mein ganzes Herz, wieder und wieder und wieder und wieder! Es gibt nicht einen Tag, nicht einen Stunde, Minute oder Sekunde, die ich bereue. Selbst, wenn ich Tränchen vergossen habe und bestimmt noch oft welche vergießen werde, unsere Liebe ist jede einzelne davon wert.
Ich liebe dich!
Dein Mirchen

P.S.: Okay, ein »echtes« Geschenk sollst du natürlich auch noch haben. Daran arbeite ich, aber das bekommst du später, analog.

Als ich die Mail zu Ende gelesen hatte, saß ich eine lange Weile einfach nur da und schaute mit feuchten Augen auf den Bildschirm. Dann scrollte ich noch einmal zum Anfang zurück, las wieder und wieder ihre Mail, all die wunderbaren Worte und Sätze, die sie für mich geschrieben, die sie mir geschenkt hatte, sprachlos vor Glück.

Das war der schönste Brief, den ich je bekommen hatte. Und das schönste Geburtstagsgeschenk meines Lebens.

Das Telefon klingelte.

Ich brauchte ein paar Sekunden, um in die Realität zurückzukehren. Dann griff ich zum Hörer. Auf dem Display erkannte ich die Nummer meiner Schwester.

»Wirklich lieb, dass du anrufst«, sagte ich. *»Aber du weißt doch, Schwesterherz, ich und Geburtstag ...«*

»Du hast heute Geburtstag?«, erwiderte sie. *»Ach ja, richtig, herzlichen Glückwunsch. Aber ...«*, sie stockte, *»das ... das ist nicht der Grund, weshalb ich anrufe ...«*

Ihre Stimme klang so ernst und dunkel, dass ich erschrak. »Was ist passiert?«

»Mama«, sagte meine Schwester. *»Sie hatte einen schlimmen Unfall.«*

Kapitel 12

1.

Zwei Stunden waren vergangen, seit sie Philipp ihre Geburtstagsmail geschickt hatte. Sie hatte gehofft, dass er sie daraufhin sofort anrufen würde, aber bisher hatte er nicht einmal zurückgeschrieben. Alle fünf Minuten klickte sie auf »Senden und Empfangen«, aber ihr Postfach blieb leer.

Sie konnte sich keinen Reim darauf machen. Weshalb meldete er sich nicht? Hatte sie irgendetwas geschrieben, das ihn verärgert haben könnte? Noch einmal las sie ihre Mail durch, konnte aber beim besten Willen nichts entdecken. Im Gegenteil, sie hatte all ihre Liebe, all ihre Zuneigung für ihn versucht in Worte zu fassen, hatte sich beim Schreiben vorgestellt, wie er bei der Lektüre breit lächeln und vielleicht sogar das eine oder andere Tränchen verdrücken würde. Aber jetzt – nichts! Sie öffnete eine neue Mail an ihn und schrieb.

Vom Stuhl gefallen? Unterm Sauerstoffzelt gelandet? Sollte das der Fall sein, nehme ich natürlich alles zurück und behaupte auf der Stelle das Gegenteil! Besser so? Melde dich doch mal!
Mirchen

Fünf Minuten. Zehn Minuten. Zwölf Minuten. Einundzwanzig Minuten. Nichts. Vielleicht war er gerade am Telefon, um die vielen Glückwünsche entgegenzunehmen, die er heute vermutlich erhielt? Dreiundvierzig Minuten. Sie beschloss, unter die Dusche zu gehen und sich etwas Vernünftiges anzuziehen, bis dahin hätte Philipp sich bestimmt gemeldet.

Als sie eine gute halbe Stunde später an ihren Schreibtisch zurückkehrte, gähnte sie immer noch ein leeres Postfach an. Langsam wurde sie sauer. Er wusste doch, dass sie auf eine Antwort von ihm wartete, weshalb ließ er sie so am langen Arm verhungern?

Sie schnappte sich ihr Handy, öffnete WhatsApp und schrieb ihm dort: »Huhu! Wo steckst du denn?« Minutenlang starrte sie aufs Display, aber nichts tat sich. Ob ihm etwas passiert war? Aber was sollte ihm zu Hause an seinem Schreibtisch schon zugestoßen sein? Wahrscheinlich war es wirklich einfach so, dass sein Telefon nicht stillstand, dass er einen Anruf nach dem nächsten bekam. Noch einmal las sie ihre Mail an ihn. Nein, da war wirklich nichts, was er in den falschen Hals bekommen haben könnte.

Nach einer weiteren Viertelstunde nahm sie ihr Mobiltelefon und wählte seine Handynummer. Es klingelte. Einmal. Zweimal. Dreimal. Sechsmal. Achtmal. Dann ging die Mailbox dran, Miriam legte auf, ohne ihm eine Nachricht zu hinterlassen, er würde ihre Nummer ohnehin im Display sehen und sich dann hoffentlich melden.

Um sich abzulenken, öffnete sie das Dokument ihres neuen Romans und fing an, weiter daran zu schreiben. Schon nach fünf Minuten gab sie es auf, Philipps Abtauchen machte sie so nervös, dass sie keinen einzigen vernünftigen

Satz formulieren konnte. Sie ging ins Internet und suchte ihn auf Facebook. Immerhin, hier gab es ein paar Lebenszeichen von ihm, er hatte bereits die Einträge der ersten Gratulanten beantwortet. Den letzten allerdings um 9.20 Uhr, das war noch, bevor er Miriams Mail erhalten hatte. Seitdem war Philipp auch auf Facebook verschwunden, hatte keinen einzigen der nächsten gut zwanzig Einträge von Freunden und Bekannten beantwortet.

Sie stand auf und ging unruhig durch ihr Zimmer. Wo steckte er nur? Er schien ja von jetzt auf gleich von seinem Schreibtisch verschwunden zu sein, anders ließ sich nicht erklären, dass er weder ihre Mail noch irgendwelche Facebook-Grüße beantwortete. War er vielleicht kurz für heute Abend einkaufen gefahren? Das war nicht unwahrscheinlich, selbst für eine kleine Feier war immer eine Menge vorzubereiten.

Miriam beschloss, ebenfalls einkaufen zu gehen. Ihr Kühlschrank war leer, Zigaretten hatte sie auch keine mehr, und so wäre sie immerhin eine halbe bis Stunde beschäftigt. Wenn sie dabei noch Altglas und Altpapier entsorgte und ein paar Klamotten in die Reinigung brachte, könnte sie daraus leicht eineinhalb machen.

Noch immer kein Lebenszeichen von Philipp, als sie zwei Stunden später in ihre Wohnung zurückkehrte. Sie hatte ihr Handy absichtlich zu Hause gelassen, damit sie nicht alle zwei Minuten daraufstarren würde – aber auch jetzt zeigte es keine neue Nachricht an, so wenig wie ihr Posteingang, der immer noch leer war. Wieder wählte sie Philipps Mobilnummer, wieder blieb ihr Anruf unbeantwortet. Mehr als vier Stunden waren seit ihrer Geburtstagsmail an ihn vergangen, mittlerweile machte sie sich wirklich Sorgen. Und weil ihr nichts anderes mehr einfiel, griff sie schließlich erneut nach ihrem Telefon und wählte ein weiteres Mal. Diesmal seine Festnetznummer, die Philipp ihr zwar irgendwann einmal gegeben hatte, die sie aber noch nie benutzt hatte.

Nach dem dritten Klingeln wurde abgehoben. Miriam hielt die Luft an.

»Andersen«, meldete sich eine Frauenstimme. »Philipp, bist du's?«

Eine Schrecksekunde lang überlegte Miriam, was sie sagen sollte. Dann legte sie auf.

2.
22. November

Gibt es eine Patientenverfügung?«, fragte die junge Ärztin, die auf der Intensivstation die Aufnahmeformulare ausfüllte. Bei dem Wort »Patientenverfügung« zuckte ich zusammen.

»Ja«, antwortete meine Schwester. »Aber das habe ich doch schon Ihrem Kollegen gesagt.«

»Dem erstbehandelnden Notarzt? Aber wozu dann der Helikopter? Warum ist die Patientin dann überhaupt hier?«

»Woher sollen wir das wissen? Das war die Entscheidung Ihres Kollegen.«

Die Ärztin schüttelte den Kopf. »Unglaublich.«

Schon seit einer Viertelstunde redeten wir, meine Schwester, die Ärztin und ich, redeten und redeten und redeten, während unsere Mutter, um deren Schicksal es doch ging, bereits wie tot vor uns lag, in einem dieser halb offenen Krankenkittel, ohne ihre Brille auf der Nase, die Augen geschlossen, kaum noch atmend, reglos das bleiche Gesicht, starr wie eine Maske, die Wangen und der Mund eingefallen, offenbar hatte man ihr das Gebiss entfernt. Stumm und nicht mehr von dieser Welt, angeschlossen an ein halbes Dutzend Schläuche – an ihrem Mund, an ihrer Nase, an ihrem Kopf, an ihren Armen –, die das bisschen Leben retten sollten, das vielleicht noch in ihr war, während die elektronischen Geräte am Kopfende ihres Bettes in unterschiedlichen Rhythmen blinkten und piepten und irgendwelche Zeichen gaben, die ich nicht verstand.

Gleich nach dem Anruf meiner Schwester hatte ich mich ins Auto gesetzt und war in Freiburg losgefahren, so eilig und überstürzt, dass ich sogar mein Handy zu Hause vergessen hatte. Meine Mutter war in ihrer Wohnung hingefallen, meine Schwester hatte sie in einer Blutlache ohnmächtig auf dem Küchenboden gefunden. Sie war vermutlich auf den glatten Kacheln ausgerutscht und musste schon mehrere Stunden dort gelegen haben, das Blut war halb geronnen. Der Notarzt, den meine Schwester gerufen hatte und der in weniger als einer Viertelstunde eingetroffen war, hatte, statt unsere Mutter in das kleine katholische Hospital vor Ort einzuweisen, einen Helikopter bestellt, um sie in eine Spezialklinik nach Dortmund zu überführen, wo man angeblich viel mehr für sie tun konnte.

»*Weshalb unglaublich?*«, *fragte ich.*

»*Ihre Mutter hat ein schweres Schädel-Hirn-Trauma*«, *erwiderte die Ärztin.*

»*Was bedeutet das? Ich bin kein Mediziner.*«

»*Schädelbasisbruch und Gehirnblutungen*«, *erklärte die Ärztin.* »*Außerdem – die Patientin ist schon vierundachtzig. In solchen Fällen wird normalerweise darauf verzichtet, derartige*

Maßnahmen zu ergreifen, schon aus Kostengründen. Und wenn dann noch eine Patientenverfügung vorliegt ...« Sie blickte von ihrem Klemmhefter auf. *»Sie wissen schon, was ich meine. Normalerweise lässt man in solchen Fällen der Natur ihren Lauf.«* Sie zog ein ernstes Gesicht und versuchte mitfühlend auszusehen.

»Steht es so schlimm?«, fragte ich.

»Leider ja.« Die Ärztin nickte und warf einen Blick auf ihre Armbanduhr. *»Ich will Ihnen keine falschen Hoffnungen machen. Aber ich glaube nicht, dass Ihre Mutter das überlebt.«*

3.

Drei Tage ohne ein Lebenszeichen von Philipp. Drei Tage, in denen sie fast verrückt wurde aus Sorge und Ungewissheit. Nach ihrem Anruf bei ihm zu Hause, wagte sie es nicht noch einmal, seine Festnetznummer zu wählen, und ans Handy ging er einfach nicht. Sie saß zu Hause, versuchte sich auf ihre Arbeit zu konzentrieren und hoffte dabei jede Sekunde, dass Philipp sie anrief. Ohne Unterlass grübelte sie darüber nach, was nur passiert war. Seine Frau hatte wissen wollen, ob er am anderen Ende der Leitung sei. Also hatte sie auch keine Ahnung, wo er steckte? Was hatte dieser eine Satz zu bedeuten, wie sollte Miriam ihn interpretieren? Hatte Philipp seiner Frau etwa alles gebeichtet? Waren sie darüber vielleicht in Streit geraten und er hatte fluchtartig das Haus verlassen, war einfach weggefahren, irgendwohin? Oder hatte Miriam mit seinem Verschwinden überhaupt nichts zu tun, war irgendetwas anderes passiert, etwas, das es ihm unmöglich machte, sich bei ihr zu melden? Sie wusste es nicht. Und es gab auch niemanden, den sie danach fragen konnte, sie hatten ja keine gemeinsamen Freunde oder Bekannte. Da war sie also, die Situation, vor der sie sich immer gefürchtet hatte: Philipp verschwunden, nicht auffindbar, und sie, Miriam, ohne irgendeine Handlungsmöglichkeit. Er könnte tot sein, sie würde es nicht erfahren, höchstens irgendwann vielleicht durch eine kleine Meldung in der Branchenpresse, wenn die Beerdigung längst vorüber war.

Sie gab sich Mühe, solche düsteren Gedanken zu verscheuchen, aber es wollte ihr nicht gelingen. Denn sie waren ja die Wahrheit. So war es nun einmal, das war ihre Rolle der Geliebten, die Rolle der Frau im Schatten, die keinerlei Recht darauf hatte, zu erfahren, was los war. Und nicht nur, dass sie niemanden fragen konnte, es würde sie auch niemand von sich aus anrufen, um ihr mitzuteilen, dass Philipp etwas zugestoßen war.

Sein Agent. Sie könnte seinen Agenten anrufen, ihm erzählen, dass sie eine Kollegin war, die mit ihm an einem gemeinsamen Projekt arbeitete und dringend auf Rückmeldung von ihm wartete. Aber das war natürlich auch Unsinn, sein Agent wäre vermutlich über alle seine Arbeiten informiert. Als Journalistin?, schoss es ihr durch den Kopf. Das wäre eine Idee, sie würde sich als Zeitungsredakteurin ausgeben, die mit ihm ein Interview über seinen neuesten Roman führen wollte. Das war die Lösung! Oder zumindest eine Möglichkeit, herauszufinden, wo er steckte, seine Agentur wüsste vielleicht Bescheid.

Sie öffnete seine Homepage, klickte das Feld »Kontakt«

an, in der Hoffnung, dort die Telefonnummer seiner Agentur zu finden. Tatsächlich stand sie dort. Augenblicklich fiel alle Hoffnung in Miriam zusammen. Philipps Agent war niemand anders als seine Frau, er ließ sich von ihr vertreten.

Sie überlegte einen Moment, ob sie es fertigbringen würde, dort trotzdem anzurufen und um ein Interview zu bitten. Aber sie verwarf den Gedanken, so abgebrüht war sie nicht, dass sie das schaffen würde. Schon der eine kurze Satz, den Philipps Frau zu ihr am Telefon gesagt hatte, hatte sie vollkommen aus der Bahn geworfen, ein ganzes Gespräch mit ihr würde sie nicht durchhalten, ohne sich dabei zu verraten. Oder jedenfalls nicht, ohne sich dabei wie eine miese Verräterin und Lügnerin vorzukommen. Es schien ihr nichts anderes übrig zu bleiben, als weiter darauf zu hoffen, dass Philipp sich endlich bei ihr melden würde.

Am nächsten Tag war sie dann doch fast so weit, Philipps Frau anzurufen. Sie hatte schon wieder die ganze Nacht kein Auge zugetan, war bei jedem Klingeln ihres Telefons, bei jedem leisen »Pling« ihres Computers, das eine neue Nachricht meldete, hektisch aufgesprungen, um dann doch nur enttäuscht festzustellen, dass es nicht Philipp war. Unschlüssig schlich sie um ihr Telefon herum. Sollte sie es doch tun? Vielleicht wäre es gar nicht so schwierig, sie müsste sich ja nur melden und seine Frau fragen, ob Philipp Andersen für ein Interview zu sprechen war.

Sie hielt den Hörer bereits in der Hand, als ihr Mobiltelefon klingelte. Beim Blick auf das Display wurde ihr vor Erleichterung regelrecht schwindelig: Philipp, endlich!

»Mein Gott, du lebst!«, schrie sie fast ins Telefon. »Ich dachte schon ...«

»Mirchen.« Seine Stimme klang seltsam dumpf und ganz weit weg. »Es tut mir leid, dass ich dich erst jetzt anrufe, ich hatte mein Handy zu Hause vergessen.«

»Wo bist du denn? Ich habe mir schon riesige Sorgen gemacht und ständig versucht, dich zu erreichen, ich ...«

»Ich bin in Dortmund«, unterbrach er sie. »Im Krankenhaus.«

»Im Krankenhaus? Was ist denn passiert, ist irgendetwas Schlimmes, hattest du einen Unfall, bist du ...« Plötzlich hörte sie ein Schluchzen in der Leitung. »Philipp?«

Keine Antwort.

»Philipp?«

»Mirchen.« Noch einmal hörte sie ihn schluchzen. Ja, es war eindeutig Philipp, der weinte. »Meine Mutter ... es kann sein, dass sie stirbt.«

»O Gott, Philipp! Das tut mir leid, was ist denn los?«

»Sie ist gestürzt«, sagte er. »Ich bin hier auf der Intensivstation, keiner weiß ...« Er kam ins Stocken. »Ich wollte dich anrufen, aber ohne das Handy ... Ich kenne deine Nummer nicht auswendig, und die Auskunft sagte, im Telefonbuch gibt's keinen Eintrag ...«

»Das ist doch jetzt egal! Kann ich etwas tun? Soll ich nach Dortmund kommen?«

»Nein, Mirchen, ich ... ich ...« Seine Stimme erstarb.

»Du brauchst es nur zu sagen, dann setze ich mich sofort in den Zug und fahre los.«

»Die Familie ist jetzt hier.«

Sie schloss die Augen, versuchte das schreckliche Gefühl,

das sofort in ihr aufstieg, zu unterdrücken. Die Familie. Damit meinte er unter anderem seine Frau. Natürlich war sie jetzt bei ihm, das war doch vollkommen klar. Und damit hatte sie, Miriam, an seiner Seite nichts verloren.

»Das ist gut«, sagte sie, obwohl in ihrem Innern gerade alles das genaue Gegenteil schrie, nämlich, dass es *überhaupt nicht* gut war! Doch dieses Gefühl, dieses kleine, miese Gefühl von Eifersucht und Ungerechtigkeit, sie würde es nicht zulassen. Hier ging es im Moment nicht um sie, hier ging es um Philipp und seine Mutter.

»Wenn«, sprach er stockend weiter, »wenn sie die nächsten Tage übersteht, wird sie vielleicht von Dortmund verlegt. Nach Hause ins örtliche Krankenhaus, da kennt sie die Ärzte, und da kann sie Besuch von Freunden bekommen.«

»Ja, das ist gut«, wiederholte Miriam.

»Mehr kann ich im Moment nicht sagen, wir müssen abwarten. Ich melde mich bei dir, wenn ich Näheres weiß.«

»Ich denke an dich.«

»Ich auch an dich. Und ich liebe dich. Jetzt muss ich auflegen, der Arzt kommt zurück.«

»Ich liebe dich auch.«

Obwohl Philipp schon nicht mehr am anderen Ende der Leitung war, hielt sie das Telefon eine Zeit lang noch so fest umklammert, als wäre es die einzige Verbindung zu ihm. In ihrem Kopf ging es drunter und drüber. Was sollte sie nun tun? Was konnte sie tun? Nichts. Nichts außer warten. Warten. Wie immer. Aber das war jetzt nicht wichtig, wichtig war nur, dass Philipps Mutter es schaffen würde.

4.
12. Dezember

Geben Sie mir noch fünf Tage«, sagte Dr. Fuchs, der knapp vierzigjährige Chefarzt des Marien-Hospitals, ein schlanker, groß gewachsener Mann mit Bürstenhaarschnitt und Goldrandbrille, der täglich zweimal zur Visite kam. »Ich weiß selber nicht, warum, es ist nur eine Intuition, aber ich glaube, Ihre Mutter hat noch eine Chance.«

»Das sagen Sie jeden Tag«, erwiderte ich. »Aber es tritt doch keine Besserung ein. Sie liegt nur da und schläft, ohne irgendetwas mitzubekommen. Selbst wenn sie für eine Minute die Augen aufmacht, erkennt sie niemanden. Nicht mal meine Schwester, die doch der wichtigste Mensch überhaupt für sie ist. Sie lebt nicht mehr, sie vegetiert nur noch.«

»Wir wissen nicht, was in ihr vorgeht. Schwester Gabriele sagt, sie habe heute Morgen gelächelt, als sie sie gefüttert hat.«

»Füttern – oh Gott.« Ich musste schlucken, um die aufsteigenden Tränen zu unterdrücken. »Bitte missverstehen Sie mich nicht, Herr Doktor, ich liebe meine Mutter, wirklich, und ich möchte nicht, dass sie stirbt. Aber sie hat immer sehr selbstständig gelebt, bis zu ihrem Unfall. Sie war ein so aktiver Mensch. Sie konnte keine zwei Minuten still sitzen, sie hat jeden Tag stundenlange Spaziergänge gemacht, den Haushalt geschmissen, sogar noch im Garten gearbeitet, und alles, was sie beschäftigte, musste sie jemandem mitteilen. Jetzt kann sie beides nicht mehr, sich nicht mehr bewegen und nicht mehr sprechen, die zwei wichtigsten Dinge in ihrem Leben. Ein Pflegefall. Das ist genau der Zustand, in den sie nie geraten wollte. Darum hat sie die Patientenverfügung gemacht. Genau aus diesem Grund.«

»Ich weiß«, sagte Dr. Fuchs. »Ich kenne Ihre Mutter ja auch schon eine Weile, seit über zehn Jahren ist sie meine Patientin, und ich würde nichts tun, was nicht in ihrem Sinn ist. Aber sie hat eine unglaubliche Vitalität. Wenn jemand es schafft, dann sie. Sagen Sie selbst, sollen wir, solange es auch nur einen Funken Hoffnung gibt, sie wieder gesund zu kriegen, einfach den Stecker ziehen? Wollen Sie das?«

Er schaute mich durch seine Goldrandbrille an, und ich sah in seinen braunen Augen, wie sehr auch er mit sich rang. Ich senkte den Blick.

»Nein«, sagte ich. »Das will ich nicht. Natürlich nicht.«

Seit Wochen führten wir fast täglich dieses Gespräch. Nach zehn Tagen Intensivstation hatten die Dortmunder Ärzte gegen ihre eigene Erwartung meine Mutter wieder so weit stabilisiert, dass sie in das Krankenhaus ihrer Heimatstadt hatte überführt werden können. Seitdem schwebte sie zwischen Leben und Tod. Und immer wieder mussten meine Schwester und ich aufs Neue zusammen mit dem Arzt entscheiden, ob die lebensverlängernden Maßnahmen, die unsere Mutter, als sie noch klar gewesen war und bei vollem Bewusstsein, mit ihrer Patientenverfügung ja hatte verhindern wollen, fortgesetzt oder abgebrochen werden sollten.

»Keine Angst«, sagte Dr. Fuchs. »Ich werde Ihre Mutter nicht zu einem Pflegefall therapieren. Weil ich genauso wie Sie der Überzeugung bin, dass sie selber das nicht wünschen würde. Aber geben wir ihr noch eine Chance, zum allerletzten Mal. Und wenn sich ihr Zustand nach fünf Tagen immer noch nicht gebessert hat, lassen wir der Natur ihren Lauf. Das verspreche ich Ihnen.«

Ich schaute auf meine Mutter, die immer noch genauso dalag wie vor drei Wochen in Dortmund, mit all diesen Schläuchen und Apparaten. Noch immer wurde sie künstlich ernährt und künstlich beatmet, und zur Unterstützung der Herzfunktion bekam sie Digitalis. Das Dauer-EKG hatte ergeben, dass ihr Sturz in der Küche vermutlich nicht von den glatten Bodenkacheln, sondern von einem Herzaussetzer rührte, genauso wie ihre zwei Ohnmachten letzten Sommer, von denen meine Schwester berichtet hatte und die man sich damals nicht hatte erklären können.

»Also gut«, sagte ich. »Noch fünf Tage.«

Dr. Fuchs beugte sich noch einmal über meine Mutter, drückte ihre Hand und verließ dann mit einem stummen Kopfnicken in meine Richtung das Zimmer. Ich setzte mich wieder an meinen kleinen Arbeitsplatz, den ich mir am Fenster eingerichtet hatte. Auch wenn meine Mutter nicht mitbekam, was um sie herum geschah, sollte sie doch spüren oder riechen oder sonst irgendwie merken, dass da ein vertrautes Wesen in ihrem Zimmer war, jemand, der sich um sie kümmerte. Solange sie in diesem Zustand war, wollte ich hier weiter an meinem neuen Roman schreiben. Meine Frau, die meine Schreibgewohnheiten kannte, hatte mich für verrückt erklärt – ich solle lieber eine Pause machen und mich ganz meiner Mutter widmen, statt den hoffnungslosen Versuch zu starten, in einer solchen Umgebung zu arbeiten. Doch seltsam, anders als zu Hause, wo ich nach einer Ablenkung oder Unterbrechung beim Schreiben immer eine Ewigkeit brauchte, bis ich wieder in meinen Text zurückfand, konnte ich hier, im Krankenhaus, zwischen all den Visiten total konzentriert arbeiten, viel konzentrierter als unter den idealen Bedingungen, die ich an meinem Schreibtisch in Freiburg hatte. Entweder bekam mir dort das Zuviel an Frei-

heit nicht, oder aber mir half hier, im Krankenzimmer meiner Mutter, die unsichtbare Gegenwart des Todes, Wichtiges von Unwichtigem zu unterscheiden.

Ich hatte schon eine Seite geschrieben, da hörte ich ein vertrautes Brummen. Mein Handy. Meine Frau hatte es mir mitgebracht, als sie zusammen mit unserer Tochter für ein paar Tage nachgekommen war, um sich mit meiner Schwester und mir am Krankenbett abzuwechseln.

Ich nahm es aus der Tasche und schaute auf das Display. Eine WhatsApp. Von Miriam.

Ich öffnete sie, und ein Foto poppte auf. Von einer Autobahnraststätte: Gütersloh Süd. Gleich danach erschien eine Textnachricht. »Schöne Gegend hier in Ostwestfalen.«

Was hatte das zu bedeuten? Es gab nur eine mögliche Erklärung, doch die konnte ich nicht glauben. Hatte Miriam sich etwa auf den Weg gemacht, um mich zu besuchen?

Ich wollte gerade eine Antwort tippen, als ich hinter mir ein leises, gequältes Stöhnen hörte. Meine Mutter war aufgewacht. Ich legte mein Handy beiseite und trat an ihr Bett.

Sie hatte die Augen aufgeschlagen und schaute mich an. Aber tat sie das wirklich? Sah sie mich überhaupt? War ihr bewusst, dass ich es war, der gerade vor ihr stand, ihr Sohn und nicht irgendein Fremder? Oder sah sie einfach durch mich hindurch? Ohne dass die Bilder, die die Pupillen an ihr Gehirn sandten, dort jemals ankamen?

Ich konnte es nicht sagen. Ich konnte es einfach nicht sagen.

»Mama«, flüsterte ich. »Mama. Bitte. Sag doch irgendwas. Gib mir irgendein Zeichen.«

Ich streichelte ihre Stirn, nahm ihre Hand und küsste sie. Doch sie reagierte nicht. Sondern schaute immer weiter durch mich hindurch. Durch mich oder irgendein namenloses Phantom.

Als ich diesen starren, leeren Blick auf mir sah, diesen Blick meiner Mutter, die doch nur siebenundzwanzig Jahre älter war als ich, begriff ich plötzlich, in welcher Phase des Lebens ich mich befand.

Ich war dem Ende so viel näher als dem Anfang.

5.

Er sah schrecklich aus, als sie ihm abends die Tür zu ihrem Hotelzimmer öffnete. Sie hatte sich in eine Pension in Hagen eingemietet, zwanzig Kilometer vom Krankenhaus entfernt. Nachdem Philipp ihr geschrieben hatte, dass er nun in der Heimatstadt seiner Mutter sei und nicht wusste, wie lange er dort bleiben würde, dass seine Frau aber schon wieder nach Freiburg abgereist sei, um dort das Nötigste zu erledigen, hatte sie es zu Hause nicht mehr ausgehalten und sich kurzerhand wieder Carolins Auto geliehen, um die Reise ins Ruhrgebiet anzutreten. Sie hatte nicht gewusst, ob Philipp sie überhaupt würde sehen wollen, aber das war auch egal, denn sie hatte nicht anders gekonnt.

Als er jetzt vor ihr stand, mit hängenden Schultern, unter den Augen tiefe und dunkle Ringe, das Haar zerzaust und viel zu lang, die Wangen eingefallen und grau – da spürte sie einen schmerzhaften Stich in ihrem Herzen, denn jede noch so kleine Spur von Benjamin Button war vollständig verschwunden.

»Mirchen!« Er gab sich Mühe, sie anzulächeln, brachte aber nur einen gequälten Gesichtsausdruck zustande. Wortlos nahm sie ihn in den Arm. So standen sie einfach da, in einem schmucklosen Hotelzimmer in Hagen, und hielten sich so fest, als könnten sie sich gegenseitig dadurch etwas Halt geben. »Ich bin so froh, dass du da bist!«

Ich wäre schon früher gekommen, wollte sie sagen, hielt sich aber im letzten Moment zurück. Stattdessen löste sie sich aus einer Umarmung, nahm seine Hand und führte ihn zum Bett.

»Erzähl mir alles«, sagte sie, als sie nebeneinanderlagen, beide vollständig bekleidet, ihr Kopf wie meist auf seine Brust gebettet.

Und Philipp erzählte. Von den Ereignissen der vergangenen Tage, vom bangen Hoffen, ob seine Mutter überhaupt überleben, ob sie jemals wieder aufwachen würde. Von seinem schrecklichen Gewissenskonflikt als Sohn, der sich einerseits nichts sehnlichster wünschte, als seine Mutter wieder bei Bewusstsein zu sehen, der aber andererseits grauenhafte Angst davor hatte, dass sie ihren Unfall zwar überstehen würde, in Zukunft aber ein Pflegefall wäre, für immer an ein Krankenbett gefesselt, ohne Aussicht auf Heilung.

»Ich bin zerrissen«, flüsterte er, »zerrissen zwischen zwei Möglichkeiten, die jede für sich schrecklich ist. Auf der einen Seite der Tod meiner Mutter, auf der anderen die Aussicht, dass sie nie wieder sie selbst sein wird. Das haben die Ärzte uns schon gesagt, ihr Gehirn ist irreparabel geschädigt. Und so sitze ich Tag für Tag an ihrem Bett, Stunde für Stunde, sehe ihr kleines blasses Gesicht in den riesigen Kissen, sehe die Schläuche und Apparate, an die sie angeschlossen ist – und dann möchte ich manchmal am liebsten losschreien. Möchte jemanden rufen und ihm befehlen, dass er die Maschinen sofort abstellt und meine Mutter einfach gehen lässt. Aber kann ich das tun? Dann würde ich sie doch umbringen! Auf der anderen Seite weiß ich, dass sie nie ein Leben wollte, das sie nicht mehr eigenständig führen kann.« Sein Körper begann zu zittern, Miriam spürte, dass er weinte, zärtlich strich sie ihm mit einer Hand durch das verschwitzte Haar. »Ich weiß nicht, was ich tun soll, ich weiß es einfach nicht. Egal, welche Entscheidung ich treffe, es ist immer falsch.«

»Du kannst nichts tun außer warten«, sagte sie. »Das Schicksal wird die Entscheidung treffen, nicht du.«

Er drehte sich auf die Seite und sah sie an. »Ja, ich weiß. Aber selbst die Entscheidung, das Schicksal entscheiden zu lassen, ist meine Entscheidung. Und wenn das Schicksal entscheidet, dass meine Mutter weiterlebt, wird sich vieles ändern.«

»Ändern?«

»Es kann sein, dass ich dann für die nächsten Monate, vielleicht sogar für die nächsten Jahre wieder nach Hause ziehen muss. Ich kann meine Schwester nicht mit der Verantwortung für sie alleinlassen. Vom finanziellen Aspekt mal ganz abgesehen, muss ich doch auch hier sein, um mich um meine Mutter zu kümmern.«

»Aber das wäre doch keine Katastrophe«, versuchte Miriam ihm Mut zuzusprechen. »Schreiben kannst du überall, ob nun hier oder in Freiburg oder bei mir in Hamburg, unser Beruf gibt uns alle Freiheiten.«

Er nickte. »Das schon. Aber wie wird mein Leben dann aussehen? Was ...«, er stockte. »Was wird dann aus uns?«

Bei diesen Worten zog sich ihr Magen zusammen. Natürlich hatte sie darüber auch schon nachgedacht. Bereits als Philipp so spurlos verschwunden war, hatte sie das ungute Gefühl gehabt, dass die kleinste Irritation ausreichen könnte, um ihre Beziehung oder wie auch immer sie es nennen wollte, ins Wanken zu bringen. Wenn er jetzt wirklich sein gesamtes Leben auf den Kopf stellen und wieder nach Hause ziehen musste, was würde das für ihre Liebe bedeuten? Konnten sie dann überhaupt weitermachen wie bisher? Schon hier, in diesem Hotelzimmer, fühlte Miriam sich unwohl. Während Philipps Mutter gerade einen Kampf zwischen Leben und Tod führte, war er zu seiner Geliebten in ein schäbiges Hotelzimmer geflüchtet – allein die Vorstellung hatte einen schalen Beigeschmack, dafür musste man nicht einmal sonderlich zartfühlend sein.

»Wir werden das schon irgendwie hinkriegen«, sagte sie trotzdem. »Wo ein Wille, da ein Weg.«

»Nein, Mirchen.« Jetzt blickten seine blauen Augen sie ganz ernst an, so ernst wie noch nie zuvor. »Es geht nicht immer nur um das, was man will. Manchmal passieren Dinge, die man nicht in der Hand hat. Und denen man sich aber trotzdem beugen muss.«

»Was meinst du damit?« Sie hörte, dass ihre Stimme zitterte. Mit einem Mal hatte sie riesige Angst. Angst davor, dass er nun alles beenden würde. Dass er ihr sagen würde, dass es mit ihnen nicht mehr weitergehen konnte, dass er aufstehen und sie einfach so zurücklassen würde.

Philipp seufzte. »Ich habe in den letzten Tagen viel nachgedacht.«

Nein!, wollte sie schreien und ihn unterbrechen. *Nein, tu das nicht! Sag es nicht! Bitte sag nicht, dass wir uns trennen müssen, bitte, bitte nicht!* Aber sie blieb stumm, brachte keinen einzigen Ton heraus.

»Am Bett meiner Mutter ist mir sehr viel klar geworden«, sprach er weiter. »Unser Leben ist endlich, Mirchen, und die Zeit vergeht so schnell. Ich erinnere mich noch gut daran, wie ich als kleiner Junge auf dem Schoß meiner Mutter gesessen habe, es kommt mir vor, als sei es erst gestern gewesen. Aber es war eben nicht gestern, und ich bin mittlerweile ein alter Mann.«

»Nein, du bist kein ...«

»Mirchen«, unterbrach er sie. »Ich weiß, dass du mich mit anderen Augen siehst. Dass deine Liebe dir vorgaukelt, es wäre nicht so, obwohl es die Wahrheit ist.«

»Das ist mir egal.« Schon so oft hatte sie das zu ihm gesagt, aber diesmal tat sie es mit einer Verzweiflung, wie sie sie noch nie zuvor gespürt hatte. Sie nahm sein Gesicht in beide Hände, zog seinen Kopf zu sich heran, küsste zärtlich seine weichen vollen Lippen. »Es ist mir egal, Philipp, und es wird mir immer egal sein.«

»Mir ist es aber nicht egal. Meine besten Jahre sind vorbei, ab jetzt wird es mit mir nur noch bergab gehen, das ist alles, was ich dir noch bieten kann.«

»Du bist gerade verwirrt und traurig«, sagte sie und lächelte. »Im Moment kommt dir alles nur noch schwarz und hoffnungslos vor, aber das wird sich auch wieder ändern.«

»Nein, Mirchen, das wird es nicht. Und deshalb habe ich eine Entscheidung getroffen.« Sie hielt die Luft an. Würde er es jetzt sagen? Dass es mit ihnen aus und vorbei war, dass es für sie wirklich keine Zukunft mehr gab? »Ich kann mein Versprechen nicht halten.«

»Dein Versprechen?«

»Du weißt, was ich meine.«

»Nein«, gab sie ehrlich zu, denn in ihrem Kopf herrschte nur noch ein einziges Chaos.

»Ich kann nicht zulassen, dass du vielleicht ein Kind von mir bekommst, das kann ich nicht. Ich weiß, ich habe dir gesagt, dass ich bereit bin, es zu riskieren, aber das war, bevor meine Mutter ihren Unfall hatte. Seitdem ist alles anders, es fühlt sich an, als hätte mir jemand den Boden unter den Füßen weggezogen.«

»Wir sollten jetzt nicht über solche wichtigen Entscheidungen sprechen.«

»Doch, Mirchen, genau jetzt sollten wir das tun. Weil so eine Entscheidung wirklich viel zu wichtig ist, um sie einfach so zu treffen.« Sein Tonfall wurde heftiger. »Wie soll das denn gehen, mein Süßkind? Ein Kind von einem Vater, der sich nicht kümmern kann? Der viel zu alt ist und der schon ein anderes Leben hat? Das ist doch verantwortungslos! Nicht nur einem Kind, sondern auch dir gegenüber! Ich nehme dir damit jede Chance, doch noch jemanden zu finden, mit dem du alles haben kannst.«

»Nein!« Jetzt schrie sie wirklich, während ihr gleichzeitig die Tränen kamen. »Diese Entscheidung kannst du nicht für mich treffen, das muss ich schon ganz allein wissen. Und ich wünsche mir nichts mehr als ein Kind von *dir*.«

Er schloss die Augen, zog sie wieder ganz fest an sich. »Das weiß ich doch, Mirchen. Und für einen kurzen Moment dachte ich auch, es wäre vielleicht möglich, etwas vollkommen Verrücktes zu tun. Aber jetzt geht es nicht mehr, es geht einfach nicht.« Sie hörte, wie schwer er bei seinem letzten Satz atmete: »Und ich möchte es auch nicht mehr.« So lagen sie da, nebeneinander auf dem Bett in einem Hagener Hotelzimmer. Lagen dort und schwiegen, weil es scheinbar keine Worte mehr gab. Das würde also nun das Ende sein? Leere breitete sich in Miriam aus. Eine große, geräuschlose Leere, ergriff von ihrem Herzen, von ihrem gesamten Körper Besitz, breitete sich aus wie ein Geschwür, sie fühlte sich wie gelähmt, wie eingeschlossen in sich selbst. Obwohl Philipp ihr so nah war, schien er im selben Moment unendlich weit weg zu sein, weiter als jemals zuvor.

»Nein«, flüsterte sie.

»Nein?«

»Nein.« Sie erklärte nicht, was sie meinte. Aber Philipp wusste es auch so. Er rückte ein Stück von ihr ab, sah sie wieder aus seinen hellblauen, unendlich traurigen Augen an.

»Nein?«, fragte er noch einmal.

»Nein.« Sie schüttelte den Kopf, lächelte und streichelte seine stoppelige Wange. Und dann küsste sie ihn, mit einem Kuss, der nichts weiter sagte als »ja«. Ja, *ich bleibe bei dir, egal was ist, egal zu welchen Bedingungen, ich werde dich nicht verlassen. Nie.*

Als ihre Lippen sich trennten, sah sie an seinen Augen, dass er sie verstanden hatte.

»Das willst du wirklich?«, fragte er. »Auch, wenn ich zu einem Kind nicht mehr bereit bin?«

»Ja. Auch dann.«

6.
24. Dezember

Ein richtiges kleines Weihnachtswunder«, sagte Schwester Gabriele und nahm meiner Mutter das vollgeschlabberte Lätzchen vom Hals.

Es war Heiligabend, das Krankenzimmer glänzte im Schein einer Lichterkette von hundert künstlichen Raureifkerzen auf einem dunkelgrünen Plastikweihnachtsbaum, während aus der Krankenhauskapelle leise »Stille Nacht« zu uns herüberschwebte. Unsere ganze kleine Großfamilie – meine Schwester und mein Schwager, meine zwei verheirateten Nichten mit ihren Männern und dem ersten Urenkelkind, meine Frau und meine Tochter und ich – wir alle hatten uns um das Bett meiner Mutter versammelt, knabberten Spekulatius und tranken heißen Kakao mit Sahne oder Früchtetee. Und mittendrin, glücklich wie das Christkind selbst, thronte meine Mutter, aufrecht sitzend in ihrem Bett, ohne Schläuche und Apparate, die Brille auf der Nase, in einem adretten rosafarbenen Nachthemd, frisiert und geschminkt wie zu einem Theaterbesuch, strahlte über das ganze Gesicht und brabbelte herrlich dummes Zeug, weitgehend ohne Sinn und Verstand, aber mit jeder Menge Lebensfreude.

Vor drei Tagen war sie aus ihrem komatösen Zustand aufgewacht, und aus irgendeinem Grund zwischen Himmel und Erde, den weder Dr. Fuchs noch wir wirklich verstanden, war so etwas wie eine Seele in ihr wieder zum Leben erwacht, die Seele eines zehnjährigen Mädchens im Körper einer vierundachtzigjährigen Greisin. Immerhin, sie erkannte wieder ihre engsten Angehörigen, konnte lallend und krächzend Gebrauch von ihren Sprachwerkzeugen machen, und wenn man sie auf beiden Seiten stützte, war sie imstande, ein paar trippelnde Schritte über den Flur zu gehen. Ja, sie konnte sogar wieder lesen, behauptete sie zumindest, auch wenn sie die Zeitung auf dem Kopf hielt und die Nachrichten, die angeblich darin standen, allein ihrer außer Rand und Band geratenen Phantasie entsprangen. Aber das war uns egal – Hauptsache, sie war glücklich!

»Wenn ich ehrlich bin«, sagte Schwester Gabriele, »keinen Pfifferling hätte ich mehr darauf gewettet, dass ein solches Wunder geschieht.«

Meine Mutter drehte sich zur Seite, schaute erst Schwester Gabriele an, dann ihre zwei Enkeltöchter und ihr Urenkelkind, bis ihr Blick an meiner Frau hängen blieb.

»Machst du einmal ›ei‹ bei mir?«, fragte sie mit verliebten Augen und streckte die Hand nach ihr aus.

»Aber natürlich, Mama.« Meine Frau nahm ihre Hand, strich ihr über die Wange, küsste sie auf die Stirn. »Ei«, sagte und machte sie. Und immer wieder: »Ei, Mama, ei, ei, ei ...«

Meine Mutter gluckste vor Freude, und meine Frau musste vor Rührung weinen, genauso wie wir alle, meine Schwester und meine Nichten und mein Schwager und ich, einschließlich Schwester Gabriele, als wir dieses Bild sahen. Und während ich mir über die Augen wischte, kam mir ein unheimlicher Gedanke, ein ganz und gar absurder Gedanke, der Gedanke eines Geisteskranken, den ich aber dennoch nicht unterdrücken konnte.

Hatte meine Mutter irgendwie, ohne es zu wissen, aus einem geheimen, dunklen Instinkt heraus, mit ihrem Unfall ihr Leben in die Waagschale geworfen? Damit ich meine Ehe nicht verriet?

7.

Weihnachten. Das Fest der Liebe. Wie jedes Jahr verbrachte sie es bei ihrer Schwester Heike und deren Familie, außerdem waren noch ihre Mutter und ihre Großmutter zu Besuch. Eine große heitere Runde, in der sie sich fühlte wie der Fehler im Suchbild. Während die anderen fröhlich plauderten und sich dabei die Gans schmecken ließen, die Heikes Mann Georg wie jedes Jahr zubereitet hatte, hockte sie nur stumm vor ihrem Teller und stocherte lustlos mit ihrer Gabel im Essen herum. Die anderen nahmen nicht sonderlich Notiz von ihr, denn sie bot das gleiche Bild wie jedes Jahr: allein, ohne Partner, der tragische und hoffnungslose Fall. Ihre Familie hatte keine Ahnung von Philipp, und sie verspürte auch nicht die geringste Lust, ihnen davon zu erzählen. Die Reaktionen darauf konnte sie sich auch so vorstellen, also hielt sie lieber den Mund und spielte ihre Rolle als ewiger Single, so, wie sie es bis auf die drei Jahre, in denen sie verheiratet gewesen war, von jeher tat.

Seit Hagen hatte sie Philipp nicht mehr gesehen, hatte nur hin und wieder mit ihm telefoniert und dabei stets das Gleiche von ihm gehört: dass der Zustand seiner Mutter immer noch ungewiss war, dass sie weiterhin abwarten müssten, dass er sie liebte und hoffte, sie schon bald wieder in seinen Armen halten zu können. Und so wartete sie eben, so, wie sie schon oft gewartet hatte. Die Ungewissheit trieb sie wieder einmal fast in den Wahnsinn, aber sie wusste, dass sie in der jetzigen Situation unmöglich darauf drängen konnte, ein nächstes Treffen zu vereinbaren. Philipp waren die

Hände gebunden, und ihr blieb nichts weiter übrig, als sich in Geduld zu fassen.

»Dann wollen wir mal Bescherung machen!«, sagte ihre Schwester, nachdem alle mit dem Essen fertig waren. Die Kinder sprangen aufgeregt von ihren Plätzen auf und rannten ins Wohnzimmer, wo ein großer geschmückter Tannenbaum den gesamten Raum dominierte. Die Erwachsenen folgten etwas gemächlicher und wesentlich unaufgeregter, sie alle hatten – von den Kindern abgesehen – bereits seit Jahren ein Keine-Geschenke-Abkommen untereinander.

»Geil!«, brüllte Hannah, Heikes älteste Tochter, und hielt triumphierend einen iPod in die Höhe, den sie soeben von seiner Verpackung befreit hatte. Dann stürzte sie auf ihre Mutter zu und fiel ihr jubelnd um den Hals. Nele und Lotta balgten sich derweil um ein großes sperriges Geschenk, bis Georg dazwischenging und ein zweites in genau derselben Größe unterm Weihnachtsbaum hervorzerrte, das er Lotta, die mittlerweile heulte, überreichte. Gute zehn Minuten dauerte das Auspacken und Aufschreien – mal aus Begeisterung, mal aus Unmut darüber, dass eines der Geschwister ein vermeintlich besseres Geschenk bekommen hatte. Dann waren alle Kinder ins Spiel vertieft, während die Erwachsenen den Rotwein genossen, den Georg besorgt hatte, und über ihre Pläne für die freie Zeit zwischen den Jahren plauderten.

Pläne, Miriam hatte keine Pläne, also konnte sie zu der Unterhaltung auch nichts beisteuern. Während sie per SMS ein paar Weihnachtsgrüße beantwortete, die Freunde ihr geschickt hatten, darunter auch Thomas, dessen Herz nicht genug für sie brannte, sah sie ihren Nichten zu, wie sie ihre neuesten Errungenschaften bereits in ihre Einzelteile zerlegten. Der Anblick machte sie melancholisch. Wie jedes Jahr zu Weihnachten und zu Ostern, wenn ihr umso schmerzlicher bewusst wurde, dass sie keine eigenen Kinder hatte. Und vermutlich auch keine mehr bekommen würde. Ihre Gedanken wanderten erneut zu Philipp und ihrem Treffen in Hagen. Als sie ihm gesagt hatte, dass sie bei ihm bleiben, dass sie ihn nicht verlassen würde, auch, wenn er nicht mehr bereit dazu war, es mit einem gemeinsamen Kind zu versuchen. Möglich, dass sie sich in ein paar Jahren dafür hassen würde, aber es war ihr einfach nicht möglich gewesen, das, was sie mit ihm zusammen hatte, aufzugeben.

Lieber der Spatz in der Hand, dachte sie, um den Gedanken im nächsten Moment wieder zu verwerfen. Nein, Philipp war alles andere als ein Spatz in der Hand. Er war derjenige, auf den sie so lange gewartet, nach dem sie sich immer gesehnt hatte. Und wenn das bedeutete, für ihn auf ihren Kinderwunsch zu verzichten; wenn das bedeutete, mit ihm nie ein »normales« Leben haben zu können, nie gemeinsam mit ihm ihre versponnenen Träumereien von einem Häuschen in Irland oder sonst wo verwirklichen zu können; wenn das bedeutete, ein Leben lang nur noch Himmelfahrten und nie einen Alltag zu erleben; wenn es bedeutete, Philipp nie allein für sich zu haben, ihn immer teilen und sehr viel Zeit mit sich allein verbringen zu müssen – dann war sie tatsächlich bereit dazu. Sie wusste, dass alle anderen – ihre Familie, ihre Bekannten und Kollegen, nicht zuletzt Carolin – fassungslos über diese Entscheidung wären. Aber keiner von ihnen verstand, was sie tief in ihrem Herzen wusste: Philipp war ihr Mann. Und selbst halb waren sie füreinander so viel mehr, als viele andere Menschen einander waren, die sich ganz hatten.

»Was hast du denn, mein Schatz? Du guckst so traurig«, unterbrach ihre Mutter ihre Gedanken.

»Nichts«, sagte sie und lächelte. »Ich bin nicht traurig, im Gegenteil, ich bin sogar sehr glücklich.« Sie stand auf und verließ das Wohnzimmer. Vor zwei Stunden hatte sie Philipp über Handy eine kleine Weihnachtsmail geschickt, nun wollte sie in Ruhe nachsehen, ob er ihr mittlerweile geantwortet hatte.

Er hatte.

Mein liebstes, mein allergeliebtestes Süßkind!
Es ist, als wäre ein Wunder geschehen! Mama ist nicht nur aufgewacht, seit heute Morgen scheint sie im wahrsten Sinne des Wortes wie von den Toten auferstanden, und wir verbringen ein schönes Weihnachtsfest mit der gesamten Familie. Wie sehr ich doch wünschte, du wärst jetzt hier bei mir! Aber weil es eben jetzt nicht geht, hoffe ich, dass du ein bisschen Freude an dem Geschenk hast, das ich vorhin für dich entdeckt habe. Am 3. Januar spielen »Jupiter Jones« in der Düsseldorfer Philipshalle, und ich habe uns sofort Karten gekauft und zwei Nächte in einem Hotel reserviert. Wenn alles klappt, haben wir dann unsere nächste Himmelfahrt, und ich kann dir gar nicht sagen, wie sehr ich mich darauf freue, dich dann endlich wiederzusehen! Also, freust du dich?
1000 Küsse zur Weihnacht, ich liebe dich,
Philipp

Sie antwortete mit nur einem Wort: »Ja.«

8.

3. Januar

Ich war spät dran, schon zehn vor acht, als ich endlich in Düsseldorf ankam und meinen Wagen auf den Parkplatz fuhr. Hell erleuchtet erhob sich die Philipshalle vor dem dunklen Nachthimmel, ein flacher, lang gestreckter Sechzigerjahrekasten mit einem schmalen Querstreifen Glas im unteren Teil der Fassade und darüber ganz viel Beton. Doch mir kam er vor wie eine Verheißung. Ich hatte mir zwei Tage Auszeit bei meiner Mutter genommen, sie war inzwischen so weit, dass sie sogar allein auf der Station ein bisschen herumspazieren konnte und den Schwestern hinterherlief wie ein Hündchen, vor allem Schwester Gabriele. Zwei Tage mit Miriam, nur sie und ich – zum ersten Mal wieder eine Himmelfahrt. Zwei Tage ohne Fragen, ohne Sorgen, ohne Angst, in der es nichts anderes gab als sie und mich und ein hoffentlich großes Bett. Ich hatte für uns ein Hotel in Oberbilk gebucht, Martin hatte es mir empfohlen. Vorsichtshalber hatte ich sogar einen Kühlschrank 2.0 im Kofferraum bereitgestellt. Bei Martins Empfehlungen konnte man nie wissen.

Ich verließ den Wagen und eilte über den Parkplatz in die Richtung der Halle. Nur noch wenige Besucher strömten auf den Eingang zu, die Vorgruppe hatte um sieben angefangen, und das Hauptkonzert würde um acht beginnen, also in wenigen Augenblicken. Miriam und ich waren um Viertel vor im Foyer verabredet. Ich war so unbeschreiblich glücklich, dass sie mich in Hagen nicht zum Teufel gejagt hatte, trotz der Rücknahme meines Versprechens. Sie hatte verstanden, dass ich in dieser Situation, in der ich mich gerade befand, einfach unfähig war, die Zeugung eines Kindes zu riskieren. Konnte es einen größeren Liebesbeweis geben? Sie hatte zu mir gehalten, ohne Wenn und Aber. Hatte mir die größte Enttäuschung verziehen, die ich ihr überhaupt zufügen konnte. Weil unsere Liebe ihr wichtiger war als alles andere. Sogar wichtiger als ihr Wunsch nach einem Kind.

Das Foyer war menschenleer, als ich die Halle betrat, nur ein paar Garderobenfrauen langweilten sich hinter ihren Theken, plauderten miteinander oder lösten Kreuzworträtsel. Während aus dem Saal die Bässe wummerten, schaute ich mich um. Saß Miriam vielleicht noch im Zug? Oder war sie schon im Saal? Ich nahm mein Handy aus der Tasche und schaute auf die Nachricht, die sie mir gestern Abend geschrieben hatte. »Kann sein, dass ich mich etwas verspäte, habe gerade gesehen, dass die Bahn ab morgen mal wieder streikt. WARTE AUF MICH.«

Ich wollte gerade ihre Nummer aufrufen, da ertönte ein Aufschrei aus tausend Kehlen, und Applaus brandete auf. Acht Uhr. Das Hauptkonzert hatte begonnen.

»So still, dass jeder von uns wusste,
das hier ist – für immer,
für immer und ein Leben, und es war
so still, dass jeder von uns ahnte,
hierfür gibt's kein Wort,
das jemals das Gefühl beschreiben kann.«

Mein Herz machte einen dreifachen Salto. Gleich der erste Titel war unser Song! Aufgeregt wählte ich Miriams Nummer. Dieses Lied mussten wir zusammen hören! Unbedingt! Voller Ungeduld hörte ich das Freizeichen, zweimal, dreimal, viermal. Warum, zum Teufel, ging sie nicht ran?

*»Jetzt bin ich leider auch nicht auf Handy zu erreichen ...«,
hörte ich ihre Voicemail-Stimme.*

Mist, sie hörte es nicht. Ausgerechnet jetzt! Ich lief den Gang hinunter zum Saal. Bestimmt stand sie irgendwo am Eingang und wartete auf mich. Aber an welchem Eingang? Ohne mir weiter den Kopf zu zerbrechen, riss ich die erstbeste Tür auf. Mit achttausend Dezibel schallte mir der Refrain unseres Songs entgegen.

»Ich hab so viel gehört, und doch kommt's niemals bei mir an, das ist der Grund, warum ich nachts nicht schlafen kann ...
Wenn ich auch tausend Lieder vom Vermissen schreib,
heißt das noch nicht, dass ich versteh.
warum dieses Gefühl für immer bleibt.«

Das Publikum sang den Song aus tausend Kehlen mit, genauso wie Miriam und ich es so oft getan hatten, im Auto, unter der Dusche, am Telefon. Ich stellte mich auf die Zehenspitzen. Doch Miriam war nicht da, ich konnte sie nirgendwo entdecken, nur lauter fremde Gesichter, die glücklich und beseelt zur Bühne schauten, wo Jupiter Jones ihre Gefühle in Worte und Töne verwandelte.

»So still, dass alle Uhren schwiegen,
ja, die Zeit kam zum Erliegen,
so still und so verloren gingst du fort.«

Ich machte kehrt und trat wieder hinaus ins Foyer. Allmählich wurde ich sauer. Wir hatten uns an der Garderobe verabredet. Warum hatte Miriam nicht einen Leihwagen genommen? Jetzt verpassten wir das Beste vom ganzen Konzert. Nur wegen diesem Song waren wir doch hier!

»Ich hab so viel gehört, und doch kommt's niemals bei mir an,

das ist der Grund, warum ich nachts nicht schlafen kann ...
Wenn ich auch tausend Lieder vom Vermissen schreib,
heißt das noch nicht, dass ich versteh,
warum dieses Gefühl für immer bleibt.«
Der Refrain versöhnte mich auf der Stelle mit ihr. Wenn ich diesen Song hörte, konnte ich Miriam einfach nicht böse sein. Ich lief den Gang hinunter zur nächsten Tür. Und wenn ich sämtliche Eingänge der Riesenhalle abklappern musste, einen nach dem anderen, irgendwann würde ich sie finden. Und zwar bevor unser Song zu Ende war!
Ich wollte gerade die zweite Tür öffnen, da spürte ich ein Brummen in meiner Hosentasche. Endlich! Eine WhatsApp von Miriam.

Lieber Philipp, ich weiß, es wird ein Schock für dich sein, und ich schäme mich, dass ich nicht selber gekommen bin, um es dir von Angesicht zu Angesicht zu sagen. Aber ich bin zu feige, ich habe es nicht geschafft. Die Wahrheit ist: Gestern hat Thomas sich überraschend bei mir gemeldet, wir haben uns getroffen und miteinander ausgesprochen. Wir sind wieder zusammen. Bitte, frag nicht nach den Gründen, es hat keinen Sinn. Es ist, wie es ist, mehr kann ich dazu nicht sagen ... Leb wohl, Philipp, du wirst immer in meinem Herzen sein. À jamais et pour toujours.«

Die Nachricht traf mich wie ein Keulenschlag im vollen Lauf. Vollkommen betäubt starrte ich auf das Display. Was war passiert? Wie konnte das sein? Sie hatte mir doch versprochen, dass sie zu mir halten, mich nicht verlassen würde, nie-

mals ... Und jetzt war sie wieder mit diesem Thomas zusammen? Einfach so? Aus heiterem Himmel? Mit zitternden Fingern versuchte ich eine Antwort zu tippen. Doch ich hatte noch nicht ihren Namen geschrieben, da veränderte sich die Statuszeile auf ihrem WhatsApp-Account. »zul. online heute, 20:07 Uhr.«

Ich ließ mein Handy sinken. Nein, ich durfte ihr keine Nachricht mehr schicken. Durfte es nicht. Nie wieder. Auch wenn es mir das Herz zerriss und mich für immer in das schwarze Loch stürzen würde. Ich hatte sie schon so oft zurückgeholt, gegen ihren Willen, doch dazu hatte ich kein Recht mehr, nicht, nachdem sie bereit gewesen war, für mich auf ein Kind zu verzichten. Wenn sie jetzt beschlossen hatte, mit einem anderen Mann als mir, und sei es mit diesem Thomas, den sie bisher doch nur einmal am Rande erwähnt und der in meinen Augen nie eine sonderlich große Rolle für sie gespielt hatte, ein neues Leben anzufangen, hatte ich keine Wahl: Ich musste sie gehen lassen. À jamais et pour toujours ...

Ich schloss die Augen und steckte mein Handy zurück in die Tasche. Drinnen im Saal sang Jupiter Jones noch einmal die erste Strophe unseres Songs.

»So still, dass jeder von uns wusste,
das hier ist – für immer,
für immer und ein Leben, und es war
so still, dass jeder von uns ahnte,
hierfür gibt's kein Wort,
das jemals das Gefühl beschreiben kann.«

Als wären meine Füße mit dem Boden verwachsen, stand ich da, unfähig, mich zu rühren, und hörte unser Lied, Zeile für

Zeile, Wort für Wort, bis zum bitteren Ende. Erst als der letzte Ton verklungen war und der Applaus aufbrauste, konnte ich wieder die Augen öffnen.

»Wollen Sie nicht hineingehen?«, fragte mich eine Garderobiere. »Das Konzert hat doch längst angefangen.«

Ich schüttelte den Kopf. Nein, für mich war das Konzert vorbei. Mit Beinen, die schwerer waren als Blei, wandte ich mich zum Portal und verließ das Gebäude.

»Komischer Kerl«, hörte ich die Garderobiere in meinem Rücken. »Lass ihn doch«, antwortete eine Kollegin. »Sag lieber, was ist das Gegenteil von Anfang mit vier Buchstaben?«

Draußen nieselte es. Ich spürte die Feuchtigkeit auf meiner Haut und spürte sie gleichzeitig nicht. Wer weiß, vielleicht war es ja gut so, wie es war, vielleicht war es der perfekte Augenblick, die letzte Möglichkeit, um eine Katastrophe zu vermeiden ... Und während ich durch den Regen zurück zu meinem Auto ging, in dessen Kofferraum vollkommen sinnlos der Kühlschrank 2.0 auf mich wartete, versuchte ich mir noch einmal ihr Gesicht vorzustellen, Miriams Gesicht, wie sie mich angeschaut hatte, bei unserem letzten Mal in Hagen.

November. In ihren Augen war November gewesen.

Büro des Verlegers, heute, 20:48 Uhr

Nachdem er die letzte Seite gelesen hatte, blickte der Verleger noch eine Weile unschlüssig auf das Manuskript. Draußen war es bereits dunkel, seine Assistentin hatte sich vor drei Stunden in den Feierabend verabschiedet – und er hatte seit dem späten Mittag nichts anderes getan, als dieses eigenartige Buch zu lesen. Fast musste er schmunzeln, denn ihm wurde bewusst, dass er das schon lange nicht mehr getan hatte: einfach lesen. Mehr als absurd für einen Verleger, aber in seiner Position hatte er leider so gut wie nie mit Inhalten, sondern fast nur noch mit Zahlen und Strategien und Businessplänen zu tun. Dieses seltsame Manuskript, das – wie auch immer – den Weg auf seinen Schreibtisch gefunden hatte, hatte ihn für einige Stunden wieder voll und ganz in die Welt der Bücher abtauchen lassen, die er doch so sehr liebte und wegen der er vor vielen Jahren die Ausbildung in einem Verlag begonnen hatte.

Er legte den Stapel zur Seite und blickte auf das Deckblatt: »Warte auf mich – Roman von Philipp Andersen und Miriam Bach«. Er zog die Tastatur seines Computers zu sich heran und öffnete die Startseite einer Suchmaschine. »Philipp Andersen« gab er ein, dahinter »Miriam Bach«. Sekunden später spuckte das Internet mehrere Ergebnisse aus: »Philipp Andersen und Miriam Bach, so heißen die zwei Hauptfiguren in dem Roman ›Himmelfahrten‹, einer Erzählung in Tagebuchform.« Natürlich wusste er sofort, wer der Autor von »Himmelfahrten« war, als er seinen Namen las. Und auch der Titel des Buches sagte ihm etwas, es war vor ein paar Jahren in einem anderen Verlag erschienen. Gelesen hatte er die Erzählung allerdings nicht, sie war nicht besonders erfolgreich gewesen, die Leser hatten das Buch nicht gemocht, und ein paar Rezensenten hatten kritisiert, die Geschichte sei irgendwie halbherzig geschrieben. Offenbar hatte ihn nun jemand gezielt dazu gebracht, die Lektüre nachzuholen ... Aber was war mit den anderen Texten, den Computerausdrucken, die offensichtlich von einer Frau stammten? Wer versteckte sich hinter dem Namen? Miriam Bach?

Wieder wandte er sich seinem PC zu, konnte unter diesem Namen aber nichts entdecken außer weiteren Hinweisen auf die Erzählung. Die Frau im goldenen Paillettenkleid, gab es sie wirklich? Gespannt gab er verschiedene Suchbegriffe ein, wurde aber nirgends fündig. Dann fiel ihm wieder der Anfang der Geschichte ein, das Jubiläum eines Konkurrenzverlags in München. Er versuchte sich zu erinnern, so viele Verlage, die in letzter Zeit ihr hundertjähriges Bestehen feiern konnten, gab es schließlich nicht, das würde sich schnell ermitteln lassen ...

Wenige Klicks später landete er auf der Internetseite eines Branchendienstes, und nach kurzem Suchen entdeckte er einen Beitrag über die damalige Feier, an der er selber teilgenommen hatte, ein längerer Text mit verschiedenen Fotos. Er sah sie sofort: Tatsächlich trug sie ein goldenes Kleid, und er wunderte sich, dass er sich daran überhaupt nicht mehr hatte erinnern können. War er bei ihrer Gesangseinlage gerade nicht im Saal gewesen? Anders konnte er es sich nicht erklären, das hätte er doch sonst nicht vergessen! Zumal er auch sie kannte. Die Autorin, die da so fröhlich in ihrem Glitzerdress in die Kamera lächelte, war damals gerade auf dem Sprung von der Nachwuchsschriftstellerin zur etablierten Größe, und er hatte sogar ein paarmal überlegt, sie für seinen Verlag zu gewinnen. Während er ihren Namen vor sich hin murmelte, wurde ihm bewusst, dass es vor Jahren plötzlich still um sie geworden war, dass sie schon länger kein Buch mehr veröffentlicht hatte, obwohl doch damals alle Zeichen auf einen bevorstehenden Durchbruch hingewiesen hatten.

Ein fast unmerkliches Kribbeln breitete sich in seinem Körper aus, er bekam eine Gänsehaut. Das, was hier auf seinem Schreibtisch lag, war ganz offensichtlich die Geschichte der beiden. Die *echte* Geschichte, bisher von niemandem bemerkt, weil niemand die Seite der Frau kannte oder auch nur geahnt hatte, dass es sie überhaupt gab – dass »Himmelfahrten« mehr gewesen war als reine Fiktion. Dieses Buch hatte das Leben geschrieben!

Sein Jagdinstinkt war erwacht. Er eilte die Treppe hinab in das labyrinthische Kellergeschoss des Gebäudes, wo sich das Archiv des Verlags befand, mit nahezu allen Titeln deutscher Autoren, die in den letzten zehn Jahren erschienen waren. Er brauchte nicht lange zu suchen, um »Himmelfahrten« zu finden, der schmale Band nahm sich seltsam fremd zwischen den übrigen Büchern des Autors aus, die allesamt mindestens fünfhundert Seiten stark waren. Noch auf dem Rückweg zu seinem Büro begann er zu blättern. Hier hatte sich jemand richtig Arbeit gemacht. Offenbar waren die Textstellen aus der Erzählung und dem unveröffentlichten Manuskript so miteinander montiert, dass es keine inhaltlichen Überschneidungen gab …

Mit dem Buch in der Hand kehrte er in sein Arbeitszimmer zurück und setzte sich wieder an den Schreibtisch, um die beiden Texte sorgfältig miteinander zu vergleichen.

Da klingelte sein Telefon.

»Haben Sie es gelesen?«, fragte eine Frauenstimme, noch bevor er sich gemeldet hatte.

»Wovon ... wovon reden Sie?«

»Von dem Manuskript, das ich Ihnen heute Mittag auf den Tisch gelegt habe. ›Warte auf mich‹.«

Der Verleger musste grinsen, jetzt wusste er, wen er an der Strippe hatte.

»Okay, ich gebe es zu. Sie haben mich neugierig gemacht, ich habe den Text gelesen. Und ich freue mich sehr, dass Sie mir das Manuskript auf so unkonventionelle Weise angeboten haben, Frau Bach. Ich nehme doch an, dass Sie es sind, nicht wahr?«

»Nein«, sagte die Frau, »ich bin nicht Miriam Bach. Ganz und gar nicht.«

»Wer sind Sie dann?«, fragte er verwundert und auch ein bisschen enttäuscht zurück.

»Das tut jetzt nichts zur Sache. Wollen Sie das Manuskript drucken?«

Der Verleger lehnte sich in seinem Stuhl zurück. Jetzt war er in seinem Element. Natürlich wollte er das Buch haben, aber das musste er der Anruferin ja nicht gleich auf die Nase binden. Schließlich ging es ab sofort um Geld.

»Darauf kann ich Ihnen leider keine Antwort geben«, sagte er. »Nicht, bevor Sie mir Ihren Namen nennen. Wie soll ich sonst wissen, ob Sie überhaupt berechtigt sind, mir den Text anzubieten?«

Die Frau am anderen Ende der Leitung zögerte einen Moment. »*Andersen* ist mein Name«, stellte sie sich vor, ein ironischer Ton lag in ihrer Stimme. »Ich bin Philipp Andersens Frau. Und seine Agentin. Reicht Ihnen das, um meine Frage zu beantworten?«

Der Verleger pfiff leise durch die Zähne. Das war eine

Überraschung. Jetzt machte auch er eine kleine Pause, bevor er weitersprach.

»Okay«, sagte er schließlich. »Wenn das so ist, können wir verhandeln. Und um nicht lange um den heißen Brei herumzureden – ja, der Text interessiert mich, und ich könnte mir durchaus vorstellen, daraus ein Buch zu machen. Allerdings ...« Er ließ das Wort bewusst in der Schwebe.

»Allerdings was?«

»Der Roman ist noch nicht fertig. Um ihn zu veröffentlichen, müssten noch ein paar Kapitel geschrieben werden.«

»Ich bin vollkommen Ihrer Meinung«, erwiderte die Frau. »Sie haben recht – die vorliegende Fassung ist noch nicht druckreif. Ein unsauberer Schluss, der den Leser unbefriedigt lässt.«

»Schön, dass wir einer Meinung sind. Aber haben Sie auch mit Ihrem Mann darüber gesprochen? Ist er bereit, sich noch mal an den Text zu setzen?«

»Mein Mann weiß nicht, dass ich Ihnen das Manuskript angeboten habe.«

»Dann haben wir ein Problem.« Die Stimmung des Verlegers sank schlagartig. »Ohne Zustimmung Ihres Mannes geht gar nichts. Und was Miriam Bach betrifft, so scheint sie überhaupt nicht mehr zu publizieren.«

»Um meinen Mann brauchen Sie sich nicht zu sorgen, ich werde mit ihm reden«, sagte seine Gesprächspartnerin. »Zu Miriam Bach habe ich allerdings keinen Kontakt. Was meinen Sie – könnten Sie vielleicht mit ihr in Verbindung treten?«

Der Verleger dachte kurz nach. Es wäre ja nicht so schwer herauszufinden, von welcher Agentur die Autorin damals vertreten wurde. Dort würde er wahrscheinlich erfahren, wo »Miriam Bach« inzwischen steckte.

»Abgemacht, Frau *Andersen*«, sagte er. »Gleich morgen früh lege ich los. Drücken wir uns die Daumen!«

Kapitel 13

I.

Miriam Bach. Als sie die Betreffzeile der E-Mail las, ging ihr ein Schauer durch und durch. Ein unheilvoller und zugleich erregender Schauer. Seit vielen Jahren hatte sie diesen Namen nicht mehr gehört, gelesen oder benutzt. Zum letzten Mal, als sie einen Stapel Papier in einen Umschlag gesteckt und verschickt hatte. An ihn. An den Menschen, für den sie die vielen Seiten geschrieben hatte, diese vielen Seiten, die eine Geschichte erzählten. Ihre Geschichte, seine Geschichte, ihrer beider Geschichte, die er ebenfalls aufgeschrieben und unter dem Titel »Himmelfahrten« veröffentlicht hatte. Sie hatte damals kurz überlegt, ob sie ihre Sicht der Dinge auch einem Verlag anbieten sollte, sich dann aber dagegen entschieden. Nein, das hatte sie nicht gewollt, hatte das Risiko nicht eingehen mögen, dass irgendjemand auf diese Weise entdecken würde, dass sein Roman eben *kein* Roman, sondern die Wirklichkeit war. Und es wäre nur eine Frage der Zeit gewesen, bis es jemandem aufgefallen wäre, dass diese zwei Geschichten zusammengehörten, dass sie komplementär zueinander waren. Also hatte sie ihren Text nur an ihn geschickt, als Abschied, als letzte Erinnerung an eine Zeit, die mal gewesen war.

Nun also die E-Mail von einem Verleger, die ihr ihre frühere Agentur weitergeleitet hatte und in der er ihr schrieb, dass er beide Texte gelesen hatte. Dass er die Wahrheit wüsste, dass er herausgefunden hatte, wer sich hinter den Namen Miriam Bach und Philipp Andersen verbarg. Und dass er den »Roman«, den sie da geschrieben hatten, gern veröffentlichen wollte, vorausgesetzt, sie würden ihn gemeinsam fertig schreiben, denn seines Erachtens wäre die Geschichte noch nicht zu Ende erzählt. Dafür wäre er bereit, eine nicht unwesentliche Summe zu zahlen, wie ihre frühere Agentin schrieb.

Tatsächlich war das angebotene Honorar beträchtlich, aber das war nicht der Grund, weshalb sie jetzt von ihrem Schreibtisch aufstand und zu ihrem Bücherregal ging, um das kleine dünne Bändchen, das sie unter dem Buchstaben »H« einsortiert hatte, herauszusuchen und seit langer, langer Zeit das erste Mal wieder zur Hand zu nehmen. »Himmelfahrten«. Sie erinnerte sich noch genau daran, wie sie es im Schaufenster einer Buchhandlung entdeckt hatte. Wie sie sofort gewusst hatte, dass die Geschichte von *ihm* war, dass er alles aufgeschrieben hatte. Und wie sie beim Lesen die Tränen nicht hatte zurückhalten können und ihr einziger Trost darin bestanden hatte, eine Antwort darauf zu verfassen.

Sie schlug das Buch auf. »Für M.«, stand auf der ersten Seite, und damals hatten ein paar Journalisten und Leute aus der Verlagsbranche eine Zeit lang gerätselt, wer sich wohl hinter dem Buchstaben verbarg, es dann aber irgendwann aufgegeben. Sie brauchte nur die ersten Zeilen zu lesen, sofort tauchte sie wieder in die Vergangenheit ab, fand sich wieder in dem Festsaal in München, dort, wo alles begonnen hatte, es war, als würde sie die Szene direkt vor sich sehen.

Plötzlich war sie da. Wie vom Himmel gefallen. Saß einfach neben mir, so nah, dass unsere Schenkel sich berührten, und hielt meine Hand, oder ich ihre, das ließ sich nicht unterscheiden. Wie war sie bloß auf diesen Stuhl geraten ...

Sie schlug das Buch zu. Das war ewig her. Ewig her und vorbei.

»Honey?« Die Stimme ihres Mannes ließ sie zusammenzucken, und obwohl sie ja gar nichts getan hatte – nichts, außer ein Buch aus dem Regal zu nehmen und darin zu blättern –, stellte sie den Roman beinahe schuldbewusst zurück und ging hinaus in den Garten.

Aaron stand an der Gartenpforte und hatte Viggo auf dem Arm, ihr Sohn steckte noch in der Schuluniform von St. Vincent's und zappelte herum, während sein Vater ihn lachend festhielt.

»Mum!«, rief Viggo. »Daddy lässt mich nicht runter!«

»Ich hab ihm gesagt, dass du noch arbeitest und er dich nicht stören soll«, erklärte Aaron.

»Schon gut«, sagte sie. »Ich bin gerade mit meiner Übersetzung fertig geworden.« Sie breitete beide Arme aus, Aaron ließ ihren Sohn runter auf den Boden, sofort stürmte der Sechsjährige auf sie zu und stürzte sich in ihre Arme, als hätte er sie seit einem halben Jahr nicht mehr gesehen.

Aaron schüttelte schmunzelnd den Kopf. »Was für eine Mamakind!«

»*Ein*«, korrigierte sie sein Deutsch, »*ein* Mamakind.«

»Whatever«, sagte ihr Mann, »ich geh und hole die Einkauf aus die Auto.«

Während sie mit ihrem Sohn an der Hand zurück ins Haus ging, drehte sie sich noch einmal um, ließ ihren Blick über das

Tal gleiten, das sich hinter ihrem Grundstück scheinbar endlos in den grünen Hügeln der Wicklow Mountains ausbreitete und zu ihrer Linken sanft hinunter zum Meer verlief. Normalerweise genügte allein der Anblick dieser Landschaft, um in ihrem Innern ein Gefühl von tiefer Ruhe und Zufriedenheit auszulösen. Aber diesmal ließ die Anspannung nicht von ihr ab. Und sie wusste auch genau, warum.

Nachdem sie mit ihrem Mann und Sohn zu Abend gegessen und Viggo ins Bett gebracht hatte, machte Aaron sich wie so oft auf den Weg zum Pub, um den Tag bei einem Bier, Musik und Gesprächen mit ein paar Freunden zu beschließen. Normalerweise begleitete sie ihn, das »Fitzgerald's« war nur ein paar hundert Meter von ihrem Häuschen entfernt, sodass Viggo sie dort jederzeit und mühelos finden konnte, falls er aufwachte. Aber diesmal sagte sie Aaron, dass sie lieber zu Hause bleiben und noch einmal ihre Übersetzung durchlesen wollte, die sie in den nächsten Tagen abschließen und nach Deutschland schicken musste.

Kaum war sie allein an ihrem Schreibtisch, öffnete sie allerdings nicht die Übersetzung, sondern ging ins Internet und suchte eine bestimmte Seite. *Seine* Seite. Ihr Herz zog sich zusammen, als sie ein Foto von ihm sah. Er hatte sich kaum verändert. Noch dieselben durchdringenden blauen Augen, dasselbe volle braune Haar mit den grauen Schläfen, dasselbe Lächeln, bei dem in jeder seiner Wangen ein kleines Grübchen zum Vorschein trat. Derselbe Mann, den sie zuletzt vor sieben Jahren in einem Hagener Hotelzimmer gesehen hatte. Sieben Jahre. Sie konnte selbst kaum glauben, dass es schon so lange her war, jetzt gerade schien es ihr, als hätte sie ihn erst gestern zuletzt gesehen und im Arm gehalten. Und obwohl er mittlerweile schon über sechzig Jahre alt war, hatte er nichts von seiner Anziehungskraft eingebüßt, die er vom ersten Augenblick an auf sie ausgeübt hatte.

»Benjamin Button«, flüsterte sie. »Da bist du ja!«

Obwohl sie selbst nicht verstand, weshalb sie es tat, bewegte sie den Zeiger ihrer Maus auf das Feld »Kontakt« und klickte es an. Die Seite öffnete sich und gab die Daten seiner Agentur bekannt. Sie schloss das Fenster, das war nicht die richtige Adresse, um ihm zu schreiben. Ob es seine alte Mail noch gab? Dieses geheime Postfach, das er sich irgendwann unter dem Namen »Philipp Andersen« zugelegt hatte? Ohne weiter darüber nachzudenken, ging sie in ihren Outlook-Account und gab die Adresse ein. Das Schicksal würde ihr schon zeigen, ob der Name für ihn noch eine Bedeutung hatte. Und während sie ihm schrieb und gar nicht wusste, warum sie das tat, hoffte sie einerseits, dass es so wäre – und andererseits, dass nicht.

Denn in einem Punkt hatte der Verleger keineswegs recht: Ihre Geschichte war zu Ende. Schon seit langer, langer Zeit.

2.
17. Juni

Lieber Philipp,
du wunderst dich sicher, dass ich dir nach so langer Zeit schreibe, ich wundere mich ja selbst darüber. Aber heute ist etwas Eigenartiges passiert: Meine frühere Agentur hat

mir die Mail eines Verlegers weitergeleitet, der dein Buch und mein Manuskript kennt und der uns darum bittet, daran weiterzuschreiben. Ich war mehr als überrascht, als ich seine Mail las. Wie kommt er an diese beiden Texte? Hast du sie ihm geschickt? Falls nicht, kann ich mir vorstellen, dass er sich auch an dich wendet, und da wollte ich nur ... Na ja, ich wollte halt nur, du weißt schon.
Es fühlt sich seltsam an, dir jetzt zu schreiben, und ich habe nicht einmal eine Ahnung, ob es diese Mailadresse überhaupt noch gibt. Trotzdem wollte ich es einfach mal versuchen, denn diese Anfrage hat mich doch irgendwie aufgewühlt. Lange ist das alles her, so lange, und trotzdem ... Ich weiß auch gar nicht, was ich noch schreiben soll, vielleicht ist es das Beste, die Sache einfach zu vergessen.
Hoffe, es geht dir gut!
Miriam

Als ich ihre Zeilen las, war es, als hätte jemand die Zeit aufgehoben. Zwar schaute ich immer mal wieder in den Mailaccount, den ich damals ausschließlich für unsere Korrespondenz angelegt hatte. Doch in all den Jahren, die inzwischen vergangen waren ohne eine einzige Nachricht von ihr, war daraus eine Art Marotte geworden, eine schrullige Routine, die ich alle paar Tage wiederholte, ohne irgendeine ernsthafte Erwartung daran zu knüpfen. Ich brachte es einfach nicht über mich, das Fach für immer zu schließen. Das war alles.

Und plötzlich diese Mail. Einfach so. Aus dem Nichts.

Lieber Philipp ...

Ich musste schlucken, so sehr berührte mich die harmlose, unscheinbare Anrede. Wie lange war das her, dass sie mich zum letzten Mal mit diesem Namen angesprochen hatte? Mit diesem Namen, den es nur in unserem Roman gab? Und der doch eine wunderbare Zeit lang mein einzig wahrer und wirklicher Name gewesen war?

Noch einmal las ich ihre Mail, denn ich verstand kein Wort von dem, was sie mir schrieb. Ein Verleger hatte unsere beiden Manuskripte gelesen? Das konnte doch gar nicht sein – es sei denn, Miriam hatte ihm ihren Text zugeschickt. Das aber war offenbar nicht der Fall. Außerdem, was sollte das heißen – »daran weiterschreiben«? Von meiner verrückten Idee, die ich zu Beginn unserer Liebe gehabt hatte, zusammen mit Miriam einen Dialogroman zu schreiben, um beim Schreiben vielleicht zusammen Antworten auf all die Fragen zu uns und unserer Geschichte zu finden, auf die wir jeder für sich keine Antworten hatten, wusste außer ihr und mir kein Mensch – sowenig wie außer ihr und mir kein Dritter unsere beiden Texte kannte ... Das Ganze war ein Rätsel, auf das ich mir keinen Reim machen konnte, sooft ich ihre Mail auch las.

Während meine Augen wieder und wieder über die wenigen Zeilen glitten, glaubte ich plötzlich, ihre Stimme zu hören. In dem hellen, zärtlichen, ein klein wenig kindlichen Flüsterton unserer nächtlichen Telefonate, den ich so sehr liebte, weil ich mich nie einem Menschen näher gefühlt hatte als ihr, wenn sie mit dieser Stimme zu mir sprach. Wie sehr hatte ich gelitten, als sie so plötzlich aus meinem Leben verschwunden war. Ohne jede Spur, ohne jeden Hinweis, warum sie sich von mir abgewandt hatte und zu Thomas zurückgekehrt war. Innerhalb ei-

nes Tages hatte sie alle Kontaktmöglichkeiten abgebrochen. Einmal noch, auf dem Weg von Düsseldorf zurück zu meiner Mutter, am späten Abend hatte ich versucht, sie anzurufen. Doch auf ihrem Handy hatte statt ihrer Mailboxansage eine automatische Computerstimme geantwortet, und ihre Festnetznummer gab es nicht mehr. Am nächsten Morgen stellte ich fest, dass sie ihren WhatsApp-Account gelöscht hatte, auf Skype war ihr Pünktchen für immer getilgt, eine Test-E-Mail wurde vom Mailer-Daemon zurückgeschickt, und als ich bei Facebook nach ihr schaute, erfuhr ich, dass sie sich von mir »entfreundet« hatte. Damals hatte ich voller Entsetzen begriffen, wie wenig ich von ihr wusste. Ich wusste nicht, wo ihre Eltern wohnten, noch ob sie Geschwister hatte – ich kannte nicht mal den Nachnamen ihrer besten Freundin Carolin, geschweige denn deren Adresse. Nur ihre Agentin hatte ich erreicht. Sie hatte mir mitgeteilt, dass ihre »Klientin« beschlossen habe, nicht mehr zu schreiben, und ins Ausland gegangen sei.

Miriam ... Mirchen ... Mein Süßkind ...

Ja, das Gefühl war immer noch da, das spürte ich gerade mit überwältigender Wucht. Es hatte nur in mir geschlummert, ganz tief im Dunkel meiner Seele, doch gestorben war es nie. Selbst die »Himmelfahrten« hatten es nicht geschafft, das Gefühl in mir auszulöschen. Ich hatte das kleine Büchlein in einer Art Selbsttherapie geschrieben, noch auf der Rückfahrt von Düsseldorf hatte ich den Entschluss dazu gefasst, aus dem Herzen, von mir selbst zu schreiben statt von fremden, längst verrotteten Figuren der Weltgeschichte. Zum ersten Mal überhaupt, um die Wunden dieser Liebe zu heilen, hatte ich versucht, mein Leben in Schreiben zu verwandeln, wie Miriam es mir empfohlen hatte, um dadurch wieder in mein Leben zurückzufinden, in welches Leben auch immer. Genauso wie sie. Sie hatte unsere Geschichte ja auch aufgeschrieben, doch im Gegensatz zu mir hatte sie ihr Manuskript nie veröffentlicht. Sie hatte mir ihre Version von unserer Geschichte ohne jeden Kommentar geschickt, danach hatte ich nie wieder etwas von ihr gehört.

Ich öffnete die Schublade meines Schreibtischs, in der ich ihr Manuskript aufbewahrte, unter alten Autopapieren und Verträgen. Ich wollte den Text noch einmal lesen, weiter ihre Stimme hören, ihre Nähe spüren – den Nachhall unserer Liebe. Doch die Schublade war leer. Anstelle ihres Manuskripts fand ich nur einen Brief. Die Handschrift erkannte ich sofort. Der Brief war von meiner Frau.

Erinnerst du dich – letzten Freitag? Du riefst mich aus dem Auto an, du brauchtest ein paar Angaben aus einem Verfilmungsvertrag, ich sollte in deinem Schreibtisch nachsehen. Dabei bin ich auf ein Manuskript gestoßen, das nicht von dir stammte. Sondern von Miriam Bach.
Du kannst dir denken, was für ein Schock diese Entdeckung war. Eine Welt stürzte für mich ein – unsere Welt. Trotzdem bin ich froh, dass mir diese Entdeckung nicht erspart blieb. Ich habe seit Jahren gespürt, dass es etwas in deinem Leben gibt, wovon ich nichts weiß, etwas, das du vor mir versteckst. Wie ein Schatten, der auf unserer Ehe liegt. Jetzt endlich weiß ich, was es ist. Wenigstens das. Und ich weiß auch, dass du damit noch nicht abgeschlossen hast.
Wenn du willst, dass wir beide je wieder eine Chance ha-

ben, musst du diese Sache zu Ende bringen. So oder so. Und ich kenne dich gut genug, um zu wissen, dass es für dich nur eine Möglichkeit gibt, mit etwas wirklich abzuschließen: indem du ein Buch daraus machst. Schreibt also eure Geschichte fertig, bis zu einem sauberen Ende. Das ist meine Bedingung. Ohne einen solchen Abschluss hat es keinen Sinn, dass wir miteinander reden.

Um dir die Entscheidung zu erleichtern, habe ich eure beiden Texte zusammengefügt und das Manuskript einem Verlag angeboten. Ich denke, als deine Agentin ist dies meine Pflicht. Und als deine Frau, denke ich, ist es mein Recht.

Ich bin sicher, wenn du diesen Brief liest, hat entweder der Verleger sich mit dir bereits in Verbindung gesetzt, oder aber Miriam Bach. Ich brauche dir also weiter nichts zu erklären.

Damit du in Ruhe überlegen kannst, bin ich zu meiner Schwester gefahren. Dort bleibe ich, bis ich Nachricht von dir bekomme.

Es ist an dir, dich zu entscheiden.

Ich schloss die Augen und holte tief Luft. Meine Frau hatte Miriam entdeckt – die zweite Frau, die es in meinem Leben gab. So viele Jahre lang hatte ich gedacht, Miriams und meine Liebe wäre für immer unser Geheimnis, und dieser Glaube, dass meine Frau unter dem Betrug, den ich an ihr begangen hatte, wenigstens nicht hatte leiden müssen, erleichterte mir ein wenig das Gewissen. Und jetzt dieser Schock, den diese Entdeckung ihr versetzt hatte, aus scheinbar heiterstem Ehehimmel. Aber offenbar hatte sie ja schon früher etwas geahnt, es immer gespürt. Meine Erklärung der Widmung – »Für M.« bedeutet »Für Martin« – hatte sie damals mit einem Stirnrunzeln quittiert: eine solche Liebesgeschichte für einen Telefonkumpel? Auch hatte sie die »Himmelfahrten« nie gemocht, es war das einzige meiner Bücher, das sie nur mit Widerwillen zu Ende gelesen hatte. Dabei hatte sie vielleicht die Erzählung instinktiv besser verstanden als irgendjemand sonst; schon damals hatte sie den Schluss bemängelt, so wie sie jetzt auch erkannt hatte, dass das Ende in Miriams Version so wenig schlüssig war wie in meiner. Wir hatten uns beide um die Auflösung herumgemogelt, sowohl in unserer Geschichte wie im Leben. Eine wirkliche Entscheidung war nie gefallen – Miriam hatte mich verlassen, aus Gründen, die ich nicht verstand, und ich hatte mich in mein Schicksal gefügt. Jetzt galt es, ihre wahren Beweggründe von damals in Erfahrung zu bringen, damit wir wirklich eine Entscheidung treffen konnten. Indem wir diesen Roman zu Ende schrieben, Miriam und ich, unsere gemeinsame Geschichte endlich zu einem Abschluss brachten, auch wenn wir nicht wussten, wie das Ende ausgehen würde. Wir waren Schriftsteller, wir konnten nur in Geschichten denken. Unser Roman musste die Antwort geben, die wir selber im Leben nicht gefunden hatten.

Ich legte den Brief beiseite, griff zu der Maus meines PCs und klickte auf »Antworten«, um ihr eine Mail zu schicken. Sie enthielt nur einen einzigen Satz:

Wann und wo können wir uns sehen?

3.

Wann und wo können wir uns sehen?

Sie musste lachen, als sie am nächsten Abend seine Antwort las. Nun hatte sie so viele Jahre nichts mehr von ihm gehört – und doch war er noch genau derselbe Philipp, den sie verlassen hatte. Der Ungeduldige, Ungestüme, der Kompromisslose, der keine langen Verrenkungen macht, sondern sofort auf den Punkt kommt. Wann und wo? Sie lehnte sich auf ihrem Stuhl zurück und versuchte sich sein Gesicht vorzustellen, wie er diese Nachricht an sie schrieb. Es war wie damals, nach ihrer ersten Begegnung, als er auch kein »Nein« von ihr hatte gelten lassen wollen und sich in seiner maßlosen Selbstüberschätzung mehr oder weniger einfach bei ihr zu Hause eingeladen hatte. Nun ja, so sehr hatte er sich natürlich gar nicht überschätzt, sie war ihm ja tatsächlich nur einen Wimpernschlag später komplett erlegen. Miriam schloss die Augen, rief sich ihre erste Verabredung in Hamburg ins Gedächtnis, den Abend, der so katastrophal begonnen und dann zu einer so wunderschönen Zeit geführt hatte. Der schönsten Zeit ihres Lebens. Sofort korrigierte sie sich, nein, das stimmte ja gar nicht. Sie hatte *jetzt* die schönste Zeit ihres Lebens, wohnte in Irland, im Land ihrer Träume, zusammen mit einem Mann, den sie sehr liebte, und ihrem Sohn Viggo, der ihr Ein und Alles war. Es war mehr als gut, so, wie es war, sie hatte alles, was sie sich je gewünscht hatte: ein kleines Haus südlich von Dublin in den Wicklow Mountains, einen Job als literarische Übersetzerin – zusammen mit Aarons Einkünften als Lehrer kamen sie damit gut über die Runden –, einen großen und überaus fröhlichen Freundeskreis, eine durch und durch zufriedene Existenz.

Und doch ... Sie konnte nicht umhin, sich selbst einzugestehen, dass Philipp bis heute mehr war als irgendein Kapitel ihres Lebens. Viel mehr. Er hatte ihr erst gezeigt, was es hieß zu lieben. Wirklich zu lieben, bedingungslos, so sehr, dass man dafür sogar bereit war, diese Liebe aufzugeben.

Wann und wo können wir uns sehen? Wieder las sie die paar Worte. Das war unmöglich, ganz und gar unmöglich. Und worin würde auch der Sinn bestehen, wenn sie Philipp traf? Es würde nur alte Wunden aufreißen, weiter nichts, alte Wunden, die bis heute noch nicht ganz verheilt waren und es auch nie sein würden. Ein kleiner Schmerz wäre da immer, ein winziges »Vielleicht, vielleicht auch nicht«. Wieder musste sie lachen. Durch diesen Roman, so hatte Philipp immer behauptet, hatte er sich erst in sie verliebt. Und nun war es wieder ein Buch, das sie so unverhofft und nach Jahren wieder zusammenführte?

»Ich möchte Sie bitten, den Roman zu Ende zu schreiben«, hatte der Verleger ihr gemailt. Aber sie war noch immer der Meinung, dass es dafür kein Ende gab. Kein anderes als das, was Philipp und sie damals aufgeschrieben hatten. Sicher, in einem Hollywoodfilm oder in einem drittklassigen Liebesroman, da hätten die Hauptfiguren sich irgendwann in den Armen gelegen, hätten sich gegenseitig ewige Liebe geschworen. Aber Philipps und ihre Geschichte war eben nicht so gewesen, denn sie war aus dem richtigen, aus dem echten Leben entstanden.

»Honey?« Aaron steckte den Kopf in ihr Arbeitszimmer. »Brauchst du noch lange? Wir müssen los!«

»Nein, ich bin fertig«, sagte sie, schloss ihr E-Mail-Programm und stand auf. Heute war ihr fünfter Hochzeitstag, sie hatten einen Babysitter organisiert und einen Tisch in einem guten Restaurant reserviert. *Ausgerechnet am Hochzeitstag,* dachte sie, während sie sich ihre Jacke anzog und dann ihrem Mann nach draußen folgte. Das war allerdings etwas, was tatsächlich mehr nach Hollywood als ins echte Leben passte.

»Du bist so nachdenklich«, sagte Aaron, als sie nach dem Essen noch auf ein Guinness ins »Fitzgerald's« eingekehrt waren. »Bedrückt dich etwas?«

Sie schüttelte den Kopf. »Nein.« Eine Sekunde später lächelte sie ihn an, nahm seine Hand und verbesserte sich: »Doch.«

Sie erzählte Aaron von der Mail des Verlegers und davon, dass sie Philipp geschrieben und auch eine Antwort von ihm erhalten hatte. Er kannte die Geschichte, nicht in allen Einzelheiten, aber er wusste, dass Philipp ein wichtiger Mann in ihrem Leben gewesen war, ein Mann, an den sie manchmal immer noch dachte. Aaron hörte ihr zu, wie er ihr immer zugehört hatte, von Anfang an hatte sie ihm immer alles sagen können. *Hätte* ihm immer alles sagen können, denn ein paar Dinge, wie den Umstand, dass Philipp Andersen zeit ihres Lebens einen Platz in ihrem Herzen haben würde, keinen kleinen, sondern einen großen, einen wichtigen Platz, hatte sie ihm nie erzählt, weil sie ihn nicht unnötig hatte verletzen wollen. Aber er hatte es wohl immer gespürt, so, wie er auch jetzt spürte, wie nahe ihr das alles ging.

»Ich liebe dich«, sagte sie, als sie ihm alles erzählt hatte. »Mich hat das einfach nur ein bisschen durcheinandergebracht.«

Aaron drückte ihre Hand. »Ich liebe dich auch.«

Sie sahen sich lange an, bevor ihr Mann weitersprach. »Aber weil ich dich liebe, glaube ich, dass du es zu Ende bringen musst.«

»Zu Ende?«

Er nickte. »Du hast dich nie von Philipp verabschiedet. Du bist einfach gegangen, ohne ihm zu sagen, warum.«

»Ich habe …«, setzte sie an, verstummte dann aber. Denn er hatte ja recht. Sie hatte es ihm nie gesagt, den Grund dafür, warum sie nicht nach Düsseldorf gekommen und danach komplett aus seinem Leben verschwunden war, obwohl es ihr im wahrsten Sinne des Wortes das Herz zerrissen hatte. Thomas, nein, er war nun wirklich nicht der Grund dafür gewesen.

»Denkst du nicht, er hat ein Recht auf die Wahrheit?«, fragte Aaron. »Dass ihr beide ein Recht auf die Wahrheit habt?«

Eine lange Weile sah sie ihren Mann schweigend an. Und fühlte, wie sehr sie ihn liebte. Nicht nur, aber auch für das, was er gerade tat. Dafür, dass er ihr einen Weg wies, der für ihn selbst sehr schmerzhaft sein musste, weil er gleichzeitig ja Ungewissheit bedeutete. Ungewissheit darüber, was mit ihr und in ihr geschehen würde, wenn sie Philipp wiedersah.

Sie nickte. »Ja«, sagte sie. »Du hast recht. Ich werde ihm schreiben, dass er kommen soll.«

4.
22. Juni

Here we are.«

Das Taxi, das mich vom Dubliner Flughafen in Richtung Süden gebracht hatte, hielt am Rande eines winzig kleinen Dorfes mit einem unglaublich langen und vollkommen unaussprechlichen Namen. Das letzte Gebäude vor dem Ortsausgang war ein Pub. »Fitzgerald's« prangte in keltisch anmutenden Lettern auf dem schmiedeeisernen Schild über dem Eingang.

»It's the cottage over there«, sagte der Taxifahrer und zeigte auf ein gekalktes Bruchsteinhäuschen am Ende eines Fußwegs, der von dem Pub aus den Hügel hinaufführte.

»How much is it?«, fragte ich und holte mein Portemonnaie aus der Tasche.

Mit jedem Kilometer, den das Taxi vom Flughafen hierher zurückgelegt hatte, war meine Nervosität gestiegen. Nur noch ein paar Minuten, dann ... Nachdem ich Miriam meine Mail geschickt hatte, hatte ich kaum zu hoffen gewagt, dass sie einem Wiedersehen zustimmen würde. Und gleichzeitig hatte ich mir nicht vorstellen können, dass sie es mir verweigerte. Einen Tag lang hatte sie mich im Ungewissen gelassen, bevor sie mir ihre Antwort schickte. Doch dann hatte sie Ja gesagt, zweimal sogar: Ja, sie wollte mich wiedersehen, und ja, sie war bereit, mit mir über das Buch zu sprechen, das Buch mit unserer Geschichte. Als sie mich gefragt hatte, wann ich zu ihr nach Irland kommen wolle, hatte ich keine Sekunde gezögert: an unserem Monatstag.

»Thirty Euros twenty«, sagte der Taxifahrer.

Mit leicht zitternder Hand zahlte ich und stieg aus. Draußen blies mir eine frische Brise ins Gesicht. Tief sog ich die wür-

zige Seeluft ein und machte mich auf den Weg. Der unbefestigte Pfad führte zwischen Weiden hindurch, die sich in sanften Hügeln bis hinunter ans Meer erstreckten und auf denen vereinzelt Schafe, Kühe und Pferde grasten. Kein Zaun aus Holz oder Stacheldraht durchschnitt die Landschaft, die wie auf einer Postkarte unter einem weiß-blauen Himmel im Sonnenschein grünte, nur Wälle aus unzähligen kleinen Steinen trennten die verschiedenen Grundstücke voneinander.

Hier hatte Miriam also ihre neue Heimat gefunden. Sah so die Landschaft ihrer Seele aus?

Nach wenigen Minuten war ich bei dem Haus, das von einer Hecke eingerahmt war. Mit klopfendem Herzen betrat ich durch ein weiß gestrichenes Tor den kleinen Vorgarten, in dem alle möglichen Blumen kunterbunt durcheinanderwuchsen, ohne erkennbare Beete oder Ordnung. Ich musste schmunzeln. Offenbar hatte Miriam das Gärtnern angefangen.

»Hi«, sagte eine Stimme, als ich über einen Kiesweg auf die Haustür zuging.

Ich drehte mich um. Erst jetzt sah ich einen blondgelockten, gut vierzigjährigen Mann in Jeans und kariertem Holzfällerhemd, der auf einer Leiter einen Obstbaum beschnitt.

»Sie müssen Philipp sein!«, sagte er, stieg von der Leiter und kam auf mich zu.

»Thomas?«, fragte ich unsicher und reichte ihm die Hand.

»Um Gottes willen, nein«, erwiderte er mit starkem irischem Akzent und wischte sich lachend die Hand an der Hose ab. »Ich bin Aaron.« Sein Gesicht war von tausend Sommersprossen gesprenkelt, die auf seiner Nase beim Reden zu tanzen schienen, und der Druck seiner Hand war angenehm kräftig. Obwohl er mich freundlich musterte, war ihm eine gewisse Anspannung

anzumerken. Was hatte Miriam ihm über mich erzählt? Die Art und Weise, wie er mich betrachtete, ließ mich vermuten, dass er zumindest wusste, dass ich nicht nur ein früherer Kollege war. »Warten Sie«, *sagte er,* »ich gehe hinein und sage Bescheid, dass Sie da sind.«

Während er im Haus verschwand, spürte ich, wie plötzlich mein Mund austrocknete. Herrgott, ich war so aufgeregt wie damals bei unserem allerersten Mal, in der Nacht nach der Verlagsparty in München, als ich vor ihrer Zimmertür im Kaiserhof darauf gewartet hatte, dass sie mich zu sich hereinließ.

»*Hallo, Philipp.*«

Plötzlich war sie da, wie vom Himmel gefallen, stand vor mir und schaute mich an.

»*Hallo, Miriam.*«

Mehr brachte ich nicht über die Lippen. Im Flugzeug und im Taxi hatte ich mir Dutzende von Malen unser Wiedersehen vorgestellt. Würden wir uns freuen oder fremdeln? Es gab so viele Möglichkeiten. Vielleicht würden wir ja enttäuscht voneinander sein, weil die Wirklichkeit nicht hielt, was die Erinnerung versprach. Vielleicht würden wir auch einen Zauber zerstören, der uns über die Trennung hinweg umfangen und geholfen hatte. Oder würde es vielleicht genau umgekehrt sein? Dass die Liebe wieder in uns aufbrach und, ohne zu fragen, Besitz von uns ergriff, wie sie es bei unserer ersten Begegnung getan hatte? Würden wir womöglich einander in die Arme fallen und uns küssen und begehren, wie es so oft mit uns geschehen war? All das hatte ich in Gedanken wieder und wieder vor mir gesehen und in mir gespürt, gleichzeitig und hintereinander und durcheinander, ohne zu wissen, was ich hoffen oder fürchten sollte. Doch jetzt stand ich da wie ein Idiot und rührte mich nicht. Ich konnte nicht mal entscheiden, ob ich sie umarmen oder ihr einfach die Hand geben sollte.

Ich tat weder das eine noch das andere. Sondern sah sie nur an. Sah in ihr Gesicht und suchte in ihren Augen, ohne sie zu finden. Diese Frau hatte mir ein Jahr Leben geschenkt. Ein Jahr, das zu den schönsten gehörte, die mir je vergönnt gewesen waren. Ein Jahr, in dem das Gespenst in mir sich nicht mehr gerührt hatte, weil wir zusammen das schwarze Loch, das in uns beiden lauerte wie ein gefräßiges Monster, mit immer wieder neuen, noch nie zuvor gelebten Erlebnissen gestopft hatten. Doch jetzt war sie mir fremd. Als hätten wir in der Zeit verloren, was wir beide ineinander für ein paar wenige, wunderbare, kurze und zugleich ewige Augenblicke gefunden hatten: die Leichtigkeit des Seins, die es nur jenseits des Alltags gibt, wenn ein gütiger Gott den Atem anhält und alles Denken schweigt, und die nur so lange bestehen kann, wie kein Bewusstsein zwischen das Erleben und das Empfinden tritt.

Beinahe bereute ich, dass ich hergekommen war.

»Seit wann bist du blond?«, fragte ich, als ich endlich meine Sprache wiedergefunden hatte. »Hast du dir die Haare färben lassen?«

»Wie kommst du darauf?« Sie schüttelte den Kopf. »Ich habe nie eine andere Haarfarbe gehabt.« Der ernste Ausdruck in ihrem Gesicht wich einem Grinsen. »Stimmt nicht, du hast recht, damals hatte ich mir die Haare eine Zeit lang braun gefärbt.«

»Oh Gott! Und das habe ich nicht gemerkt?«

»Alltag war nie deine Stärke«, sagte sie und erwiderte lächelnd meinen Blick.

Und dann waren sie plötzlich wieder da, ihre blauen Augen mit den dunklen, fast schwarzen Ringen um die Iris, diese Hus-

kyaugen, in die ich so oft geschaut hatte, um zu erkunden, welcher Monat gerade in ihrer Seele war.

Was ich sah, erfüllte mich mit ungläubigem Staunen. Es war Sommer in ihr. Kein April und kein November, sondern ein frischer, freundlicher Junitag, wie es sich für das Datum gehörte. Noch nie, kein einziges Mal zuvor, hatte ich das bei ihr erlebt. Dass die Jahreszeit und der Monat in ihr übereinstimmten.

Hatte Aron das geschafft?

»Mummy! Mummy!«

Durch das Gartentor kam ein Junge gelaufen, er musste sechs oder sieben Jahre alt sein, in einer blauen Schuluniform und mit einem Ranzen auf dem Rücken. Im Laufen nestelte er die Riemen von den Schultern, warf den Ranzen von sich und rannte auf Miriam zu, die ihn mit beiden Armen auffing und ihn lachend in die Höhe hob.

»Das ist Viggo«, sagte sie, ein wenig außer Atem, und drückte ihn an sich. »Mein Sohn.«

Die beiden küssten sich und rieben ihre Nasen aneinander. Dann schlang der Junge seine Arme um ihren Hals, schmiegte seinen Kopf an ihre Wange und schaute mich an.

Als ich sein Gesicht sah, begriff ich alles.

Genau so hatte ich selber einmal ausgesehen. Vor über einem halben Jahrhundert.

5.

Drei Tage lang, seit sie Philipp ihre Adresse geschrieben und ihm gesagt hatte, dass er sie besuchen kommen könne, hatte sie nachgedacht. Nachgedacht darüber, wie sie es ihm sagen, wie ihm erklären könnte. Doch nun, als er vor ihr stand und Viggo mit unverhohlener Überraschung anstarrte, wusste sie, dass sie nichts mehr erklären musste.

»Viggo«, sagte sie zu ihrem Sohn und ließ ihn von ihrem Arm zu Boden, »das ist Philipp, ein alter Freund aus Deutschland.«

»Hallo«, sagte Philipp, lächelte Viggo an und streckte ihm die Hand hin.

»Hi«, antwortete ihr Sohn, machte aber keine Anstalten, die Hand des fremden Mannes zu ergreifen, sondern versteckte sich stattdessen hinter ihren Beinen.

»Tut mir leid«, sagte sie. »Er ist etwas schüchtern.«

»Spricht er Deutsch?«

»Klar!«, antwortete Viggo an ihrer Stelle und wagte sich jetzt ein Stückchen hinter ihr vor.

Philipp ging vor ihm in die Knie. »Dann bist du ja ein ganz Schlauer«, sagte er, woraufhin ein stolzes Grinsen auf Viggos Gesicht trat.

»Das hat er von seinem Vater.« Es rutschte ihr einfach so raus, ohne dass sie es hatte verhindern können. Philipp schwieg und stand wieder auf. »Viggo, Mama muss jetzt etwas besprechen, gehst du rein zu Papa?«

»Okay.« Der Junge warf Philipp noch einen letzten neugierigen Blick zu, dann rannte er durch die offene Tür ins Haus.

»Gut«, wandte Miriam sich an Philipp. »Dann lass uns reden. Am besten, wir gehen runter ins ›Fitzgerald's‹, da hab ich dir auch ein Zimmer reserviert.«

Während sie den Hügel hinab zu dem Pub schlenderten,

sagte keiner von ihnen ein Wort. Erst, als sie an einem Tisch in der Ecke Platz genommen und zwei Bier bestellt hatten, eröffnete Philipp das Gespräch.

»Warum hast du es mir nicht gesagt?«

»Kannst du dir das denn nicht denken?«

Er schüttelte den Kopf. »Nein.«

Sie senkte den Blick, betrachtete angestrengt ihre Finger, die mit einem Bierdeckel spielten. »Weil ich ... weil ich ...« Sie verstummte.

»Weil du was?« Er legte eine Hand unter ihr Kinn und zwang sie sanft dazu, ihn anzusehen.

»Weil ich wusste, dass du kein Kind mehr willst. Weil ich wusste, dass es dein Leben total auf den Kopf stellen würde, und ich dich zu nichts zwingen wollte.«

Er starrte sie fassungslos an. »Deshalb hast du es mir nicht gesagt? Deshalb bist du damals nicht zu dem Konzert gekommen und hast stattdessen mit Thomas ...«

»Das mit Thomas war eine Lüge«, unterbrach sie ihn. »Was hätte ich dir denn sonst schreiben sollen? Am Morgen vor dem Konzert habe ich einen Schwangerschaftstest gemacht, weil ich mich so komisch fühlte. Und als er positiv war, war ich wie vor den Kopf geschlagen.« Jetzt lächelte sie und schüttelte gleichzeitig den Kopf. »Das war so absurd, so vollkommen absurd! Mir war klar, dass es in Hagen passiert sein muss, in unserer letzten gemeinsamen Nacht.«

»Als ich dir gesagt habe, dass ich kein Kind mehr will«, sprach er tonlos weiter.

»Ja. Genau da muss es passiert sein.«

Er griff nach ihrer Hand. »Aber du hättest es mir doch trotzdem sagen können. Sagen *müssen*!«

»Zuerst wollte ich das auch. Aber an dem Tag, an dem ich mittags nach Düsseldorf fahren wollte, wusste ich auf einmal, dass es falsch gewesen wäre. Falsch, dir etwas aufzuzwingen, was du nicht willst.«

»There you go, two pints of Guinness.« Maurice, der fast achtzigjährige Inhaber des »Fitzgerald's«, trat an ihren Tisch und stellte geräuschvoll zwei große Gläser ab. Abwartend blieb er neben ihnen stehen und betrachtete Philipp mit unverhohlener Neugier.

»Maurice«, sagte Miriam und fühlte eine unerträgliche Anspannung in sich aufsteigen, gab sich aber Mühe, sie nicht zu zeigen. »This is Philipp, a friend from Germany.«

»Oh, Deutscheland!«, sagte Maurice und grinste. »Prost!«

»Sláinte«, erwiderte Philipp lächelnd und hob sein Glas, offenbar hatte er sich vor seiner Abreise ein wenig mit dem Irischen vertraut gemacht. Maurice zog lachend wieder ab.

»Trotzdem«, sagte Philipp nun leise. »Du hättest es mir sagen müssen.«

»Es tut mir leid. Ich dachte, ich hätte die richtige Entscheidung getroffen.«

»Indem du mir weisgemacht hast, du hättest mich wegen Thomas verlassen?« Jetzt klang er nahezu aufgebracht, der Griff um ihre Hand wurde fester.

Sie schüttelte den Kopf. »Indem ich dich glauben ließ, ich hätte ein Leben gefunden, in dem ich ohne dich glücklich sein kann.«

Er sah sie nachdenklich an, sein Griff wurde wieder etwas zärtlicher. »Und?«, fragte er. »Bist du glücklich?«

»Ja«, sagte sie. »Ich habe mit Aaron einen Mann, den ich

liebe und den ich nicht teilen muss. Und ich habe das Kind, das ich mir immer gewünscht habe.«

»Weiß Viggo ...« Er ließ den Satz in der Luft hängen.

»Nein. Aaron ist wie ein Vater für ihn, ich habe ihn kennengelernt, als Viggo gerade ein Jahr alt war. Wenn er etwas größer ist, werden wir es ihm natürlich sagen.«

»Gut«, sagte Philipp und sie merkte, dass er Mühe hatte, die Tränen zurückzuhalten. »Gut«, wiederholte er dann noch einmal. »Vielleicht hattest du recht, und es ist wirklich am besten so.«

»Das glaube ich sogar ganz sicher.« Sie sagte diese Worte, ohne auch nur ansatzweise zu wissen, ob es stimmte. Aber selbst, wenn es nicht so war – damals hatte sie keine andere Wahl gehabt.

»Was ist mit der anderen Sache?«, unterbrach er ihre Gedanken.

»Welche andere Sache?«

»Das Buch. Deshalb bin ich doch hergekommen, wir wollten über das Buch reden. Ob wir es miteinander zu Ende schreiben können.«

Nun war es an ihr, mit den Tränen zu kämpfen. »Philipp«, flüsterte sie. »Das ist doch nicht wahr. Wie sitzen hier doch nicht, um über irgendein Buch zu reden.«

»Nicht *irgendein* Buch!«, erwiderte er heftig. »Unser Buch!«

»Es gibt kein ›unser Buch‹.«

»Doch, das gibt es. Ich hab es geschrieben, und du hast es auch. Wir müssen es nur vollenden.«

Sie sah ihn lange an. »Es gibt schon ein Ende«, sagte sie nach einer Weile. »Und außerdem schreibe ich nicht mehr.«

Er holte Luft, öffnete den Mund, als würde er etwas sagen wollen – doch dann schloss er ihn wieder und schwieg. So saßen sie da, stumm vor ihren Guinnessgläsern, von denen keiner einen Schluck getrunken hatte. Maurice sah vom Tresen aus immer wieder zu ihnen rüber, aber sie nahmen keine Notiz von ihm.

»Ich glaube, ich fahre jetzt wieder«, sagte Philipp nach einer gefühlten Ewigkeit.

»Jetzt? Aber du wolltest doch über Nacht bleiben.«

»Ich kann nicht. Es ist besser, wenn ich noch heute zurück nach Deutschland fliege.«

»Es ist schon gleich sechs, heute kriegst du keine Maschine mehr.«

»Dann übernachte ich irgendwo in Dublin.«

Sie wollte ihm erneut widersprechen, aber ein Blick in seine Augen sagte ihr, dass er seine Entscheidung bereits getroffen hatte.

»Lass uns gehen«, sagte Philipp und legte einen Zehner für ihre Getränke auf den Tisch. Unter den verwunderten Augen von Maurice verließen sie den Pub, spazierten den kurzen Weg zurück zum Haus. Vorm Gartentor blieben sie voreinander stehen.

»Danke«, sagte Philipp.

»Danke?«

»Dafür, dass es dich in meinem Leben gab. Und dafür, dass du mir eine Antwort gegeben hast. Eine Antwort, die ich verstehen kann.«

Sie schloss die Augen, lange würde sie die Tränen nicht mehr zurückhalten können. Obwohl sie nicht gelogen hatte, obwohl sie wirklich glücklich war mit dem Leben, das sie jetzt führte, spürte sie einen schrecklichen Schmerz in sich, einen Schmerz, der nie vollständig vergangen war.

»Mirchen.«

Sie öffnete die Augen und sah ihn an.

»Ich habe noch eine Frage.«

»Welche?«

»Warum hast du mit dem Schreiben aufgehört? Das hast du doch geliebt, warum hast du es einfach so aufgegeben? Du bist doch keine Übersetzerin, sondern eine Schriftstellerin! Du musst doch deine eigenen Geschichten schreiben!«

Statt ihm eine Antwort zu geben, schüttelte sie nur hilflos den Kopf, der Kloß in ihrem Hals schnürte ihr die Kehle zu. Er hob eine Hand, streichelte damit sanft über ihre Wange, sein Gesicht war ihrem so nah, dass sie seinen Atem auf ihrer Haut spüren konnte. Langsam, ganz langsam beugte er sich zu ihr hinunter, sanft berührten seine Lippen die ihren zu einem zärtlichen Kuss.

»Bitte geh jetzt.«

Sie flüsterte die Worte nur. Sie konnte sie nicht lauter sagen, denn in ihrem Innern schrie doch in Wahrheit alles danach, ihn darum zu bitten, bei ihr zu bleiben. Für immer. Aber sie wusste ja, dass es nicht ging. Weil er eben nicht nur sie liebte, sondern auch seine Frau. Weil sie von ihm schon alles hatte, was er ihr jemals geben könnte. Und dass sie – auch das war ein Teil der Wahrheit – doch auch wirklich glücklich war, glücklich in ihrem Leben mit Aaron, der zwar nicht Viggos Erzeuger, aber doch sein Vater war.

»Gut, ich gehe.«

Trotzdem blieb er vor ihr stehen, als warte er darauf, dass sie irgendetwas tat. Ihn umarmte, ihm vielleicht sogar um den Hals fiel, dabei weinte oder auch lachte, irgendetwas eben, damit er nicht sofort ging. Sie tat es nicht. Also wandte er sich ab, ging mit langsamen Schritten den Weg zur Hauptstraße hinunter. Und drehte sich nicht mehr nach ihr um.

6.

Drei Monate nach meiner Rückkehr aus Irland hatte das normale Leben mich wieder. Miriams und meine Geschichte war nun wirklich zu Ende, der Abschied hatte mich von der Vergangenheit befreit und zugleich frei gemacht für eine neue Gegenwart und vielleicht sogar Zukunft, der Schatten, der so lange über meiner Ehe gelegen hatte, auch noch in den Jahren, in denen Miriam und ich keinen Kontakt mehr gehabt hatten, konnte sich jetzt nach und nach auflösen. Es war richtig gewesen, dass ich meine Ehe nie zur Disposition gestellt hatte, denn ich liebte meine Frau, hatte sie immer geliebt, trotz allem, wirklich und wahrhaftig, und ich war glücklich, dass wir wieder zusammengefunden hatten. Nicht so wie früher, natürlich nicht, zu groß war die Verletzung, die ich ihr zugefügt hatte, doch sie war bereit, einen zweiten Lebensversuch mit mir zu wagen. Meine Arbeit, die mir sonst oft eher Last als Lust gewesen war, half mir dabei, genauso wie der zurückgewonnene Alltag in geregelten Bahnen. Tagsüber schreiben, abends ein bisschen Sport, ab und zu Lesungen, gesellschaftliche Verpflichtungen – und jede Menge Fernsehen, um mich in fremden Geschichten zu vergessen und Abstand zu gewinnen.

Natürlich dachte ich in dieser Zeit auch an Miriam, ziemlich häufig sogar. Daran, dass sie gesagt hatte, dass sie glücklich sei. Und daran, dass ich nicht verstehen konnte, weshalb sie nach der Trennung von mir aufgehört hatte zu schreiben. Weshalb sie sich für dieses völlig andere Leben in einer vollkommen anderen Welt entschieden hatte. Konnte es wirklich wahr sein? Dass sie tatsächlich ihr Glück gefunden hatte? Ich konnte es mir nicht vorstellen, und manchmal verzweifelte ich fast bei dem Gedanken, dass ihr neues Leben vielleicht nur eine Lüge war. Dass sie unser gemeinsames Leben wegen mir oder sogar für mich aufgegeben hatte, gegen ihr eigenes Herz.

Wenn sich bei dieser Vorstellung das schwarze Loch in mir auftat, gab es nur eine Gewissheit, die mir Trost spenden konnte. Die Gewissheit, dass es trotz Miriams Entscheidung nicht mit uns vorbei war und niemals vorbei sein würde. Obwohl sie sich von mir getrennt hatte, obwohl wir kein Paar mehr waren und nicht einmal mehr Kontakt miteinander hatten, obwohl sie mit einem anderen Mann zusammenlebte so wie ich mit meiner Frau – es gab etwas, das uns für immer miteinander verband. Wir hatten einen Sohn, und auch wenn die Vorstellung, ein Kind zu haben, dessen Erzeuger ich nur war, ohne jemals wirklich sein Vater sein zu dürfen, mich schmerzte, überwog doch das Tröstliche. Ohne es gewusst zu haben, hatte ich Miriam geholfen, dass ihr größter Wunsch in Erfüllung gegangen war. Viggo – sein Einritt ins Leben war jenes unwägbare Schicksalselement, die Fügung oder Wendung durch eine höhere Gewalt, die sich dem Einfluss der Protagonisten entzieht und die jede Geschichte braucht. Er hatte unser Schicksal bestimmt. Er würde von uns bleiben, auch wenn wir selber nicht mehr waren.

Und es gab noch etwas zweites, was für immer von uns bleiben würde. Unser Buch.

Ein halbes Jahr später – unser Roman, war gerade erschienen – war ich für eine Lesung in München, in genau jenem Saal, in dem wir uns damals bei dem Jubiläum meines alten Verlags kennengelernt hatten. Ich fuhr mit gemischten Gefühlen dorthin, wusste nicht, ob ich es verkraften würde, noch einmal diesen Raum zu betreten, um fremden Menschen ausgerechnet hier unsere Geschichte vorzulesen. Doch kaum hatte ich den Veranstaltungsort erreicht, den Buchhändler begrüßt, der mich eingeladen hatte und der sich sichtlich darüber freute, dass mehr als hundert Menschen im Publikum saßen, stellte ich mit Erleichterung fest, dass es mir nichts ausmachte, den Eingang zu durchschreiten. Ohne Miriam, ohne unsere spielenden Hände – ohne all das war der Ort nur das, was er eben war: ein Raum ohne jede weitere Bedeutung. Der Buchhändler führte mich in die Garderobe, in der ich mich die Viertelstunde, die bis zur Lesung noch blieb, in Ruhe vorbereiten konnte.

»Wir fangen um Punkt acht Uhr an«, sagte er, bevor er mich allein ließ.

Ich nahm vor einem großen Schminkspiegel Platz, stellte meine Aktentasche neben meinem Stuhl zu Boden und betrachtete mein Gesicht. Benjamin Button, so hatte Miriam mich manchmal genannt, und in diesem Augenblick begriff ich zum ersten Mal wirklich was sie damit gemeint hatte. Auch wenn die Jahre mir deutlich anzusehen waren – außer den Runzeln und Falten und grauen Bartstoppeln war da noch etwas anderes in meinen Zügen. Etwas, das sich dem Alter entzog, das nicht in Jahren zu messen war. Ich hatte geliebt, mehr und stärker und bedingungsloser, als ich es jemals für möglich gehalten hätte. Auch das blieb mir, solange ich lebte, auch das würde mir niemand mehr wegnehmen können. Ich beugte mich zu meiner Aktentasche, um unseren Roman hervorzuholen und ein letztes Mal die ausgewählten Passagen zu prüfen.

Als ich das Buch aufschlug, entdeckte ich ein weißes Kuvert, das zwischen den Seiten des Buches steckte. Neugierig nahm ich es heraus und betrachtete es. »Ist heute für dich angekommen«, stand in der Handschrift meiner Frau auf einem Post-it, das auf dem Brief klebte.

Ich konnte nicht sagen, warum – aber ich wusste sofort, dass dieser Brief von Miriam war. Keine Mail, keine SMS, keine WhatsApp. Sondern ein schlichter, altmodischer Brief.

Als ich auf dem Bogen, der darin steckte, tatsächlich ihre Schrift erkannte, begann mein Herz zu rasen.

Es war nicht viel, was sie mir schrieb, nur drei Zeilen, ohne Anrede oder Gruß, mit blauer Tinte auf weißem Papier:

Du warst mein schönstes Wort; mein bester Satz; mein größter Roman.
À jamais et pour toujours,

Ich starrte auf die Zeilen, so lange, bis die Buchstaben vor meinen Augen zu tanzen begannen und schließlich ineinander verschwammen. Darum also hatte sie zu schreiben aufgehört, darum brauchte sie keine neuen Geschichten mehr wie ich, um weiterzuleben ... Irgendwann faltete ich den Brief zusammen, steckte ihn in die Brusttasche meines Jacketts, fühlte noch ein-

mal mit der Hand nach, um sicherzugehen, dass ich ihre Worte auch am rechten Ort aufbewahrte. Dann holte ich einmal tief Luft, griff nach unserem Buch, stand auf und ging zum Bühnenaufgang.

Es war an der Zeit, ich musste hinaus. Hundert Menschen warteten darauf, dass ich mit der Lesung begann.